# CRISTO VERSUS ARIZONA

CAMILO JOSÉ CELA

# CRISTO VERSUS ARIZONA

Seix Barral ⚒ Biblioteca Breve

En febrero de 1987, pocos meses antes de poner punto
final a esta novela, volví a Arizona para refrescar en
mi memoria ciertos recuerdos de gentes y paisajes;
agradezco a la compañía Iberia las muchas facilidades
que me dio para poder llevar a buen fin mi propósito.

C. J. C.

Primera edición: febrero 1988
Segunda edición: abril 1988
Tercera edición: octubre 1989
Cuarta edición: noviembre 1989
Quinta edición: diciembre 1989

© Camilo José Cela, 1988

Derechos exclusivos de edición en castellano
reservados para todo el mundo:
© 1988 y 1989: Editorial Seix Barral, S. A.
Córcega, 270 - 08008 Barcelona

ISBN: 84-322-0582-6

Depósito legal: B. 40.415 - 1989

Impreso en España

Mi nombre es Wendell Espana, Wendell Liverpool Espana, quizá no sea Espana sino Span o Aspen, nunca lo supe bien, yo no lo he visto nunca escrito, Wendell Liverpool Span o Aspen, span es trecho, momento, y aspen es álamo temblón, algunos le dicen tiemblo, antes de saber quiénes habían sido mi padre y mi madre, bueno, esto me queda algo duro al oído, yo suelo decir mi papá y mi mamá, o sea, antes de saber quiénes habían sido mi papá y mi mamá yo me llamaba Wendell Liverpool Lochiel, es lo mismo, mi nombre es Wendell Espana, así lo pongo siempre, o Span o Aspen, y las páginas que siguen son mías, las escribí yo de mi puño y letra, mi papá, no, voy a acostumbrarme correcto, mi padre era dueño de un caimán domado, primero lo tuvo a medias con Taco Lopes, otros le dicen Taco Mendes, pero después le compró su parte, es lo mejor para no reñir, un caimán que hablaba varias lenguas, inglés, español, también imitaba el relincho del caballo y recitaba poesías, eso no es posible, le dijo una noche Zuro Millor, el cholo de la mierda que echaba sangre por la boca y dormía con la muñeca hinchable Jacqueline, a mí me parece que esto de las muñecas hinchables vino años después pero no lo puedo asegurar, yo lo cuento tal como me lo dijeron, todo el mundo sabe que la muñeca hinchable Jacqueline no tenía pulgas ni se emborrachaba con ginebra, quien sí estaba lleno de pulgas, piojos y ladillas era Taco Mendes, otros le dicen Taco Lopes, hasta caracoles, criaba hasta caracoles en el sobaco y se emborrachaba con agua de colonia, el caimán domado de mi padre también cantaba canciones no muy difíciles, eso es mentira, le dijo una noche Zuro Millor, el cholo de la mierda que estaba siempre con calentura y se la meneaba en todas partes, en la confitería del Smith's Motor

Service, en la funeraria Grau, en el hospital de emergencias, en el beauty shop, en los velorios de angelito, entonces mi padre, como es natural, lo mató, le pegó una topada fuerte en el pecho y lo mató, bueno, lo dejó sin aire y el cholo de la mierda se murió solo, viene a ser lo mismo, eso es siempre difícil de precisar, el momento justo de la muerte sólo lo sabe Dios, el jefe de la policía le dijo a mi padre, mira te voy a estar pegando patadas hasta que me aburra y después te dejo en la frontera, ese cholo de la mierda, ese mestizo de la mierda tampoco se merece que nos gastemos demasiado en papel, el jefe de la policía no era hombre de malas inclinaciones, no pegaba más que patadas y tampoco se reía cuando no acertaba con precisión, el jefe se llamaba Sam W. Lindo y tenía las encías y los dientes negros de mascar tabaco, el que más le gustaba era el Black Maria, muy pegajoso y dulce, muy grasiento y con mucho aroma, contrariamente a lo que se decía Sam W. Lindo no tuvo culpa alguna en el linchamiento de Marco Saragosa el droguero ambulante, los sábados terminábamos de trabajar a las siete y entonces hacíamos, yo y Gerard Ospino, las siete maniobras siguientes, lavarnos un poco, peinarnos con la raya al lado derecho, los demás días de la semana nos peinábamos con la raya al lado izquierdo, echarnos after shave, ponernos ropa limpia, tomar el tren de Tanque Verde al sur del Sabino Canyon, Sabino Otero, el arbusto romerío adorna el campo con sus florecitas blancas y solitarias, por aquí hay mucha soledad, la yerba de romero se usa para recomponer vaginas y fingir virgos, a mí y a mi compañero aún nos faltan dos maniobras, beber cerveza y mearle la puerta al chino, Gerard había sido misionero en Port Tiritianne, nadie sabe bien dónde está, misionero baptista, también cazó ballenas en la Tierra de Adelaida, esa historia ya la contó el botánico Orson en su *Memorial* y no hay por qué repetirla aquí ahora, en la taberna del Oso Hormiguero hacía calor, es cierto, mucho calor, pero la cerveza era buena y el dueño estaba siempre medio borracho y a veces se olvidaba de cobrar, Sam W. Lindo no pagaba nunca pero tampoco bebía demasiado, el dueño era un irlandés pelirrojo al que decían Erskine Carlow, le llamaban Oso Hormiguero porque tenía un solo testículo y la nariz en forma de taco de billar, roja y con muchos granos, la cosa no se entiende bien pero es así como la digo, aseguro que no miento, yo estuve sin saber quién era yo, de dónde venía, o sea quiénes eran mi padre y mi madre, hasta los veinte o veintidós años, a mí me reconoció mi madre que ejercía de puta en Tomistón, el periódico de Tomistón se llama *The Tombstone Epitaph,* Tombstone no quiere decir tumba de piedra sino piedra de tumba, lápida mortuoria, algunos traducen al revés, Tomistón queda en el condado de Cochise, entre los montes del Dragón, del Burro y de la Mula, al sur del pueblo se levantan los altos de Huachuca, en Tomistón se vive al lado de la muerte y se presume de saber matar y también de saber morir, los hombres matan dando la cara y mueren con dignidad, es la costumbre, digo que a mí me reconoció mi madre, yo no hubiera podido hacerlo jamás, a mí me reconoció mi madre, ni sabía yo que era mi madre hasta que me lo dijo ni sabía ella que era mi madre hasta que me vio la marca, tenía dieciséis años más que yo y se ganaba bien la vida, jamás le faltaron los clientes porque no se negaba a nada, no se cansaba nunca y lloraba siempre que se le pedía, eso hay que pagarlo, la marca que tienes en el culo, por aquí llaman culo a la sartén de las mujeres o sea lo que es el coño para los españoles, yo llamo culo al fundillo, hago como los españoles, es una palabra muy hermosa, la marca que tienes en el culo, tú sabes, mismo donde hace remolino el cuero, me dijo el 20 de setiembre de 1917, a lo mejor esta fecha está equivocada, el mismo día que descarriló el tren de Augustus Jonatás que iba lleno de indios, casi todos enfermos de paludismo, los llevaban a que se muriesen lejos, esa marca que tienes ahí te la hizo tu padre para celebrar el nuevo siglo cuando cumpliste cinco años o sea que ya tenías edad para sentir el hierro y después te dejó en el hospicio de una lejana ciudad que nunca me

quiso decir cuál era, tu padre me mandaba hacer porquerías con el caimán que era muy lujurioso, en eso parecía un carnero o un portugués, él le llamaba aligátor
y se reía mucho, tu padre, cuando el jefe de la policía lo
dejó medio muerto en la frontera, le había dado cien patadas y le estuvo escupiendo más de tres horas, se embarcó en el carguero Fool's Wedding, al poco tiempo le
dieron las viruelas y el capitán mandó tirarlo al mar a
veinte millas de Ankororoka, al sur de Madagascar, hubiera sido glorioso que se lo comieran vivo los tiburones pero no, ni eso, el hierro que tengo en el culo es
una flor, todavía se ve muy clara, mi madre me siguió
hablando, a tu padre, antes de mandaros a los hijos al
hospicio le gustaba marcaros, no sé para qué si después
os perdía, esperaba a que tuvieseis cinco o seis años para
que os enteraseis bien y lo recordaseis toda la vida, tu
padre me hizo once hijos pero a ti es al único que encontré, lo primero que hago cuando me acuesto con un
joven es mirarle el culo, Gerard Ospino tenía mucha fuerza, era capaz de doblar el hierro del balcón con una
mano, pero en la cama servía para poco, variaba poco,
esto me lo confesó mi madre, en la cama era muy delicado pero no a lo vicioso ni ruin y se conformaba con
lo que le hicieran, jamás pedía nada e incluso era obediente y sumiso, ¿quieres que te la mame?, bueno, ¿quieres que te meta la lengua por el culo?, bueno, ¿quieres
que te monte?, bueno, cómeme el coño, bueno, pégame
con el cinturón, bueno, dime que me quieres más que a
nadie, bueno, te quiero más que a nadie, mi madre tenía
su botica de arrumacos al este de la calle Sexta, llegó a
Tomistón antes que las mujeres decentes y durante algún
tiempo trabajó en el lupanar de la húngara Kate Elder,
Big Nose Kate, la que fue novia de John Doc Holliday,
uno de los que se pelearon en el corral O.K., entonces a
la vida se le sumaba mayor diversión y aventura, Big
Nose Kate tenía grande la nariz y también todo lo
demás, Big Nose Kate era dura y valiente y se metió a
puta porque era lo que le gustaba ser, a Gerard Ospino
cuando estaba de misionero en Port Tiritianne le picó la

tortuga verde en los testículos y se los dejó medio secos, los dos juntos parecían un higo medio seco, desde entonces fue perdiendo afición a las mujeres y también a los hombres y a los animales, eso nunca viene de golpe sino poco a poco, y sólo buscaba compañía cuando necesitaba que le escupiesen, tampoco es raro, Gerard Ospino me decía, yo no quiero pegar a Zuro Millor, ese cholo de la mierda, ese mestizo de la mierda, es él quien me lo pide, se pone bizco y en su mirada se lee un cartelito suplicante, si tu padre no lo hubiera matado, lo hubiera matado yo, a Zuro Millor tenía que matarlo alguien, puedes estar seguro, a estos mestizos de la mierda, a estos cholos acaban siempre matándolos a palos, alguien se pone verriondo y los mata a palos, en el momento de matar a palos a un cholo de la mierda, a un mestizo de la mierda el asesino tiene la pinga dura, no falla, es algo que se repite, y se corre, vamos, se viene justo cuando la víctima escupe el último aliento, da mucho gusto acertar, mi madre me confesó un día, yo te reconocí la primera noche que nos acostamos juntos, te gustaba mucho que yo pusiera tangos en el fonógrafo, también te gustaba la gaseosa, no te dije nada por si te daba reparo volver a estar conmigo, comprende que tengo que vivir, ahora que ya veo que no, que no te da reparo, te puedo contar muchas cosas, unas son divertidas y otras no tanto, las muertes no siempre tienen que ser en la horca o en la silla eléctrica, también pueden ser a tiros o a palos o en el hospital o de cien modos diferentes, en esto hay una variedad infinita, tampoco todas las historias son de muerte, también las hay de contrabando, de aparecidos, de amor, Tomistón era pueblo muy caluroso, en el invierno casi como en el verano, y el sol cayendo a plomo sobre el desierto hacía cocer los sesos y los corazones, por eso se daban tantas deslealtades y crímenes, algunos muy novedosos y otros de hechura más antigua, a la chola Azotea la mató el marido enterrándola en sal cabeza y todo, el marido se llamaba Saturio y no miraba con dignidad, para que sus hijos no pudieran desenterrarla Saturio los dejó en el camino de Quito Baquito entre corpulentas pitahayas de flores rojas y espinas criminales, la pitahaya es muy parecida al saguaro, los hijos de la chola Azotea lucían tan zurrados que semejaban almas escapadas del purgatorio, los cactus y el calor, las serpientes, el fuego pegado a las piedras y los caminos que borra la tolvanera, eso es el desierto, las serpientes se montan a pleno sol, el macho a la hembra o al revés, sobre la arena del desierto, cuando el macho está viejo y gordo se pone a la hembra encima y la deja resbalar por la pinga abajo, todos los animales hacen lo mismo, las serpientes se montan a pleno sol, se ve que gozan quemándose, a veces un peón va a caballo a ver a la novia, tampoco merece la pena porque está muy delgada y no es cariñosa pero la costumbre es la costumbre, la serpiente de aro tiene la cola recia y venenosa, se sujeta la cola con la boca y rueda como una rueda, si clava su cola en un árbol lo seca y si la clava en un hombre o un animal lo mata, no puede con los indios navajos, algunos parece que dicen navajós y aun otros navajoes, la serpiente coral es negra, amarilla y roja y tiene el hocico negro, la falsa coral es roja, amarilla y negra y tiene el hocico pálido, la serpiente coral habla las cincuenta lenguas de los indios pero no el inglés ni el español y es enemiga del hombre blanco, los sábados nuestro patrón tocaba la campana a las siete y entonces hacíamos, yo y Gerard Ospino, las siete maniobras siguientes, guardar el salario en una bota, cada sábado en la bota contraria, darnos grasa de caballo en las ingles y en la nuca, poner la radio más alta, masticar pastillas de goma haciendo mucho ruido, comprar el periódico, saludar a todo el mundo y mearle la puerta al chino, ponérsela perdida, entonces era mucha costumbre mearles la puerta a los chinos, no protestaban nunca porque eran educados pero si protestaban se les tundía a palos y en paz, Gerard Ospino era muy gracioso y ocurrente, tenía mucha chispa y bailaba con ritmo el foxtrot y el one step, también era capaz de mear con más fuerza que nadie y llegar más lejos que nadie con el chorro, se apretaba un poco la punta y llegaba más lejos que nadie, en la Tierra de Adelaida casi no se puede mear porque se hiela el chorro, echa humo y se hiela, el conducto de la meada o sea el cañito por donde sale escuece y hasta quema y el meo, bueno, la orina se convierte en cristal color ámbar, se rompe en mil pedazos como el cristal, la letanía de Nuestra Señora es la coraza que nos preserva del pecado, yo digo kyrie eleison y tú dices kyrie eleison, a Zuro Millor, el cholo de la mierda, solían azotarlo con palas de nopal, casi todas las semanas lo azotaban con palas de nopal, la gente se reía, las mujeres más que los hombres, pero él no escarmentó nunca, se ve que era incorregible, cuando mi padre lo mató, no tuvo más remedio, la gente decía, bueno, la verdad es que tampoco se perdió tanto, en la comarca sobran cholos de la mierda, los mestizos de la mierda, todos lo son, cuando se mueren se convierten en zamuros o en buitres según el alimento y la fase de la luna, es más costumbre decirles auras, mi padre se llamaba Cecil Espana, Cecil Lambert Espana, puede que no fuera Espana sino Span o Aspen, jamás lo vi escrito y jamás lo supe, Cecil Lambert Span o Aspen, según me contó mi madre no era muy alto ni muy guapo pero sí bastante fuerte y mañoso, sabía de carpintería, de albañilería y de mecánica, el nombre de mi madre era Matilda, había tenido tres hermanos, los tres homosexuales, Don, Ted y Bob, a los que llamaban de apodo Jessie, Nancy y Pansy, bueno, en realidad los tres nombres no son apodos sino más bien se usan para no mancharse la boca diciendo una palabra soez, el mayor murió en la guerra europea, el pequeño en la cárcel de Socorro y el otro vive, lava platos en New Iberia, en casa de un negro rico que también es homosexual, mi padre debió nacer hacia 1865 o puede que antes en Alamosa, a orillas del río Grande, según mi madre él contaba a todas horas aventuras muy divertidas de Alamosa y del río Grande, seguramente es más emocionante pescar tiburones que barbos pero el mar queda casi siempre lejos, yo hablo mucho de mi padre pero por boca de mi madre, todo lo que conozco de mi padre lo sé por ella, me gusta que sea así, los caimanes viven más que los cocodrilos, el caimán domado de mi padre se llamaba Jefferson, mi madre no lo sabía, esto me lo dijo Miguel Tajitos, el lego de la misión de San Xavier, en la fachada de la misión, entre los adornos del frontis y a un lado y a otro de la puerta, hay un ratón y un gato los dos en piedra y los dos mirándose con recelo, todo el mundo sabe que cuando el gato se coma al ratón se acabará el mundo, hay canciones muy tristes y doloridas que hablan de búhos cantores y de indios muertos, cuando el tecolote canta el indio muere, esto no es cierto pero sucede, Jefferson tenía lo menos ciento cincuenta años, es probable que hubiera nacido mejicano aunque él solía disimular cuando alguien le preguntaba algo, yo no sé nada, yo no recuerdo nada, me estoy quedando sin memoria, Cam Coyote Gonsales y mi madre estuvieron algún tiempo juntos, se querían mucho y también se necesitaban mucho, casi todo el mundo necesita a los demás, Cam Coyote Gonsales no tenía estudios pero sí buenos sentimientos y mucha paciencia, Cam Coyote Gonsales vivía de atrapar serpientes venenosas en el desierto, no podía matarlas, se las compraban los laboratorios Norman and Huntington para fabricar medicinas, Cam Coyote Gonsales era listo y rápido, también podía estar sin mover ni una pestaña durante tres horas o más, eso confiaba mucho a las serpientes, Cam Coyote Gonsales era amigo del cholo de la mierda Zuro Millor, no le pegaba casi nunca, se reía mucho cuando lo encontraba abrazado a la muñeca hinchable y no le pegaba casi nunca, el cholo de la mierda Zuro Millor le calculaba cuánto tenían que pagarle en Norman and Huntington por las serpientes y se lo daba todo apuntado en un papel, es una regla de tres simple, si seis valen tanto, treinta y cinco valdrán treinta y cinco por tanto partido por seis, los números no pueden fallar jamás, Cam Coyote Gonsales jugaba bien al póker y cantaba canciones muy solitarias acompañándose con el banjo, *Las solteras de Wymola, Inspiración, Bernardino Chiricahua*, etc., cuando estuvo preso en Sacramento el alcaide de la cárcel le dejaba tocar el banjo todas las mañanas, mi madre tuvo un hijo de Cam Coyote Gonsales pero se le murió en seguida, se llamaba Fred y era hermano mío, claro, hermano de madre, a los once años le estalló un cohete en la cara y murió, Cam Coyote Gonsales corría como un caballo, las mujeres son muy distintas a los hombres, tienen más resistencia pero peores sentimientos, ahora voy a hablar de mi madre, primero se llamó Mariana y después Matilda, ella dice que nació en Sasabe con un pie a cada lado de la frontera, no conoció a su padre pero sí supo quién había sido, se lo contaron a los diez años cuando hizo la primera comunión y Búfalo Chamberino la emborrachó y la metió en la cama, le dijo, a tu papá lo ahorcaron en Pitiquito, tú juega con esto que tengo aquí y no te asustes, no es cierto que a tu papá lo arrastraran con un caballo hasta medio camino de Caborca, no, lo dejaron colgado y se lo fueron comiendo los zopilotes, no te distraigas, verás, ponte aquí que te palpe, tú abre un poco las piernas y respira hondo, tu papá tampoco era de mucha confianza, andaba siempre bastardeando por todas partes, tú no aprietes los dientes y respira hondo, Búfalo Chamberino hablaba despacio y regoldaba dulce, Búfalo Chamberino tenía fama de ser hombre muy cabal y mirado, respetaba mucho la costumbre, a Búfalo Chamberino le gustaba putear niñas, ya putearán ellas con los demás cuando pase algo de tiempo, yo las dejo bien amaestradas y ellas acaban puteando solas, es siempre lo mismo, las mujeres aprenden solas a andar, a hablar y a putear, a lo mejor es como la respiración, que ni se piensa, cuando empecé a acostarme con mi madre estaba ya vieja y quemada pero aún acertaba a dar gusto a los clientes, puede que no lo sepas pero yo sí, yo sé lo que es la señal que llevas en el culo, esa señal que llevas marcada en el culo, ya te lo contaré algún día, cuando mi madre me lo contó, un domingo que nos pasamos la tarde entera en la cama, no me produjo demasiada extrañeza, a veces me parecía que me alegraba mucho y a veces no, a veces me parecía que me daba tristeza, aquel domingo, después de terminar medio muertos y mientras me preparaba un café, te voy a poner mucha azúcar, los hombres deben tomar el café con mucha azúcar, esto da fuerza, le pregunté si quería que no volviéramos a acostarnos juntos nunca más, sí, sí quiero que sigamos acostándonos juntos, esto no tiene nada que ver con nada, de eso estoy segura, pero quiero pedirte una cosa, cuando ya estés satisfecho ponte los pantalones y bésame en la frente, mi madre tenía mucho instinto, no sabía ni leer ni escribir pero tenía mucho instinto y decoro, si una puta no tiene instinto se muere de hambre y de calamidad y miseria y si no tiene decoro y dignidad igual la matan a puñaladas, fueron ocho los hombres que anduvieron a tiros en el corral O.K. de Tomistón, el día 28 de octubre de 1881, los tres hermanos Earp, o sea Wyatt, Morgan y Virgil, y John Doc Holliday por un lado y los hermanos Ike y Billy Clanton y los también hermanos Frank y Tom McLaury por el otro, los tres últimos quedaron sobre el terreno, dos días después *The Tombstone Epitaph* publicó un suelto que decía, el funeral fue uno de los más concurridos que jamás se vieron en Tombstone, partió a las 3.30 desde la funeraria de los señores Ritter y Ryan, el cortejo iba precedido por la banda de música y bajó por la calle Allen hasta el cementerio, las aceras estaban atestadas de gente, el cuerpo de Clanton iba en el primer coche y los de los hermanos McLaury en el segundo, fueron inhumados en la misma tumba, el peón Francis Paco Nogales tenía un ojo de cristal, para que no se le rompiese solía llevarlo en el bolsillo envuelto en un pañuelo, el droguero ambulante no se llamaba Marco Saragosa, se llamaba Sunspot, Guillermo Bacalao Sunspot, al desgraciado lo colgaron del único árbol que había en Hilltop, tuvieron que descolgar a la negra Patricia que aún no estaba fría del todo, porque no había más que un árbol, la negra Patricia degollaba niños para hacer elixires con su sangre, bebedizo del amor y el desamor, pócima para atraer los enamorados y castigar los olvidos, jarabe que cura la impotencia y fortalece el deseo, en Pitiquito cuando ahorcaron a mi abuelo tuvieron que descolgar a Bob Hannagan que aún no estaba frío del todo, porque tampoco había más que otro árbol, Bob Hannagan era cuatrero, el droguero ambulante murió con bastante dignidad y ni pataleó siquiera, ¿me puedo llevar la soga para atar a mi señora, que está medio alzada?, preguntó el alimañero, Sam W. Lindo le dijo, no, esa soga pertenece al estado, no se la puede llevar nadie, Sam W. Lindo no tuvo ninguna culpa en el linchamiento del droguero Sunspot, cuando unos ciudadanos padres de familia y de hábitos honestos quieren linchar a un forastero, tampoco hay demasiada razón para oponerse, la paz, la costumbre y la confianza son las tres firmes columnas de la convivencia, la ley también influye pero no tanto, el droguero Sunspot vendía un crecepelo que jamás hizo crecer el pelo a nadie y, para colmo, ganaba siempre al póker y solía irse de la taberna del Oso Hormiguero sin pagar, cuando los vecinos de Tomistón se hartaron, el droguero Sunspot quedó colgado y también se lo comieron los pájaros de los muertos, el droguero Sunspot sabía hacer juegos de manos con la baraja pero al final le sirvieron de poco sus mañas, si la suerte descarrila ya no hay quien sujete a la desgracia, cuando lo iban a ahorcar el droguero Sunspot maldijo a sus verdugos y les anunció que se quedarían todos calvos, impotentes y sarnosos, Augustus Jonatás era el maquinista del ferrocarril de Winkelmann a Tortilla Flat, bordeando la reserva de los apaches, la de San Carlos, Augustus Jonatás era muy rico pero se murió sin saberlo, su viuda vive todavía y sigue linda y brava, se llama Violet y tiene una cantina en Bisbee, en el barrio de Thintown, los mejicanos le llaman La Zorrillera, también compra y vende y cambia caballos, Violet es hija de irlandés e india navajosa y lleva cuchillo a la cintura, Violet va de látigo, en la cantina es necesario para mantener el orden, los hombres pierden el pulso bebiendo y jugando a las cartas y es necesario mantener el orden, Bisbee es pueblito ordenado, el desierto de Chihuahua se mete por esta esquina de Arizona, al padre de mi madre lo ahorcaron en Pitiquito,

ella no lo conoció, entonces era frecuente no conocer a
los padres, era casi una costumbre al menos en la frontera, la madre de mi madre lavaba la ropa en casa de
Búfalo Chamberino, el puesto era bueno, porque le daban
de comer, la madre de mi madre murió de las fiebres,
le atacaron las fiebres y se murió al poco tiempo, cuando mi madre y sus tres hermanos maricas se quedaron
huérfanos el patrón Búfalo les dio unas monedas y los
dejó en el camino, el mundo es ancho, por aquí se llega
a todas partes, a Nueva York, a California, a Turquía,
ojalá no os pique una serpiente ni os mate el sol, mi
madre no recordaba si el caimán domado de mi padre
tenía nombre o no, a Taco Mendes, otros le dicen Taco
Lopes, le faltaba un ojo igual que a Francis Paco Nogales, se lo saltaron hace ya algún tiempo en la refriega
de Sierra Vista, fue famosa en toda la frontera, murieron tres indios, tres mestizos y tres blancos, los indios
eran navajos, los mestizos mejicanos de Vado de Fusiles y los blancos gringos, la cosa resultó bastante repartida y quedó mucho malestar, cualquier día se prende
otra vez la mecha, el ojo de Taco Lopes, otros le dicen
Taco Mendes, lo tiene guardado el tabernero Erskine en
una botella de ginebra, dice que le da mucha energía,
cada vez está más estropeado y deslucido, digo el ojo,
allá cada cual con sus manías, cuando nos acostábamos
juntos a mi madre le gustaba acariciarme y besarme la
marca del culo, es una flor muy bonita, me decía, ¡qué
lástima que no pueda encontrar las que me faltan!, después se echaba a llorar y tenía que distraerla cantándole canciones de pastores, yo no tengo mucho oído ni
buena voz pero dicen que canto entretenido, la taberna
del Oso Hormiguero tenía el techo bajo, muchos se aga-
chaban para no darse con la cabeza en el techo, Pantaleo Clinton era alto y solía darse con la cabeza no en el
techo pero sí en el dintel de la puerta, entraba distraído, Pantaleo Clinton quiso llevarse la soga con la que
ahorcaron al droguero ambulante pero no se la dieron,
esa soga pertenece al estado, Pantaleo Clinton olía las
alimañas a más de una milla, con su olfato Pantaleo

Clinton medía la distancia y precisaba si el coyote que aún no veía nadie era macho o hembra y estaba hambriento o ahíto, también distinguía un caballo de una mula y la raza de los hombres, los más fáciles son los negros que huelen a pescado, los indios que huelen a bisonte, los chinos que huelen a tapioca y los gringos que huelen a muerto, la negra Vicky Farley se fue a confesar y le dijo al cura, ave María purísima, tengo veinte años, a los once perdí la honra con el esposo de la tía que más quería, algunos de mi familia me odiaron y otros no, mi tía adoraba a su esposo, se fueron a Chicago y se reconciliaron, soy la persona más desgraciada por un problema que tengo, mi cuerpo es mitad mujer y mitad hombre, la negra Vicky Farley no bebía más que ron, no bebía whiskey ni tequila, sólo ron, la negra Vicky Farley era muy rápida con el revólver, le daba a una moneda en el aire y después sonreía, le dijo al cura, soy una mujer seria y respetable pero cuando salgo a la calle la gente hace comentarios y se ríe de mí en mi cara, el cura era un franciscano de la misión, el P. Douglas Roscommon, estaba siempre sudando y tenía el pelo color zanahoria, de mozo el P. Roscommon tuvo paperas y quedó medio resentido, hay a quienes no les cambia la voz y aprenden para sastre o para amanuense, la negra Vicky Farley siguió explicando, yo estaba en Little Rock, Arkansas, mi trabajo era de factoría y ya no quieren darme trabajo al verme el cuerpo, tengo defectos de la cabeza a los pies, el alimañero Pantaleo Clinton pensó robar la soga con la que ahorcaron al droguero Sunspot, no lo hizo para que no lo ahorcasen a él, robar al estado es un crimen que se castiga con dureza, Sam W. Lindo es inflexible, en otras cosas sí, puede que sí, pero en esto de la defensa de los bienes del estado no se casa con nadie, Sam W. Lindo es muy exigente, a los mestizos los lleva derechos como varas, los lleva a nivel y escuadra, él no es mestizo, debe ser cuarterón, madame Angelina, clarividente recién llegada de Agua Prieta, se echan las barajas, se predicen los destinos humanos, aceite bendito gratis, aceite para enamorados, sangre de murciélago, polvo de cementerio, muerte a mis enemigos, tenía amores con Sam W. Lindo, se veían en Sahuarita, en casa del güero García que se quitó de fumar, madame Angelina encontró al niño de nueve años conocido por Juanito Preguntón, estaba en Durango, Colorado, su atribulado padre el cantante Heriberto Espinosa la retribuyó con diez dólares, madame Angelina daba mucho gusto a Sam W. Lindo porque le hipnotizaba las partes, la letanía de Nuestra Señora es la coraza que nos preserva del pecado, yo digo Christe eleison y tú dices Christe eleison, ahora vuelvo a mi padre, hubiera sido glorioso, hubiera quedado heroico también muy llamativo pero no, a mi padre, cuando le dieron las viruelas y el capitán del carguero Fool's Wedding mandó tirarlo al mar, no se lo comieron vivo los tiburones, se lo comieron muerto, ya sé que el suceso es menos meritorio pero debe decirse siempre la verdad, los sábados dejábamos la herramienta a las siete y entonces yo y Gerard Ospino nos reíamos de Reginaldo Fairbank que como estaba cojo no podía beber cerveza, tampoco podía tomar el tren de Tanque Verde porque al pasar por el abarrote de Corralitos Hermanos era costumbre pegar patadas a los cojos, Erskine Aardvark Carlow, o sea Erskine Oso Hormiguero Carlow, Erskine había andado por Rhodesia, se abrigaba su único testículo con la funda de lana que le calcetó Ana Abanda, un punto al derecho y otro al revés, que fue monja y ahora vivía arrimada a Lucianito Rutter, el sacristán de la misión Santísima Trinidad, hay quien dice que hacía verdaderos milagros, tampoco puede decirse que no porque todos los milagros son verdaderos, no quiero que nadie vaya por ahí diciendo que se me enfrían las partes con la soledad, le explicaba el tabernero Erskine a Sam W. Lindo el jefe de la policía, es mejor que suden, más respetable, las partes deben estar siempre un poco sudadas, casi todos los indios del tren de Augustus Jonatás llegaron muertos a su destino, a Jeddito y a Oraibi, donde cayó el globo con un muerto dentro, en la reserva de los hopis que queda algo al norte más allá de Winslow, la negra Vicky Farley se siguió confesando, de mí se ha enamorado un chino que tiene la cara dañada de barros, él quiere casarse pero es blanco y yo soy negra aunque a él no le importa, vive en unos apartamentos donde todos son blancos, quiere que nos casemos y que me vaya a vivir allá, cosa que no haré para que toda esa gente no se ría de mí, el P. Douglas Roscommon tocaba el expresivo con buen gusto, él le llamaba harmonium, desde lo de las paperas se le habían educado los modales y el sentimiento, a lo mejor el chino de la negra Vicky Farley es pariente del chino al que le meábamos la puerta, en San Francisco, cuando la guerra europea, me lo contó el coronel McDeming antes de morir, habla el coronel McDeming, era mucha costumbre que los sábados por la noche saliéramos los muchachos en grupos, lo pasábamos muy bien y divertido, cantábamos, bebíamos cerveza, nos acostábamos con las polacas, tirábamos chinos a la bahía, ahora ya no es como antes, casi todo el mundo tiene algo en los testículos, Gerard Ospino, Erskine Carlow, el P. Roscommon, también Sam W. Lindo aunque se lo calle, un día empezó a salirme pus de los bordes de la flor del culo, mi madre me dijo, tienes mala la flor, puede que sea un grano, tu padre tenía siempre granos en el culo, cuando le reventaban ponía todo perdido de sangre y pus, entonces yo le contesté, también puede que sea castigo de Dios, un cáncer que Dios me manda como castigo por haber estado acostándome con mi madre sabiéndolo, Gerard Ospino fue poco a poco dejando de acostarse con mi madre, me da asco, bueno, vergüenza, me da como aprensión, pues a mí no, a mi me da gusto, mi madre me da mucho gusto, es una cerda que sabe dar gusto a los hombres, a mí ahora lo que me asusta es este cáncer que me ha salido en el culo, mi madre me dice que la flor está llena de pus, si la flor se me acaba borrando a lo mejor me muero, me gustaría saber qué les pasó a mis hermanos, mi madre volvía siempre a lo mismo, tu padre me mandaba hacer las porquerías con el caimán, nos revolcábamos sobre el suelo en el que siempre se amasó la tierra con mucha sangre de bestia o de hombre eso no importa, eso es lo de menos, y el animalito me agarraba una pierna con la boca enorme pero muy suave, el corral sabe muchas historias verdaderas lo que nos salva es que no habla, después me recorría todo el cuerpo, me mordía la nuca sin apretar, si aprieta me mata con aquellos dientes, me lamía las partes, las dos partes, me daba la vuelta y me metía el mandado por donde entrara, lo mismo le era un sitio que otro, yo le guiaba con la mano para que no me hiciese otro agujero, las gallinas huían asustadas, el caballo rebufaba nervioso y la cabra se quedaba mirando con fijeza como si tal, como si no quisiera que la vieran mirando, tu padre se reía mucho, después encerraba al caimán en un arcón en el que lo tenía medio asfixiado, me tumbaba en la cama, me llamaba puta hija de puta, el enamorado insulta siempre porque cree que la amante es distinta y mejor, tu padre estaba muy enamorado de mí, puta hija de puta, me daba lo menos cien latigazos con el cinto, después me preguntaba que quién me había hecho las señales y me pegaba más, si no me hubiera querido tanto no me hubiera pegado tanto, y me tomaba a la brava y rompiéndome toda, así de fácil, parecía un bisonte, con nadie gocé tanto como con tu padre, no se puede gozar más, debajo de él yo no podía ni moverme, quedaba toda rendida, tampoco podía respirar, a tu padre le daba la calentura al cuerpo y la pinga era como un ascua afilada y ardiendo, cuando entraba me daban latidos en la cabeza y casi perdía el sentido, tu padre fue uno de los últimos hombres como Dios manda, uno de los últimos machos verdaderos que pisaron este territorio, Fidel Lucero Johnson no tenía un solo pelo en la cabeza, en vez de pelo tenía brillo, la mujer de Fidel Lucero Johnson se llamaba Chuchita Continental y tocaba la guitarra y el acordeón, también cantaba y bailaba, cuando el droguero Sunspot engañó a Fidel con el crecepelo, Chuchita le dijo a su marido, ¿por qué no lo matas?, no va a hacer falta, ya ves, a ese acabarán ahorcándolo los demás, Fidel Lucero Johnson era muy bravo y reidor, se reía siempre a carcajadas y a voces, a la

gente se le encogía el ombligo cuando lo veían beber
whiskey por la nariz, mi nombre es Wendell Liverpool
Espana o Span o Aspen y todo lo que escribo es verdad aunque a veces no lo parezca, mi padre se llamaba
Cecil Lambert Espana o Span o Aspen y era muy tenaz
y habilidoso, sabía de doma, de cocina y de curtir pieles, mi padre vivió bien aunque no le sobrara la suerte,
cuando le dieron las viruelas y lo tiraron al mar se ahogó
en seguida, a los cinco minutos de llegar al agua, puede
que antes, estaba ya en el infierno, el P. Douglas Roscommon dice que a lo mejor Dios le hizo la caridad de
llevarlo al cielo, mi madre se llamó primero Mariana
y después Matilda, Mariana es un nombre muy bonito
pero parece extranjero, Lady Gay fue amiga de mi
madre, a su marido lo mataron los apaches en los montes del Dragón y ella se hizo puta porque tenía que
comer, nunca demostró mayor afición al oficio y en cuanto hizo unos ahorros se volvió a Rhode Island con su
familia, de los tres hermanos maricas de mi madre sólo
vive Ted, o sea Nancy, está ya viejo pero todavía vive,
Ted lava platos en New Iberia, Louisiana, en casa de
un negro comerciante de licores, Abraham Lincoln Loreauville, le llaman Parsley, muy rico y también sarasa,
Parsley tiene muy delicado y mimoso el esfínter del ano
o sea el ojete y cada vez que hace sus necesidades Nancy
se lo limpia con un algodón mojado en agua boricada,
en la riña de Sierra Vista hubo nueve muertos y una
pila de heridos, no los contó nadie pero fueron muchos,
a Taco Mendes, otros le dicen Taco Lopes, lo curaron
en Cazador, la india Chabela Paradise le cosió el párpado con mucho aseo, entonces fue cuando le vendió a mi
padre la mitad del caimán para comprarle un regalo a
la india Chabela, un costurero de paja todo forrado de
tela fina y dos onzas de tabaco de mascar, los hombres
deben saber corresponder, si no te da reparo que te abrace un tuerto mañana te saco a bailar un vals, busco un
músico, le pago un vals y lo bailamos, ya sé que hablan
que crío animalitos en el cuerpo, pulgas, piojos, ladillas,
caracoles no, pero si tú quieres me lavo bien lavado y

me pongo la otra camisa, mi camisa de los domingos ya la quisieran muchos para mortaja, Taco Lopes, otros lo nombran Taco Mendes, le dijo a la india Chabela, el ojo se lo voy a obsequiar a Erskine Aardvark para que lo ponga de adorno en la taberna, Erskine es buen amigo y sabe apreciar los detalles, Zuro Millor, el cholo de la mierda que no hacía más cosa que toser y cascársela, parecía una oveja o un mono, una oveja y también un mono, murió por llevarle la contraria a los hombres, a mi padre lo tiraron al mar porque le dieron las viruelas, si no no lo mata nadie, todos hemos de morir algún día, eso es bien cierto, lo que no se sabe es la postura, si de pie o acostado, la muerte no ataca si se la ve venir y se le mira de frente, entonces se avergüenza y se va, si el hombre cierra los ojos la muerte aprovecha para tenderle la trampa, Sam W. Lindo no pagaba casi nunca pero tampoco bebía demasiado, ya supe lo de tu ojo, le dijo a Taco Lopes o sea Taco Mendes, eso te pasa por andar de bravero por todas partes, ¿no ves que ya pasó el tiempo?, Fermincito Guanajuato lo decía siempre, no se puede andar como el diablo de cabrón entre los muertos porque al final te dan, a Fermincito le dieron y a ti también, a él más, eso va en suertes, ¿sabes lo que me dijo Fermincito antes de morir?, ¿no?, pues me dijo que anduviera con cuidado, ¿lo ves?, Cristo no calza espuelas pero manda la muerte, Tachito Smith era el dueño del Smith's Motor Service, también tenían parte sus hermanos pero él administraba todo porque además de ser el mayor era el más listo y saludable, Tachito Smith era patizambo y gastaba patillas de bandolero y bigote a la borgoñona, los días de fiesta se adornaba el chaleco con leontina de oro y onza de oro de Fernando VII rey de España, Tachito Smith se la había cambiado por un revólver al indio Abel Tumacácori poco antes de que lo mataran en el malón de Dos Cabezas hace ya bastantes años, Zuro Millor, el cholo de la mierda a quien mató mi padre de una topada en el pecho, ¡Dios, qué topada, qué manera de topar, era como un bisonte!, mi madre contaba que cuando mi padre se ponía verriondo y la cogía era lo mismo que un bisonte, Zuro Millor solía meneársela en el excusado de la confitería, ¡sal de ahí, mestizo de la mierda!, ¡vete a hacer el marrano donde no te vea nadie!, Tachito no lo dejaba entrar en el excusado pero siempre se lo encontraba dentro, ¿ya estás otra vez ahí?, ¿por dónde te has metido?, un día te voy a escarmentar, cholo de la mierda, un día no vas a poder terminar de meneártela, el indio Abel Tumacácori mandaba en los montes de Dos Cabezas, en la aldea también le obedecían pero quizá no tanto, el indio Abel Tumacácori estaba casado con una blanca muy alta y desgarbada, Irma, de pelo rubio, que fabricaba un raro licor macerando flores de cardón en aguardiente mezclado con un poco de unto de coyote, le ponía especias variadas y dos pajas en forma de cruz y lo dejaba reposar durante una luna, es muy bueno para combatir la flojera del espíritu y la dejadez de las partes, si se le da a un joven puede ser más peligroso porque a veces le estalla la pinga, cobra más fuerza de la que aguanta y se desbarata y revienta, se rompe en cien pedazos, Irma tenía las tetas caídas y andaba siempre con un collar de turquesas que le había regalado el indio Abel, el collar de azabache no se lo ponía nunca, era un recuerdo algo confuso de Santiago Portosín, un patrón de Noya con el que estuvo en amores hace ya tiempo, el indio Abel dejaba que lo tuviese guardado pero no que se lo pusiese, si te lo pones te corto las orejas y los pezones y le echo todo a los perros, Zuro Millor el cholo de la mierda tenía suerte mirando para el suelo, como iba siempre mirando para el suelo se encontraba monedas y otras cosas aprovechables, en la cuneta de la carretera de Nogales, entre Tubac y Carmen, Zuro Millor encontró a la muñeca hinchable Jacqueline deshinchada y puerca y con dos pinchazos en las tetas, las muñecas son como los carneros, aguantan más que los seres humanos y ni se quejan ni marean ni piden, Zuro Millor le quitó un poco el polvo, le puso un parche en cada pinchazo y la hinchó soplando, la muñeca estuvo dándole gusto al cholo hasta que mi padre lo mató, Dios perdona casi todas las muertes, la letanía de Nuestra Señora es la coraza que nos preserva del pecado, yo digo kyrie eleison y tú dices kyrie eleison, al guapo Estrada le decían Pichulín y al guapo Oquendo le llamaban Pápiro, en el pueblo no cabían los dos y entonces uno tenía que morir, se encontraron a las pocas noches en Concepción St., Pápiro sacó el cuchillo de debajo de la camisa y le partió el hilo de la vida a Pichulín, se lo partió justo por la garganta, antes de morir Pichulín apretó el gatillo de su revólver y le partió el hilo de la vida a Pápiro, se lo partió justo por el ojo por el que le metió la bala, Sam W. Lindo lo celebró invitando a cerveza a los amigos, los interfectos llevaban algún dinero encima, lo más decente es que nos lo bebamos por la salvación de sus almas, tampoco es fácil que se salven, bueno a nosotros nos es igual, en el infierno no corre el dinero y además está prohibido beber cerveza, despachar cerveza, Pato Macario se entendía con niños y con animales mansos, gallinas, perros y cabras, también con un lego de la misión Santísima Trinidad que se llamaba Isabelo Florence, todos los indios de la reserva de Tanee tenían purgaciones, el microbio lo llevó el Rvdo. Jimmy Scottsdale que fue el que convirtió a Isabelo Florence al cristianismo, dicen que Pato Macario también llevaba la flor en el culo, mi madre no lo sabía, mi madre no se la pudo ver porque Pato Macario era muy vergonzoso, yo le dije un día al lego Isabelo Florence, si le miras el culo a Pato Macario a ver si tiene una flor como esta que tengo yo, a mí no me toques el culo que te pateo, tú mira no más, mira con atención, te regalo una botella de whiskey, no me engañes porque lo he de saber a los pocos días, Isabelo Florence me dijo que sí, que la flor que llevaba en el culo Pato Macario era igual, a mí no me gustó la noticia y no la hablé con mi madre que también era su madre, a Isabelo Florence le mandé callarse, tú te has quedado sin habla y hasta sin respiración, ¿te enteras?, tú no sabes cómo tiene el culo ni Pato Macario ni nadie, Sam W. Lindo venía de chinacos pobres, todos los chinacos lo son y cada pobrete lo que tiene mete, Sam W. Lindo puede que sea cuarterón, llegó a jefe de la policía porque es rápido con el revólver y tiene tres virtudes, es inflexible, es valeroso y sabe mirar para otro lado cuando la prudencia lo manda, el orden es el orden y a mí me pagan para defender el orden, Sam W. Lindo es casi tan rápido con el revólver como la negra Vicky Farley que es capaz de darle a una avispa volviéndole la espalda y tirando por debajo del sobaco, Sam W. Lindo anda empelotado con madame Angelina, la quiere de todo corazón, ya sé que un hombre no debe hablar de estas cosas pero lo de madame Angelina no tiene igual en el mundo, madame Angelina me sabe hipnotizar las partes, podría jurarlo, se pone muy seria, me las mira fijo y con mucha calma, me duerme los huevos y me gobierna la pinga a voluntad, no sé por qué cuento estos privados, a la taberna del Oso Hormiguero no solían ir mujeres, no era costumbre, la rubia Irma empezó a frecuentar la taberna cuando quedó viuda, también entonces se ponía el collar de azabache algunas tardes, las viudas se toman ciertas licencias cuando pierden el miedo, no todas pierden el miedo, las hay que mueren de viejas pensando en el látigo de la juventud, el ojo de Taco Mendes, otros le dicen Taco Lopes, lucía con mucho fundamento en la taberna de Erskine Aardvark, la india Chabela Paradise le dijo, ¿puedo ver el ojo?, y el tuerto Taco Lopes, como guste mandar, Taco Mendes, lo dejaron tuerto en la tunda de Sierra Vista, le dijo, bueno, una mañana bien temprano te llevaré, ya lo verás antes de que empiece a moverse el personal, a lo mejor nos tropezamos con el cura que va a administrar los sacramentos a un moribundo, ya le falta poco para llegar a finado, lo empacan en la funeraria Grau, esmerados servicios fúnebres individuales y colectivos donde se emborrachan las familias y donde también se la menea Zuro Millor, el cholo de la mierda, los perros no mean en las casas de quienes van a morir, tampoco beben agua ni comen pan sino que aúllan y pasan de largo, las mujeres tienen más raciocinio y son capaces de acostarse con un moribundo incluso con un condenado a muerte, a mi madre la apartaron de mi padre antes de tiempo, eso es el destino, a mi madre la hizo gozar mi padre muy verdaderamente, tal que una tea ardiendo apagándose en un cubo de sangre, los demás hombres no supimos jamás darle tanto gusto, los hombres son fáciles de amansar, decía mi madre, los que aman mucho son más duros pero de éstos hay pocos, a lo mejor una mujer no se tropieza más que con dos o tres en su vida, a las perras y a las serpientes no les pasa lo mismo con sus machos, es parecido pero no igual, hay quien usa más el pensamiento que el sentimiento y hay quien hace lo contrario, lo que no se sabe bien es la proporción, siempre hay una proporción, nunca se sabe si la idea puede con la costumbre o al revés, un coyote es capaz de cruzar el desierto en busca de la hembra, un perro sabe esperar moviendo el rabo a que otro perro acabe de montar a la perra y un hombre lo mismo puede matar con ira que sentarse con sosiego en una silla baja y cascársela o leer el periódico mientras un forastero se da un refocilo con su esposa, eres una puta pero a mí nada me importa porque al final sé que te gusta darme gusto, ¡ya verás cuando te dé sepultura y pise bien pisada la tierra de tu fosa!, Saturio dejó a sus hijos en el camino de Quito Baquito para que no pudieran desenterrar a la madre, la chola Azotea murió enterrada en sal y los hijos tardaron mucho en encontrar el cadáver y tuvieron que lavarlo tres veces antes de dejarlo en el camposanto, Sam W. Lindo le dijo a Saturio, eres un malvado y un homicida, también un cagón, escucha lo que quiero decir, te voy a estar pegando patadas hasta que me aburra y después te dejo en la frontera, ya te las arreglarás, no vuelvas hasta pasado un año, la gente pronto olvida pero por lo menos tarda un año, la chola Azotea tampoco se merece que nos gastemos demasiado en papel, dispensa, Saturio no se portaba con dignidad pero era bien mandado, bueno míreme por los hijos que aún son tiernos, un año pasa en un vuelo que todo lo va borrando, el jurado declaró culpables a los hermanos Earp y a Doc Holliday de la muerte de los hermanos McLaury y de Billy Clanton pero el juez Wells Spicer mandó soltarlos libres de todo cargo por entender que los hechos tuvieron plena justificación, a Miguel Tajitos, el lego de la misión de San Xavier le decían Fundillo Bravo porque no se dejaba palpar, no era vicioso y además le gustaban las mujeres, se lo callaba pero le gustaban mucho las mujeres, Miguel Tajitos fue buen amigo de mi padre, por eso sabía que el caimán domado se llamaba Jefferson y hablaba inglés y español de corrido, yo lo vi, Jefferson también imitaba el relincho del caballo y el aullido del coyote, recitaba poesías y cantaba canciones, yo lo vi, Zuro Millor el cholo de la mierda era un mentiroso, tu padre hizo bien en matarlo, lo malo es que Sam W. Lindo se sintió autoridad y se lo hizo pagar muy caro, yo creo que ahora que ya no tiene remedio le duele aunque no lo quiera decir, los lagartos presumen en la pelea, hinchan la papada y se ponen de lado para que el enemigo pueda ver su corpulencia y se asuste, a veces ni hay pelea siquiera, uno de los dos se raja y ni hay pelea siquiera, yo y Gerard Ospino lo pasábamos casi siempre bien, en el trabajo no había mayores dificultades y fuera del trabajo todo rodaba aseadamente y con orden, a las mujeres les gustan los juramentos, eso no es malo pero puede resultar comprometido, yo no supe nunca lo que quieren decir algunas palabras, tampoco nadie sabe explicar bien lo de los eclipses pero no importa, es igual, Gerard Ospino tenía buena mano para la baraja, ganaba siempre, se conoce que sabía amaestrar el naipe, de haber tenido más agallas hubiera podido ir por los pueblos jugando al póker, sacándose ases de la manga y ganando dinero, Gerard Ospino tenía pocas agallas, en cuanto se quedaba solo se venía abajo, Gerard Ospino jugaba mejor que Cam Coyote Gonsales pero remataba peor, el hermano vivo de mi madre se llama Ted, le llaman Nancy, y dice que sueña en colores, la funeraria Grau celebró el finado número cien ofreciendo un cocktail a sus amistades, unidos por el destino y la voluntad de Dios Nuestro Señor brindo porque no tengan ustedes que recurrir a nuestros servicios durante largos años, estas fueron las palabras que pronunció Archibald M. Grau ante los presentes, eso de soñar en colores es algo que dicen mucho los maricas cuando no tienen de qué hablar, también explican que duermen poco y que padecen enfermedades curiosas y peculiares, cuando Búfalo Chamberino llegó a viejo sólo se entretenía si le contaban muertes, al cuatrero Bob Hannagan lo ahorcaron en Pitiquito poco antes que al padre de mi madre, no había más que un árbol y tuvieron que descolgarlo casi caliente, poco después mi madre hizo la primera comunión y Búfalo Chamberino la emborrachó, le subió las faldas y le quitó los pantalones, tú no te asustes y cógeme la pinga verás cómo se pone dura, tu papá murió con mucha decencia, la gente quería que gritase y pataleaase pero él ni gritó ni pataleó, cuando un hombre no quiere, no quiere, tú abre un poco las piernas y déjate palpar, después vendrá la merienda con las amiguitas, el día de la primera comunión es un día muy feliz, no te faltará nada, pan de chaucaca para chupar, tú abre un poco las piernas, a Búfalo Chamberino le gustaba que le contasen muertes, el penitente le dijo al P. Douglas Roscommon, ave María purísima, tengo dieciocho años y me llamo Paul, a los nueve perdí la inocencia con tía Alejandra que era la hermana mayor de mi mamá, después seguí mucho tiempo complaciéndola porque me gustaba y porque tía Alejandra, que también se acostaba con mi papá, me amenazó con acusarme, ahora me encuentro casado con una señora de treinta y seis años, me dobla el tiempo, en el año y medio que llevamos de matrimonio sólo ha habido martirio, me trata muy mal y siempre está fregando y peleando, le gusta la camorra y también faltar al respeto al hombre, los sábados volvíamos a la libertad a las siete y entonces hacíamos, yo y Gerard Ospino, las siete maniobras siguientes, silbar con los dedos en la boca para que lo escuchara todo el mundo, comer piñones y escupir las cáscaras a las chicas, solían molestarse, saltar por encima de las banquetas de la taberna, limpiar soplando las flores de trapo de la catequesis, amapolas, rositas y azucenas, lustrarnos las botas con betún, mearle la puerta al chino, el último sábado de mes también se la cagábamos, y acostarnos con mi madre primero yo, al final cuando me estaba ya poniendo los pantalones me pedía que le besara la frente y lloraba, siempre lo mismo, se planea muy bien el asalto a un banco y al final falla algo, se escapa algún detalle, no es fácil disparar en el momento justo, dos segundos de duda pueden dar por tierra con todo un plan madurado durante largos meses, si se te seca la garganta tienes que fabricar saliva, lo que no puedes es ir a asaltar bancos con la garganta seca, tampoco te debe bailar la voz, tiene que ser toda seguida, Paul se siguió confesando, yo le doy a mi esposa la mitad de mi salario y me porto bien, ella tiene nueve hijos todos en casa, ninguno es mío, el mayor cumplió ya diecinueve años y acaba de salir de la cárcel, me he dado cuenta de que mi esposa no me considera como esposo, se ha casado cinco veces, en los otros matrimonios tuvo hijos, el alimañero Pantaleo Clinton no pudo llevarse la soga de la que colgaron a Marco Saragosa el droguero ambulante, su verdadero nombre es Guillermo Bacalao Sunspot, el esposo Paul estaba al borde de matar a Betty que tal era como se llamaba su esposa, mire padre, yo me confieso de tener malos pensamientos, a veces lo que pienso es que es mejor matarla ahogada, estrangulada, envenenada, ahorcada, de un pinchazo, de un tiro, eso nunca se sabe, yo no quiero matarla porque tampoco quiero acabar en la silla eléctrica, aún soy joven, según la gente que conoce a Betty sus anteriores esposos la dejaron por las peleas, se pasa el día botándome del apartamento que es de ella, yo sólo tengo allí la ropa, en su cantina de Bisbee la india Violet, la viuda del maquinista Augustus Jonatás, limpia el cuchillo con arena para que el pincho pinche bien, el filo file bien y el contrafilo aguante y da grasa de coyote al látigo para que siga siempre flexible y obediente, en el desierto de Plomosa a este unto le llaman leche de coyote y saliva de angelito, Violet con el látigo es capaz de quitarle a quien sea el pitillo de la boca, en la cantina de Violet la gente o guarda silencio o canta, hablar no es costumbre, muchos hombres se buscaron la ruina por hablar, a mi primo Luther Vermont Espana o Span o Aspen, que vivía bien de andar al merodeo por la sierra de Ajo, por Gu Vo, por Lukeville, por Ali Chuk y otros lugares, le partieron el corazón por hablar, le cortaron el hilo de la vida por hablar, le dieron un latigazo en la tetilla izquierda y le pararon el corazón en seco, Bryce Indiana Peyote también manejaba con destreza el látigo, es como la esgrima, mi madre sabe una caricia especial, es algo muy fino, algo que reconforta y también estremece, cobra un poco más pero vale la pena, da mucho gusto, te coge el culo con la boca, te mete un poco la lengua y chupa fuerte, te hace como una ventosa, se llama el beso negro y lo inventó Bonne Mère Mauricette, una madame de Napoleonville, cerca de Nueva Orleans, mi madre se lo hace al que lo paga, a mí me lo perdona, no me lo cobra aparte, después sonríe, mi madre sonríe siempre con mucha dulzura, se enjuaga un poco con listerine y sigue trabajando en la casa, los animales dan mucho trabajo, el chivo es medio bravito y marea porque no se deja gobernar, Zuro Millor el cholo de la mierda era muy delicado, era medio enfermizo y tenía poca salud, a mi padre no le costó demasiado matarlo, con la misma topada hubiera podido matar a tres, en el hospital de emergencias ya conocían a Zuro Millor, andaba siempre merodeando por los retretes, robaba el papel higiénico y el jabón, tenía habilidad para hacer barcos y pajaritas de papel, con el jabón hacía pompas, buscaba un sitio donde no soplara el viento y hacía pompas de irisados colores, esto de hacer pompas da mucha paz al alma, Zuro Millor se la meneaba en los sitios más variados, todo el mundo lo sabía, en el confesionario de la misión o sea donde el P. Roscommon perdonaba los pecados a los penitentes que le pedían ayuda, en la confitería del patizambo Tachito Smith el de Smith's Motor Service, en la funeraria de Archibald Grau a quien cada vez le salían mejor los discursos, en la cerca de tunas del abarrote de Corralitos Hermanos, en el hospital de emergencias, allí se mue-

ren muchos, vamos casi todos, en la taberna del Oso
Hormiguero en medio del tumulto, cuando cogía el ritmo
a él no lo paraba nadie, en el beauty shop de la señorita Gloria se despachan las mejores lociones y pastillas
de jabón de olor de las más acreditadas marcas, en la
choza del indio Rafael, en los velorios de angelito, Cam
Coyote Gonsales, no, pero el lego Miguel Fundillo Bravo
Tajitos le pegaba patadas a Zuro Millor, no le tenía misericordia, la letanía de Nuestra Señora es la coraza que
nos preserva del pecado, yo digo Christe audi nos y tú
dices Christe audi nos, a mí me gustaría que algún sabio
me dijera cuándo iba a ser el fin del mundo eso no lo
sabe nadie pero algunos lo dicen para presumir delante
de las mujeres, la señora Hanna Stoneman pagó la in-
serción de la siguiente nota en *El Diario de Sarasota*,
muchos son los buenos compatriotas que me han escrito mensajes de condolencia por el óbito de mi hijo querido Arturito Richard Stoneman ahogado en un lago de
Miami cuando pescaba con unos amiguitos, aún atribu-
lada por la pena escribo este breve comunicado para ex-
presar mi más profunda gratitud a todos los que se han
unido al dolor que me aqueja, a la prensa también debo
gratitud por tanta gentileza como tuvo para Arturito
cuando actuó profesionalmente como intérprete de baile
español y como pitcher de los Bee Ridge White Sox, el
droguero ambulante Guillermo Bacalao Sunspot y el peón
Francis Paco Nogales, el que llevaba el ojo de cristal en
el bolsillo, se encontraron un caballo sin hierro pero con
dos cortes en cada oreja entre Sunglow y Wilcox, más
allá de Hilltop y el desfiladero del Apache, y no supieron lo que hacer con él, déjalo pasar, lo más seguro es
que sea propiedad del demonio, a lo mejor es el mismo
demonio, también puede que sea el caballo de don Diego
Matamoros que anda por ahí persiguiendo indios y negros, otros le llaman el apóstol Santiago que bautiza
con chocolate hirviendo a los que no tienen la sangre
limpia, un primo de don Diego preñó a la güera Konskie
que parió dos niñas gorditas, los peones del rancho Culebrón eran tres, Macario Davis, Jesusito Huevón Mo-

chila y Santos Dorado Gimenes, ninguno tenía buenos sentimientos, los tres eran briagos y pendencieros y ninguno usó nunca los sesitos para discurrir virtudes, mi madre no tomó todavía la decisión de hacerse puta, se fue haciendo puta poco a poco y un día se encontró con que era puta, esto le suele pasar a casi todas las mujeres metidas a putas, Jesusito Huevón Mochila oyó las amenazas, un día te van a desgraciar con el hierro, un día te van a capar las partes por presumido, Jesusito Huevón capaba animales de balde sólo por divertirse, potros, novillos, carneros, puercos, también perros y gatos, Jesusito Huevón Mochila era aficionado a la desgracia, lo que más gusto da es ver la cara de los animalitos, la mirada se les va apagando, primero suave y después con amargura y babean, todos babean, ¿usted sabe si es verdadero que a Cristo le metieron pleito en Arizona?, no, no lo sé, a Cristo no le puede meter pleito nadie porque es Dios y Dios gana siempre, Dios puede hacer milagros y convertir una mujer en lagarto con tres ojos y cuernos, depende de que quiera, Cristo o sea Dios es más duro que Arizona, de otra manera pero más duro y tiene más memoria, Cristo o sea Dios no olvida nunca ni las ofensas ni los regalos, a él le hicieron muchas maldades los pecadores, Macario Calavera Davis le contó la historia a Jesusito, escucha bien, un hombre con la pinga dura no tiene frío ni calor ni ve el peligro, un hombre con la pinga dura es ciego y valeroso, yo no sería capaz de montar a una mujer en inglés, esto lo digo ahora pero creo en el sentimiento, es mejor estar callado, el P. Douglas Roscommon hablaba a veces con Cam Coyote Gonsales, he padecido tanto que soy ya un forastero, a veces me dan ganas de volver a empezar pero eso no es posible, Macario Calavera Davis sabe contar historias a Jesusito Huevón, el acto brutal hay que hacerlo en el mismo idioma y con la misma lengua con la que se maldice y bendice, es mejor estar callado que dejar de creer en el sentimiento, un hombre con la pinga dura cree en el sentimiento y habla con sentimiento y vergüenza, las dos niñas gorditas que parió la güera Konskie tenían cinco años cuando se les murió la madre de repente, las dos niñas gorditas se acostaron al lado de la madre muerta y estuvieron varios días en silencio y sin comer, las encontró el peón Santos Dorado Gimenes que fue a ver a la madre, se veían cada semana o semana y media, Andy Canelo Cameron era tonto, hay una clase de tontos que se parecen todos entre sí, que parecen todos el mismo, todos tienen la misma carita de pájaro, Andy Canelo Cameron también era albino, lo que no era es sordomudo, oía bien y lo que tenía que decir sabía decirlo, Andy iba a acostarse con mi madre una vez al mes, pagaba con puntualidad y se tranquilizaba pronto, parecía un gallo o un conejo, a veces se quedaba dormido mamándole una teta a mi madre, no sacaba nada pero eso es lo mismo, Andy mamaba por mamar, el P. Roscommon le iba diciendo a Cam Coyote Gonsales, a veces me dan ganas de volver a empezar pero eso no es posible, los forasteros no siempre son malos, algunos pueden ser hasta corrientes, buenos del todo no, la verdad es que no son buenos del todo casi nunca, lo que son los forasteros es peligrosos, cuando a un hombre lo sacan de su territorio se hace peligroso, yo he sufrido tanto que soy ya un forastero, Niño Gabinto se duele con mucha aplicación, si me miro al espejo me veo bajo y medio aindiado, me veo escurrido y poco lustroso, a mí me gustaría más ser como Eddie Peugeot que se ve que viene de blancos que comieron caliente toda la vida, la reverencia prohíbe echarle agua bendita al whiskey salvo caso de necesidad, el P. Roscommon recetaba whiskey con agua bendita para combatir las fiebres de los interiores, antes de matar a Zuro Millor el cholo de la mierda, mi padre decía siempre, no merece la pena matar a nadie, tampoco morir, no merece la pena nada o casi nada, ni matar ni morir ni siquiera levantar la voz, Andy Canelo Cameron fumaba colillas, las ponía al sol para que se les curasen las babas, me llaman Wendell Liverpool Espana o Span o Aspen y no digo mentiras sino que cuento noticias verdaderas algunas venidas desde muy lejos, Picacho, Palo Verde, Pajarito, La Candelaria, el jefe de la policía llegó hace ya dos o tres años hasta Picacho, California, en el desierto de Yuma que cae dentro del de Sonora, el de Mojave queda algo más al norte, a Sam W. Lindo le gustaba andar a caballo por las latitudes, los buscadores de oro son reservados o descarados según pinte la circunstancia, los buscadores de oro duermen como las liebres, Archie Grau el de los muertos pasó una vez por Palo Verde, California, se puso a jugar a los dados con quien sabía moverlos mejor que él y perdió hasta los calzones, La Candelaria está en Méjico, estado de Chihuahua, según se va de Ciudad Juárez a Lucero, en La Candelaria tuvo muy oscuros amores Bob Hannagan, casi nadie lo sabe, se entendía con la chola Micaelita que después se casó con el sargento Salustiano Sabino, en Pajarito, Nuevo Méjico, está enterrado el novelista Doug Rochester, el autor de *Luna llena sobre el río Grande*, en la tumba pusieron su máquina de escribir, la robó el indio Cornelio Laguna que la enseña a los visitantes, le dan unos centavos y la enseña a los visitantes, también explica quién fue Doug Rochester, el autor de *Luna llena sobre el río Grande* y *El solitario del monte de las Palomas*, yo no digo nunca más que la verdad, soy Wendell Liverpool Espana o Span o Aspen y no tengo el feo vicio de mentir, Taco Peres, otros le dicen Taco Lopes y otros Taco Mendes, casi nadie le llama Taco Peres, era el otro dueño de Jefferson el caimán domado, lo tenía a medias con mi padre, a Taco Mendes le saltaron un ojo en la tángana de Sierra Vista, lo tiene guardado Erskine Carlow en una botella de ginebra llena de alcohol de botiquín, el caimán no habla, eso es mentira, dijo una noche Zuro Millor el cholo de la mierda que robaba el cepillo de las ánimas, el P. Roscommon amenazó con el fuego eterno al ladrón del peor de todos los robos, el sacrílego, el que se hace a las propiedades del Señor, el caimán no habla, eso es imposible, entonces mi padre lo mató, el cholo de la mierda que se meaba por encima no era duro ni bravo y dejarlo sin aire tampoco fue difícil, Ana Abanda lavó el cadáver y lo amortajó con esmero, Ana Abanda ya no era monja pero aún no vivía con el sacristán Lucianito Rutter ni tampoco le había tejido el calcetín de lana de su único testículo a Oso Hormiguero, Corinne McAlister tiene un diente de oro y un juego de ropa interior de color negro muy lujurioso, no se lo pone más que las vísperas de fiesta, Corinne McAlister sabe jugar al billar y no se asusta ni en las broncas ni en los cementerios, Andy Canelo Cameron andaba ahorrando para acostarse con Corinne, puedes guardarte el dinero, yo a los tontos no les cobro, los tontos también son de Dios y además hacen las mismas porquerías que los listos, aquí nadie inventa nada, lávate bien y termina pronto que tengo mucho trabajo, tú con quien debes ir es con Matilda, para ti está de sobra, a mí me molestó este desprecio y se lo dije, mi madre es tan hermosa como tú y sabe el oficio mejor que tú, no tiene nada que envidiarte ni nada que aprender de ti que eres todavía más puerca que orgullosa, Abby McAlister es hermana de Corinne y diez años mayor, Abby fuma puros habanos, los compra en Agua Prieta en el abarrote de Arteaga, las dos hermanas McAlister vinieron de Lexington, Kentucky, se les ve en los modales, son episcopalianas pero aquí tienen que transigir, no es lo mismo querer de todo corazón que de mero sentimiento, Abby guarda las colillas de puro para Andy Canelo Cameron, las guarda en una caja de lata y se las da a Corinne, toma, para el tonto, Crazy Horse Lil fue puta tumultuaria, si le llamaban Caballo Loco sería por algo, Lil gozaba en las borracheras y en las broncas y cuando el cuerpo le pedía pelea la armaba con quien tuviera delante, le era lo mismo que fuera hombre que mujer o bestia, Lil era tan fogosa como la lumbre del palo fierro que revienta las estufas, nadie sabe si la chola Azotea subió al cielo o bajó al infierno, el purgatorio y el limbo deben estar al nivel del mar, en la ranchería de Quito Baquito, por donde los indios pápagos rumian miseria, soledad y viento, a los indios pápagos no les gusta ese nombre, ellos son tohono-o'odham, los saguaros semejan campanarios rodeados de calamidad ruin, las dos hermanas McAlister son pelirrojas, se supone que las pelirrojas tienen gracia en la cama, también se supone que los mestizos de Vado de Fusiles tienen mala intención y son aleves y traicioneros, a mí no me gusta ser hermano de Pato Macario pero tampoco lo voy a matar, el Rvdo. Jimmy Scottsdale convirtió a Isabelo Florence al cristianismo, también llevó el microbio a la reserva de Tanee y ahora todos los indios tienen purgaciones, la falta de higiene es causa de muchos males contra la naturaleza, Deena el ama del rancho Providence es aún joven y tiene buena figura y buenos sentimientos, Deena es viuda, a su marido le picó una cascabel en Topock, a lo mejor fue una víbora de cuernitos, que camina de lado y es aún más peligrosa porque no silba, la víbora de cuernitos no vive en ningún otro lugar del mundo, en Topock hay mucha agua, Ronnie se bajó del caballo a lavarse la cara, a quitarse el sudor de la cara y el sudor del cogote y de la nuca y se lo encontraron muerto a la mañana siguiente, el caballo no se movió de su lado en toda la noche, Deena se pasó quince días llorando y suspirando, Deena se entiende con el capataz Hud Pandale, la cosa viene ya de antiguo, de cuando estaba casada, Deena y Hud llevan sus amores con mucha discreción, Deena despidió a Jesusito Huevón Mochila porque le pareció que la miraba con complicidad, a los peones no se les puede permitir que se sientan cómplices, Jesusito en seguida encontró trabajo en el rancho Culebrón, los animales ponen la mirada amarga cuando los capan, tiemblan un poco, babean y ponen la mirada mansa y amarga, da mucho gusto pero hay gente que no lo sabe, lo malo es cuando los pensamientos separan los sentimientos, Macario Calavera Davis contaba historias muy bien fundadas, Jesusito Huevón Mochila nunca se las aprendió bien, lo malo es cuando un hombre quiere meterle en la cabeza a otro sus pensamientos, eso es señal de que la muerte no anda lejos ni tampoco asustada, el P. Roscommon siguió diciéndole a Cam Coyote Gonsales, hay que ser de algún lado, lo malo es ser forastero, todos los forasteros arrastran una historia sucia y sangrienta que no quieren contar a nadie, el silencio acaba dando dolor al esqueleto pero todo es mejor a la horca, los forasteros no tienen tradiciones y por eso asaltan bancos y trenes, hacen trampas en el juego, roban caballos y vacas y matan por la espalda, la tradición no prohíbe asaltar bancos y trenes ni hacer trampas en el juego, ni robar caballos y vacas pero sí matar por la espalda, el chino Wu era muy respetuoso, nadie le conocía vicios, Erskine Aardvark Carlow le dejaba dormir debajo del mostrador, la letanía de Nuestra Señora es la coraza que nos preserva del pecado, yo digo Christe exaudi nos y tú dices Christe exaudi nos, el cadáver del indio Abel Tumacácori se pudrió al sol en la fuente García cerca del arroyo de San Cristóbal, el calor era muy violento, era casi venenoso, Irma tenía las tetas caídas y bebía cerveza en la taberna del Oso Hormiguero, en vida del indio Abel no se hubiera atrevido ni a beber cerveza ni a ponerse el collar de azabache, Irma inventó un licor capaz de devolver la lozanía a las ruinas del organismo, pinga, testículos, pulmones, nervios, vientre y garganta, con Santiago Portosín no se pararon los relojes, Irma le dio el licor y a Santiago Portosín tuvieron que llevárselo al hospital con la pinga crecida como un toro, dura como un peñasco y con mucho dolor, jamás se vio nada semejante, Santiago Portosín le arrimaba látigo a la rubia Irma que se estremecía de gusto y aullaba igual que una víbora revolcándose con el demonio, a las rubias les va la tralla, saben agradecerla, hay demonios que hacen gozar más de siete veces seguidas a las víboras cuando les calientan la sangre, por el pueblo pasó un músico ambulante que tocaba el saxofón, era negro y saludaba con mucha cortesía a todo el mundo, mi nombre es Gus Coral Kendall y también sé cantar, en Baton Rouge tenía una orquesta con unos amigos, el director era yo, mi señora se escapó con la caja y nos llevaron a la cárcel a los seis, éramos seis, Gus estuvo en el pueblo quince o veinte días, quedamos muy contentos de su conducta, mi madre no sabe que Pato Macario es hijo suyo y de mi padre, me hizo once hijos pero a ti es al único que encontré, yo tampoco se lo voy a decir porque la gente es muy murmuradora, el alimañero Pantaleo Clinton quiso llevarse la soga con la que ahorcaron a Guillermo Bacalao Sunspot, tuvieron que descolgar a la negra degolladora de niños, mi señora está medio alzada, no se deja amarrar, el alimañero Pantaleo Clinton es muy alto y se da con la cabeza en el dintel de las puertas, de casi todas las puertas, en la cárcel de Safford conocí a un cuatrero que también llevaba la rosa de tu padre en el culo, se escapó un día de navidad y nunca volvió a saberse nada de él, tuvo suerte porque lo más probable es que hubieran acabado ahorcándolo, Bob Hannagan tuvo peor fortuna, lo apartaron de los brazos de la chola Micaela y lo colgaron en Pitiquito, esto fue hace ya muchos años, el preso de Safford se llamaba Bill Hiena Quijotoa y tenía más o menos mi estatura, era bien parecido aunque bizqueaba un poco, se le escapaba un poco la mirada, sabía bailar muy bien y un día se enzarzó a trompadas con el calvo Fidel porque le sacó a bailar a la esposa, Chuchita no tenía mucho fundamento y a Fidel le costaba sujetarla, a mí me gustó mucho oír de otro hermano, Cam Coyote Gonsales estaba cantando el corrido *Mariquita va al altar* cuando un rayo mató a Colonio Pisinimo que también era cazador de serpientes, las pagan a buen precio en los laboratorios Norman and Huntington para aprovechar el veneno, los tres jugaban bien al póker, el droguero Sunspot que hacía trampas, Cam Coyote Gonsales que tenía mal perder y Gerard Ospino que no arriesgaba, el póker abierto es más traidor, en él manda más la ciencia que la corazonada y el repente ciego, en el saloon Crystal Palace en Allen Street se jugaba al póker abierto sin caridad, no hacía falta poner el revólver sobre la mesa, los hombres de la mina Toughnut tenían la nuez dura y no se lavaban más que si una mujer se lo exigía, el negro Abraham Lincoln Loreauville padece de flojera en el esfínter del ano, también tiene grietas, mi tío Ted se lo cuida limpiándoselo con un algodoncito mojado en desinfectante suave, al negro Abraham Lincoln le dicen Parsley por lo delicado y aromático, con los licores ganó mucho dinero y ahora puede pasar una vejez tranquila sobándole los muslos y el culo a los niños de la vecindad, para eso están los caramelos y los helados, para doblar y amansar los niños de la vecindad, mi madre se llamaba Matilda y antes Mariana, no sabía leer ni escribir pero la verdad es que tampoco lo había necesitado nunca, en el pueblo la querían bien porque no era escandalosa ni aficionada a pleitos, al guapo Oquendo lo mató el guapo Estrada de un tiro que le entró por un ojo, al guapo Estrada lo mató el guapo Oquendo de una cuchillada en la garganta, seguramente le segó la vena, yo pasé mucho miedo cuando empezó a salirme pus en los bordes de la flor del culo, a lo mejor es castigo de Dios por no tener bastante fe, Dios manda cánceres a los descreídos, los blasfemos y los herejes, por aquí hay pocos herejes, la gente no suele meterse en herejías, es baptista o católica o metodista pero no es hereje, eso no, hacia el norte hay mormones, tampoco son herejes sino muy respetuosos y familiares, la esposa del pastor se llama Marinne Brown L., tiene cuarenta y un años menos que el marido y es rubita y distinguida, no muy alta pero sí bien hecha, quizá le falte algo de carne en las piernas, en St. David hay muchos mormones, son muy decentes y domésticos, ya digo, muy circunspectos y familiares y se pasan la vida preñando a sus mujeres para que al Sumo Hacedor no le falten fieles servidores, eso está bien y es oportuno, las dos hermanas McAlister, Abby y Corinne, son episcopalianas pero aquí tienen que transigir y disimular, tampoco pueden hacer otra cosa, mi madre recordaba que a mí siempre me gustaron los tangos y la gaseosa, el peón Francis Paco Nogales llevaba el ojo de cristal en el bolsillo y bien envuelto en el pañuelo para que no se le estropease, Taco Lopes, otros le dicen Taco Mendes, perdió el ojo en la pelea de Sierra Vista, la india Chabela Paradise se portó muy bien con él, el peón Francis Paco Nogales se quedó tuerto a lo civil, no a lo militar, al peón Francis Paco Nogales le salió una rija de natural traicionero y un día se le pudrió el ojo y se le cayó, el ojo de cristal lo lleva en el bolsillo para que no se le estropee, cuando al peón Francis Paco Nogales se le murió la mujer le compró una armónica a su hijo para ayudarle a combatir la tristeza, es malo que los niños anden tristes como los animales, los niños no tienen la culpa de que se vaya muriendo el personal, es malo que los niños anden tristes y vagabundos porque la gente deja de creer en Dios, Teodulfo Zapata gastaba demasiado nombre para su valor que era escaso, los hay que nacen reclamando sitio pero también los hay que mueren con el poncho prestado, el misterio de las vidas y las muertes tampoco tiene mayor explicación, Teodulfo Zapata se ahogó en el río Colorado entre Site Six del lado de acá y la reserva de Chemehuevi del lado de allá, los peces le comieron los ojos y alguien le cortó las partes, el cadáver tenía las partes cortadas, a veces pasan cosas confusas y aburridas, medio confundidoras y aburridas, Teodulfo Zapata había tenido algún rifirrafe con el irlandés Carlow pero la sangre no llegó al río, si vuelves a pisar la taberna te parto la cara, aquí no necesitamos mendigos ni cagones, Violet lo hubiera echado a latigazos de su cantina, en el establo tengo dos caballos que te pueden servir pero tienes que pagármelos al contado, ya sabes que no fío a nadie, ya sabes que no me gustaría tener que cortarte una oreja, ya sabes que no tengo más que una palabra, mi padre no cobró nunca por enseñar el caimán domado, Cam Coyote Gonsales no pegaba a Zuro Millor, el cholo de la mierda, o le pegaba muy poco, Cam Coyote Gonsales le estaba muy agradecido porque le hacía las cuentas, Zuro Millor es como un lagarto pero sabe de cuentas, los lagartos no siempre son desgraciados, a Guillermo Bacalao Sunspot también le llamaban Marco Saragosa Toyahvale se conoce que para confundir, a la gente no le importa que los ahorcados cambien de nombre porque la lengua que se escupe no es más que una, casi todo el mundo se cambia de nombre alguna vez, a mi madre no le hubiera gustado ver la rosa del culo de Pato Macario pero sí la de Bill Hiena Quijotoa, cada cual se llama como quiere y la costumbre manda más que la ley, lo más seguro es que Bill Hiena ande ya muy lejos, a lo mejor ahora se llama Mike San Pedro, eso no lo sabe nunca nadie, Pato Macario y Bill Hiena Quijotoa también llevan la rosa en el culo, uno con más dignidad que el otro, Mike San Pedro anda rondando a la india Mimí Chapita que es hija de la india Chabela Paradise, a la sombra de los montes de Pedregosa la india Chabela vive de recuerdos, cuando le cosió el párpado a Taco Mendes, otros le dicen Taco Lopes, la india Chabela se hizo muy famosa por toda la comarca, su renombre de mujer caritativa llegó hasta San Simón y Bowie y aún más allá, Mike San Pedro cortejaba a la india Mimí Chapita, le regaló un caballo, un rebozo y una azalea que se le murió en seguida, Bill Hiena robó el abarrote de Ken Courtland en Tomistón, no le costó demasiado trabajo ni impaciencia, trece dólares catorce centavos, poco se puede hacer con trece dólares catorce centavos pero menos con la bolsa vacía, Ken Courtland era delgadito y estaba desarmado, Bill Hiena le pegó dos o tres patadas con poco entusiasmo, otra vez a ver si ahorras un poco más, comprende que con esto no voy a ningún lado, Mike San Pedro se tomó un whiskey con el alguacil, a ese desgraciado le van a robar cualquier día, Ken no sabe defender el negocio y sus modales tampoco son adecuados, yo creo que debería ser más hablador, Reginaldo Fairbank era cojo y, claro, no podía ni beber cerveza ni tomar el tren de Tanque Verde porque al pasar por el abarrote de Corralitos Hermanos lo hubieran tundido a patadas, Sam W. Lindo no puede vivir sin madame Angelina, es distinta de todas las demás porque tiene fuerza magnética y mucha sabiduría, a las mujeres no les basta con consentir, se necesita que tengan fuerza magnética, lo que pasa es que hay pocas que la tengan, los chinacos son pobres pero también buenos abrochadores y saben levantar la fuerza magnética en las mujeres, a Morgan Earp lo mataron mientras jugaba al billar en el saloon Campbell and Hatch's en la calle Allen, está enterrado en Colton, California, Lucianito Rutter hacía verdaderos milagros, todos los milagros lo son, devolvía la vista a los ciegos y el habla a los mudos, movía los muebles sólo con mirarlos y adivinaba el porvenir, con Ana Abanda se acostaba a estilo manso, con madame Angelina no se acostó nunca y no se sabe si le hubiera levantado la fuerza magnética, yo creo que no, cuando la coima de Lucianito Rutter le dio a Erskine Aardvark Carlow el calcetín de lana que le había tejido para que se abrigase su testículo solitario le dijo, aquí le traigo esto para que se defienda mejor y lleve siempre las partes sudadas, usted ya me entiende, un caballero debe llevar las partes sudadas, Ana Abanda ya no era monja pero ni había amortajado aún el cadáver de Zuro Millor ni tampoco se había ido a vivir con el sacristán, eso vino después, Ana Abanda se fue monja para comer caliente y se salió del convento cuando vio que la comida era mala, para casada no sirvo y para puta no valgo, esto parece la letra de un corrido pero es bien verdad, no me queda más que ir pasando con paciencia y con disimulo, de criada no se está mal si se encuentra una buena casa, por aquí no hay buenas casas, aquí le traigo esto que le he calcetado con todo cariño, un punto al derecho y otro al revés, los hombres deben llevar siempre las partes algo sudadas para que no desmerezcan, san Mateo, san Marcos, san Lucas y san Juan o sea los cuatro evangelistas, llevaban siempre las partes algo sudadas, todo el mundo sabe que es verdad y hasta los más descreídos lo reconocen, Reginaldo Fairbank se la meneaba como todos los cojos, esto es, sacando un poco la lengua y haciéndose el distraído, Reginaldo Fairbank era bastante feliz, tampoco se puede pedir nunca demasiado a la vida, Dios Nuestro Señor le da a cada cual su parte y hay que conformarse, hay que saber conformarse, vale de muy poco el querer llevarle la contraria a las circunstancias y no digamos a la divina providencia, Sam W. Lindo y madame Angelina se veían en casa del güero García que fumaba más de sesenta pitillos diarios, madame Angelina lo apartó del vicio tocándole detrás de las orejas con aceite bendito, la letanía de Nuestra Señora es la coraza que nos preserva del pecado, yo digo

pater de caelis Deus y tú dices miserere nobis, la negra
Vicky Farley es muy rápida con el revólver y va siempre armada, ¿ha oído usted lo del fantasma de los montes Sauceda?, se dice que es un español que perdió el
norte hace ya muchos años y nunca supo encontrar el
camino de vuelta, también hay otro fantasma en el cerro
del Vaquero en el camino de Ajo, un vaquero sin cabeza
que galopa y va sembrando la muerte, a la negra Vicky
Farley la deshonró el esposo de la tía que más quería,
al menos esto le dijo al P. Douglas Roscommon cuando
se fue a confesar, ¿ha oído usted lo de la niña negra
que perdió la honra con un angelito?, se dice que el angelito está ahora ardiendo en la caldera de Pedro Botero
y que así seguirá hasta la consumación de los siglos, la
negra Vicky Farley no bebe más que ron, no bebe ni cerveza ni whiskey ni tequila ni siquiera ginebra, sólo ron,
¿ha oído usted lo del borracho que fundó Queen Creek,
el pueblo que no tiene cementerio?, se dice que fue John
Caernarvon, un galés que se pasó la vida escapando de
las minas de carbón, los chinos suelen enseñar la piel
con espinillas y postillas, no todos pero sí muchos, el
chino de Vicky Farley tenía la cara llena de barros, para
ella estaba de sobra porque era mitad mujer y mitad
hombre, con el tiempo esto se entenderá mejor, con el
dinero que dejó el maquinista Augustus Jonatás al morir,
todo el mundo sabe que dejó mucho dinero, su viuda
compró la cantina de Bisbee y los primeros caballos,
puede que Violet tuviera amores pero nadie lo sabe y si
alguien lo sabe se lo calla, un cuchillo de acero limpio y
un látigo flexible y bien manejado sirven para defender
la fama, son herramientas muy eficaces, en la cantina
de Violet se respetan todos los pactos, allí nadie levanta
la voz, Violet es limpia y seria, lleva las orejas limpias,
cuando cierra la puerta de la cantina Violet se queda
sola con su cuchillo y su látigo, por la noche no suele
llegar ningún viajero, Deena también es joven y viuda
pero ni es india ni duerme sola, es blanca y duerme con
el capataz, en el rancho Providence hay mucho orden y
sosiego, el dolor se sujeta a las piedras y no es escanda-

loso, es muy hondo y suave, muy resistente, al dolor sólo
se lo puede llevar el viento soplando con monotonía durante largos años, soplando con muy constante paciencia durante largos años, cuando a Ronnie V. Dexter le
picó la serpiente, a Deena que estaba muy lejos le corrió un temblor por el espinazo, Hud Pandale le dijo que
sí, que la querría siempre, y siguió amándola con cortesía, en el rancho Providence siempre hubo capataces cor-
teses, el chino Wu duerme debajo del mostrador de la
taberna, al final del día el chino Wu sale al corral a
hacer sus necesidades y respirar un poco el aire, después apaga la luz y se acuesta debajo del mostrador
sobre un saco, Erskine Carlow duerme detrás de la cor-
tina en un colchón, los irlandeses fuera de Irlanda siempre han sido más cómodos y exigentes que los chinos
fuera de China, Erskine Carlow se tira grandes pedos
pero el chino Wu no se puede reír, una noche que se rió
le estuvieron pegando palos en las costillas hasta el amanecer, así escarmentarás, chino asqueroso, así aprende-
rás a no reírte de tu amo, Erskine Carlow le dijo una
vez al chino, vete a ver a Ana Abanda que te enseñe a
calcetar, díselo de mi parte, necesito otra funda para el
cojón porque quiero poder llevarla siempre limpia, yo no
creo que te cueste mucho trabajo aprender a calcetar, la
rubia Irma empezó a acostumbrarse a ir por la taberna
del Oso Hormiguero a beber cerveza, iba todas las tardes cuando más gente había, yo pago la cerveza que
bebo y además soy respetuosa con los hombres, esto no
es verdad, cuando la rubia Irma se emborrachaba le faltaba al respeto a los clientes, les escupía a la cara o en
el vaso, se subía las faldas y les enseñaba el culo, se
sacaba las tetas por el escote, no es necesario hablar de
esto como si todo hubiera ya pasado, también se puede
decir como si estuviera aún pasando todavía, cuando la
rubia Irma se emborracha le falta al respeto a los hombres, les escupe en la braqueta o en el vaso, se sube las
faldas y les enseña la paparrucha o sea el mondongo,
se saca las tetas por el escote, ¿queréis mamar, taralailas de la mierda?, si estuviera aquí Portosín, yo sé que

Abel era otra cosa muy diferente, era más sosegado, les digo que si estuviera aquí Portosín todos ustedes se iban a morir de miedo, les iban a temblar las piernas y la voz, les iban a temblar los huevos y ni uno solo sería capaz de plantarle cara, yo he conocido hombres muy bravos que de repente se desfondan y empiezan a recular, cuando Portosín se quedaba parado en el quicio de la puerta con el sol recortándole la figura, yo sé que Abel era otra cosa muy diferente, era más aburrido, en cuanto lo sacabas de Dos Cabezas el indio Abel era otra cosa, si Portosín se paraba en la puerta todo el mundo miraba para el suelo, Portosín me regaló este collar de azabache, ¿a quién le importa lo que me regalaba Santiago Portosín?, Abel me regaló este collar de turquesas, ¿a quién le importa lo que me regalaba mi marido?, la rubia Irma no tenía buen carácter, le gustaba mucho marear a la gente y ponerla en evidencia, cuando el día amanece todos son buenos propósitos y aún mejores deseos de justicia, valor, comportamiento y suerte, el orden es algo impreciso, lo malo es cuando el sol empieza a andar hacia el Colorado y el día va cansándose y aburriéndose, el chino Wu aprendió a calcetar muy pronto y le hizo a Erskine Carlow una funda nueva para el cojón, así podría cambiársela cada sábado y llevarla siempre limpia, un caballero debe usar las partes algo sudadas, es cierto, pero la higiene no se debe desatender, el P. Roscommon decía que santo Tomás de Aquino pese a su justo renombre era muy higiénico y aseado, esto de calcetar es fácil, cuando el hombre es todavía mozo no distingue el buen camino del mal camino, tampoco hace mayores esfuerzos, en un determinado momento de su vida, alrededor de los catorce años, el hombre va para delincuente, se le ve en la mirada y en la manera de andar, la ley no está bien hecha y no hay por qué obedecerla, la ley del no robarás, no matarás, no fornicarás, parece escrita por un guardia viejo que ya casi no puede mantenerse a caballo, la cárcel de Swift Current es de adobes pero muy segura, no se recuerda que nadie haya podido huir, la mitad de los presos de Swift Current se muere y a la otra mitad la matan, de allí no sale nadie con vida porque sus muros fueron hechos para ahogar la vida, el negro Tony Clints está condenado a muerte, la cosa tampoco tiene importancia, el negro Tony Clints siente un suave orgullo cuando piensa en la comitiva, jamás le habían hecho tanto caso, es solemne matar a un hombre condenado a muerte, es igual que sea blanco o negro, es pintoresco matar a una mujer condenada a muerte, no importa la raza, es igual que sea blanca o negra o india o china, también es solemne, la solemnidad viene de la comitiva, toda en silencio, el juez, el cura, el alcaide de la cárcel, los testigos, los dos escribientes, el verdugo, su ayudante, los guardias y el reo, claro, el hombre o la mujer, es el personaje principal, el protagonista, a veces se cuela alguien que no se sabe quién es, tampoco importa, la pena de muerte es muy aleccionadora, conviene que la gente no se desacostumbre, no pierda el interés, el negro Tony Clints había matado a una mujer blanca, se llamaba Carlota y no tenía marido, la ahogó con la almohada, la vida se separa de la muerte por un hilo muy sutil que a veces se rompe, la mujer blanca se dejó matar, no opuso ninguna resistencia, hay agonías que gustan al agonizante pero eso no le importa al juez, a Carlota le gustó que la ahogasen con la almohada, Tony Clints tiene mucho miedo pero le asalta la idea de que a lo mejor se ríe en el último momento, esto no debe ser, esto sería conducta reprobable, el condenado a muerte debe mantener la seriedad del asno, lo agradece y lo premia la sociedad, Tony Clints no sabe que los negros se quedan de color gris azulado en la horca, tampoco había visto nunca a un negro en la horca, en la silla eléctrica le cortan el pelo al condenado a muerte, eso es una humillación porque hay cabelleras muy hermosas, cuando el verdugo le da a la palanca la escena empieza a oler a carne asada y a ozono, en la cámara de gas se huele a almendras amargas y a melocotón verde, Tony Clints piensa pedir permiso para ponerse una flor en el ojal, un hombre no muere hasta que lo olvidan, hasta que lo van dejando de amar, no hay más muertos que los olvidados, nadie sabe si alguien ama a Tony Clints, si alguien lo recuerda o ya no lo recuerda nadie, a Carlota no la recuerda nadie, los Corralitos del abarrote eran tres, Nickie, Bertie y Pepito, se llevaban bien, sus mujeres no tanto, y repartían el trabajo y los beneficios a partes iguales, Nickie Marrana había sido boxeador, fue campeón universitario del peso welter y noqueó al famoso Joe Juares, lo cogió ya un poco en la cuesta abajo, es cierto, pero también es cierto que lo noqueó, lo tuvo sin sentido veinticuatro horas, a poco más lo mata, Bertie Caudaloso había sido bateador de los Dodgers y después de los Medias Rojas, los dos mejores equipos de béisbol de toda la comarca, Pepito coleccionaba sellos y llevaba las cuentas del abarrote, la colección de sellos de Pepito era bastante importante, bueno, algo importante, Pepito no tenía mote, de pequeño le llamaban Flea porque era bajo de estatura pero después se fueron olvidando, Pepito está casado con Lupe Sentinela, una chihuahueña de Sabinal que le sacaba un palmo cumplido de estatura, Lupe Sentinela era tetona, maternal y hacendosa, jalan más dos chiches de mujer que una yunta de bueyes, a Pepito le venía muy bien y como era de inclinación agradecida le hacía muchos regalos; el abarrote queda a la derecha de la vía del tren conforme se va hacia Tanque Verde, es costumbre pegarles patadas a los cojos, es algo incivil, Reginaldo Fairbank tenía que andarse con ojo, el abarrote tiene una cerca de tunas, Zuro Millor se la meneó más de cien veces al socaire de esa cerca de tunas, claro es que a Zuro Millor le venía bien cualquier lado, es probable que Bill Hiena Quijotoa se llame Mike San Pedro, es probable que los dos sean el mismo, lo que sí se sabe es que lleva la flor en el culo, la flor de nuestro padre Cecil Lambert Espana o Span o Aspen, una rosa de cinco hojas, la india Mimí Chapita hace ya tiempo que no sabe nada de Mike San Pedro, a lo mejor no quiere decirlo, el cadáver de Teodulfo Zapata apareció ahogado y con las partes cortadas, tampoco nadie quería hablar, hay conversaciones que espantan a la gente, los indios de la reserva de Chemehuevi saben que los peces le comieron los ojos al cadáver, primero los estallan y después se los comen haciendo mucho ruido, casi tanto como yo y Gerard Ospino cuando los sábados después de las siete masticamos pastillas de goma, los indios también saben el nombre de quien le cortó las partes antes de morir, era una mujer, ¿se llamaba Corazón Leonarda?, ¿se llamaba Mandy Mesilla?, ¿se llamaba Noelia Chunda?, fue una de las tres pero no se puede decir, eso sería hablar demasiado y puede ser peligroso porque Dios castiga a quien levanta falsos testimonios, Teodulfo Zapata era poca cosa pero había tenido que ver con las tres, dicen que la rubia Irma le había dado el licor, la letanía de Nuestra Señora es la coraza que nos preserva del pecado, yo digo fili redemptor mundi Deus y tú dices miserere nobis, Cam Coyote Gonsales corría tanto como un caballo y Bill Hiena Quijotoa corría casi tanto como Cam Coyote Gonsales, la rosa de hierro de mi padre, de nuestro padre, quedaba muy bien marcada en la carne, la silla eléctrica huele igual que la rosa de hierro, debe saberse que la india Violet se siente muy segura con su látigo, su cuchillo y la protección que jamás le fue negada de Papá del Cielo, una mujer no está nunca sola del todo porque siempre la vigila un espíritu, el espíritu del padre muerto, del marido muerto, del hermano muerto, del hijo muerto, el maquinista Augustus Jonatás vigilaba muy celosamente a Violet desde el otro mundo y apuntaba en un cuadernito todas sus acciones buenas y malas, Violet es medio irlandesa y medio india navajosa, limpia y seria, mi nombre es Wendell Liverpool Espana o Span o Aspen, antes me llamaba Lochiel, y declaro que no digo jamás mentira, Sam W. Lindo masca tabaco Black Maria, también le gusta el Dusky Mule que es algo más fuerte, a Marco Saragosa lo lincharon sin que Sam W. Lindo interviniese para nada, Sam W. Lindo el jefe de la policía no tuvo culpa alguna en el linchamiento de Guillermo Bacalao Sunspot el droguero ambulante, otros le llamaban Marco Saragosa Toyahvale, lo ahorcaron en Mayo Manso, la negra Patricia aún no esta-

ba fría del todo cuando la descolgaron, en Mayo Manso
no había más que un árbol, en los montes de Agua Dulce
los animales se reunieron para crear al hombre, se sentaron en rueda presididos por el león que tenía a su derecha al oso pardo y a su izquierda el ratón el último de
todos, el león se llamaba Bang, el oso pardo Fing y el
ratón Deng, estos nombres se los pusieron años después,
los tres Corralitos ganaron mucho dinero con el abarrote,
el que estaba en mejor posición era Pepito porque su esposa, Lupe Sentinela, miraba por la hacienda y procuraba ahorrar y no malgastar, el famoso novelista Doug
Rochester, el autor de *Rancho Timberley* y de *Bob Oasis
el llanero enamorado,* fue medio novio de Lupe Sentinela, la cosa no pasó a mayores, a Doug Rochester siempre le gustaron las mujeres con las tetas grandes pero
la cosa no pasó a mayores, el indio Cornelio Laguna enseña la máquina de escribir de Rochester a los visitantes, la robó en su tumba, Nickie Marrana el que había
sido boxeador y Bertie Caudaloso el beisbolero tuvieron
menos suerte en sus matrimonios, a Sandra le huele el
aliento y Cyndy no piensa más que en la cama, no le
cabe ninguna otra idea en la cabeza, Cyndy tiene las piernas huesudas, eso es señal de mucho temperamento, de
mucho apego a la fornicación, Bertie pone nerviosa a
Cyndy, le ataca los nervios, y entonces Cyndy bebe anís
y se acuesta con el primero que aparta, Cyndy lleva más
de dos años rebanando con Nickie Marrana, su marido
lo sabe pero disimula, un hermano es un hermano, en
cambio a Sandra se le nota el cabreo, si un día me da
la gana le saco los ojos, Sandra es muy relamida y sanguinaria, Andy Canelo Cameron como es tonto no tiene
voluntad, eso a Cyndy no le importa demasiado, todo el
mundo sabe que los albinos gastan un chucumite de garañón, una pinga feroz y desbocada, tú dame gusto, si
aciertas no tendrás que volver a fumar colillas en toda
tu vida, tú sóbame el trastopije, desgraciado, magreá-
melo a modo, tú cómeme el remame que no te voy a
pegar nada que no tengas, a Niño Gabinto le gustaría
haber nacido tan blanco como Eddie Peugeot pero ésa

es situación que tiene arreglo difícil, a Bob Hannagan lo ahorcaron en Pitiquito poco antes que a mi abuelo y en el mismo árbol, en Pitiquito tampoco había más que un árbol, cuando colgaron a Bob Hannagan la chola Micaelita se arrimó al sargento Salustiano Sabino con quien acabó casándose, no tuvieron hijos, nadie se acuerda ya de Carlota, la blanca a la que el negro Tony Clints ahogó con la almohada, Carlota no hizo nada para evitar la muerte, a lo mejor hasta gozó en el mismo instante en que se moría, me parece que ya dije en algún lado que el momento justo de la muerte sólo lo sabe Dios, de Carlota ya no se acuerda nadie, tampoco nadie sabe cómo se llamaba de apellido, quizá lo haya apuntado el juez que condenó a muerte al negro, el capitán del carguero Möre og Romsdal cuando a mi padre le dieron las viruelas mandó tirarlo al mar a veinte millas al oeste del cabo Finisterre, mandó tirarlo vivo para no dar tiempo al contagio, los noruegos no se paran en barras, son bastante expeditivos y dispuestos, de la muerte de mi padre hay diferentes noticias, la verdad es que la cosa tampoco tiene mayor importancia porque cada cual muere cuando le toca y ni antes ni después, nadie vive ni un minuto más, Chuchita Continental se acompañaba a la guitarra, a orillas de un sesteadero una oveja me faltó y una joven blanca y bella de un pastor se enamoró, Chuchita Continental estaba casada con el calvo Fidel Lucero Johnson que hacía gárgaras con el whiskey y después lo echaba por la nariz, también sabía beberlo por la nariz como si fuera rapé, a la gente se le encogía el ombligo viéndolo pasar por la vida tan a la brava, Chuchita Continental tocaba el acordeón y sabía muy lindas canciones de la frontera, nos decía el caporal como queriendo llorar, allá va la novillada, no me la dejen pasar, a Chuchita la sacó a bailar un día el medio bisojo Bill Hiena Quijotoa quien se vio enzarzado en una pelea a hostias con el marido, el pelón Fidel Lucero Johnson no aguantaba desmanes y pegó duro y primero, perdóname esposo mío, perdona mis aventuras, si no lo haces por mí hazlo por las criaturas, las mujeres casadas deben mirar de no comprometer a los hombres, vuela y vuela palomita, dale un vuelo a tu volido, anda a ver cómo le fue a Chuchita y su marido, algunas veces conviene recapacitar para que no diga mentiras ni la memoria, el cuerpo también es mentiroso, el negro Abraham Lincoln Loreauville era dueño de varias licorerías, importaba aguardientes y licores variados de todo el mundo, anís, coñac y así sucesivamente, también otros muchos, vodka, vermut, había siempre una variedad muy grande, el negro Abraham Lincoln Parsley Loreauville era maricón, le cuidaba el culo mi tío Nancy o sea Ted, el hermano vivo de mi madre, tras una noche de amor mi tío Nancy le tenía que estar poniendo fomentos de agua boricada durante una semana entera, a Parsley le dieron mucho gusto, es cierto, pero también le borraron el esfínter, Nancy procura ser cuidadoso aunque a veces se distrae, a la mejor puta se le escapa un pedo o, lo que es lo mismo, a la mejor cocinera se le queman los frijoles, cuando mi tío Nancy no está lo bastante delicado con las manos el amo Parsley le arrea morradas y fustazos y coces, es maricón pero cocea sin piedad, cocea como una mula, es muy cruel, un amo negro es malo y si es joto aún peor, los sábados dejábamos la herramienta a las siete y entonces hacíamos, yo y Gerard Ospino, las siete maniobras siguientes, contar el chiste del loro que no habla más que portugués, es morirse de risa, contar el chiste del loro que no habla más que español, también es morirse de risa pero no tanto, tocarle las posaderas con las dos manos a la primera mujer que pasa, esto puede ser peligroso porque las hay que hablan y revuelven las voluntades, beber más cerveza que el otro sábado, es una carrera sin fin, apagar meando las velas de la misión para que todo el mundo vea que no pasa nada, que todo lo que cuentan en la catequesis es mentira, mandarle un anónimo a Pepito el del abarrote diciéndole que su esposa Lupe Sentinela se entiende con Tachito Smith, ir a echar un brinco a casa de mi madre, claro, yo primero, y mearle la puerta al chino, no hay que gastar toda la meada en las velas de la misión, esta vez no salen siete sino ocho maniobras, no importa, la holandesa Annie era la reina del distrito de la luz roja y una mujer de buenos sentimientos, Annie ayudó siempre a mi madre y todo el mundo la quería, Tomistón entero acompañó a su cadáver cuando se murió, la gente iba en más de mil carros, unos rezaban responsos y otros bebían cerveza, Eddie Capellán tiene el baile de san Vito, se pasa el día en una pura tremblequera, él sufre mucho pero a la gente le da la risa, hay que disculparla porque la verdad es que es muy gracioso, Eddie Capellán no sabe ningún oficio, con esa manía del temblor nadie aprende un oficio, Eddie Capellán es pobre de pedir, va de casa en casa y no se queda nunca sin comer mejor o peor, Eddie Capellán está delgado y tiene poca fuerza, si le empujan se cae pero no suelen empujarle porque tampoco hace mal a nadie, Eddie Capellán es mestizo y debe tener unos veinticinco años, no llega a treinta, con Cristo no se puede pleitear porque es Dios y gana todos los pleitos, si Cristo quiere hacer el milagro, depende de que quiera, a Eddie Capellán se le quita el temblor, Cristo hizo aún cosas más misteriosas y difíciles, lo dice la historia sagrada, Cristo es el hijo de Dios pero también es Dios todopoderoso, esto lo dice el catecismo, padre, hijo y espíritu santo, Cristo es más duro que Arizona y toda la frontera junta, a Cristo le hicieron muchas traiciones los pecadores y con él no se puede pleitear porque es limpio y duro como el diamante, en la rueda de Agua Dulce el primero que habló fue Bang, el hombre debe tener una voz tan potente como la mía para asustar a todos los animales, estar cubierto de una piel muy dura, una piel de elefante o de caimán y tener fuertes garras y recios colmillos, también creo que debe tener mi hermoso color tostado, el oso rojo se llamaba Dahl, el ciervo Kihlie y el carnero Sepho, estos nombres se los pusieron años después, mi padre era dueño de un burro tordo al que llevaba con bozal de alambre porque mordía, a Zuro Millor, el cholo de la mierda que sangraba por la boca, le dio semejante coz en el vientre que lo tiró de espaldas, ¿y éste no habla inglés y español como el caimán?, no, éste tiene otras habilidades, mi padre no le pudo echar el burro a mi madre porque la hubiera destrozado, la hubiera abierto en canal, una mujer no puede aguantar a un burro con la pinga clavada, mi padre sí lo pensó porque le hubiera gustado mucho verlos pero después no lo hizo, el burro tordo se llamaba Coronel y tenía unos dientes inmensos y amarillos como el oro, mi madre me contó un día, después de haber estado con ella y de haberle dado el beso en la frente, era una costumbre que acepté y no me da vergüenza confesarlo, que mi padre los domingos, para ir a misa por la mañana y al baile por la tarde, calzaba espuela de plata con estrella de treinta y cuatro puntas, daba gusto verlo con sus botas y sus espuelas, el sombrero puesto y el revólver al cinto, muy vestido y bien arreglado, parecía el general Emilianito Nafarrate, tu padre se sacaba el pájaro por la braguesta para no tener que bajarse los calzones y no descomponer la figura, daba gusto verlo cogiéndome contra el aparador o la pila de lavar, empujando, derribando y mandando, como tu padre no tenía caballo que montar se calzaba la espuela de plata para montarme a mí, comprende que a los burros no se les monta con espuela de plata, a Rowdy Kate Lowe y a su marido Rowdy Joe Lowe los echaron de Tomistón por alborotadores y golfos, los dos eran tal para cual, abrieron un prostíbulo asociados con Kate Narizotas y drogaban a los clientes para desvalijarlos, Kate Lowe se murió debiéndole a mi madre más de cien dólares, Kate Narizotas fue novia de Doc Holliday y murió muy vieja en Prescott en el Hogar del Pionero, murió con cerca de cien años y habiendo adoptado el nombre de Mary K. Cummings, su nombre húngaro Kate Fisher se le fue gastando a lo largo de su vida, Fing no estaba de acuerdo con el dibujo que había hecho Bang del hombre, no necesita para nada la voz del león, debe tener la fuerza justa, ni más ni menos, ser muy astuto y saberse mover con rapidez y en silencio, Kihlie piensa que deben hacer al hombre con hermosa cuerna arborescente para poder luchar y con mucha vista y oído, Sepho se ríe de los cuernos del ciervo porque se enganchan en los matorrales y se rompen pronto, son mejores los míos, más recios, el galés John Caernarvon fundó Queen Creek el pueblo que no tiene prostíbulo ni cementerio, sólo tres tabernas y una droguería, con los muertos hacen harina y ceban una nube de gansos alborotadores y agresivos, el desmán de los gansos de Queen Creek se oye desde varias millas de distancia volando sobre las piedras del desierto, la letanía de Nuestra Señora es la coraza que nos preserva del pecado, yo digo spiritus sancte Deus y tú dices miserere nobis, la doctora Cavacreek, Babby Cavacreek, es natural de Queen Creek y trabaja en los laboratorios Norman and Huntington, entiende mucho de serpientes, Cam Coyote Gonsales la conocía, la doctora Cavacreek le dejaba que le palpara los muslos por debajo de la falda y las tetas por el escote, Cam Coyote es muy amoroso y aplicado, a las mujeres les dedica mucha parsimonia, mi madre tuvo un hijo de Cam Coyote Gonsales pero le duró poco, a los once o doce años le reventó un barreno en la mano, eso es mala suerte, eso siempre le pasa a alguien, y le voló la cabeza, también le voló la mano, se llamaba Fred y era medio hermano mío, dicen que se parecía a mí, que no podría haber negado el parentesco, mi padre criaba gallitos ingleses por entretenerse, llegó a tener tres al mismo tiempo y ganó con ellos varias peleas y plata, claro, alguna plata también, por el gallito giro le ofrecieron mucho dinero pero no lo quiso vender, prefiero pasar hambre y mirar para el gallo, la vista también alimenta, Ike Clanton se resistió a ser arrestado y murió a manos de J. V. Brighton, detective de la asociación de ganaderos, en la cabaña de Cy Wilson en Lower Eagles Creek, Cam Coyote Gonsales enseñó a mi madre el corrido de don Gregorio Cortez, todavía lo recuerda, decía Gregorio Cortez echando muchos balazos, me he escapado de aguaceros contimás de nublinazos, mi madre tenía más de treinta años cuando conoció a Pancho Villa, Ciudad Juárez está mismo en la frontera, mi madre antes de llamarse Matilda se llamó Mariana y también Sheila, le decían Cissie, Mariana suena un poco a extranjero, a

Búfalo Chamberino le gustaba putañear criaturas, no lo hacía con mala intención sino porque se lo pedía el cuerpo, Búfalo Chamberino le daba gusto al cuerpo, ¿para qué iba a negárselo?, cuando las criaturas distinguen ya están maduras para el badajo, tampoco se debe permitir que se pasen, que se echen a perder sin haber servido para nadie, a Fermincito Guanajuato le dieron con mala intención y buena puntería y lo dejaron de un aire o sea pobre, solo y muerto, a Fermincito Guanajuato le metieron un tiro en la garganta, le metieron la nuez para dentro, se tragó la nuez, no se la sacaron por el cogote porque se partió en cien pedazos, a Fermincito de nada le valió presumir delante de las mujeres y los guardias y provocar a Dios Nuestro Señor cantando al cabo la muerte es flaca y no ha de poder conmigo, al final pudo, Taco Lopes o sea Taco Mendes tuvo mejor fortuna porque pagó no con la vida sino con un ojo y aún le queda otro, Sam W. Lindo no bebe mucho ésa es la verdad pero no paga casi nunca, a un jefe de la policía no le deben dejar sentado ni el vicio ni la enfermedad, Fermincito Guanajuato le llamó cabrón, tramposo y enamoradizo al pendejo Obdulio, si la chola Micaelita cuando le ahorcaron al macho Hannagan te despreció y se fue con el sargento, ¿por qué no la dejas pasar y que se muera sola?, ¿quieres oír lo que pienso?, pues pienso que mujer que se va y carta que se niega, cabrón el que la siga, entonces el pendejo Obdulio tiró de smith y le metió una bala en la garganta al pobre Fermincito que en paz descanse, si yo en vez de ser yo fuese Brad S. Redington, el cuatrero al que Sam W. Lindo mandó ahorcar en el pedregal de Muggins, ahora no podría estar escribiendo estos cuadernos, las faltas de ortografía ya me las corregirá alguien si interesa, Brad S. Redington según dicen también fue salteador, hay oficios que se entremezclan y confunden, son casi igual, es como los instrumentos que tocan los músicos, que pueden ser varios, Chuchita Continental tocaba la guitarra, la armónica y el acordeón, lo que le mandasen, el alcaide de la cárcel de Sacramento gastaba peluquín, a veces lo llevaba algo ladeado, no puedo acordarme de cómo se llamaba pero sí recuerdo que era hombre de buenos sentimientos y a Cam Coyote Gonsales cuando lo tuvo encerrado le dejaba tocar el banjo por las mañanas, por las tardes no para evitar indisciplinas y abusos, Cam Coyote Gonsales corría tanto como el viento, tanto como un caballo, a mi padre se le murió el burro Coronel de un calambre eléctrico, arrimó el hocico a un enchufe de la luz y se quedó tieso y difunto, bueno, cadáver, los burros muertos no son difuntos, las bestias aguantan mal la electricidad y mueren en seguida, los caballos, las mulas, los burros, todos aguantan mal la electricidad, mucho peor que los hombres, el peluquín del alcaide de Sacramento era color caoba, estaba un poco ajado y sin brillo pero era de buena calidad, aunque el peluquín se le notaba mucho los presos no se reían, se quedaban serios y mirando para otro lado, los presos no son respetuosos pero sí miedosos, los presos llevan muchas generaciones almacenando miedo, se lo meten en la conciencia a presión, quizá no se pueda hablar de generaciones sino de oleadas de presos, a veces se agolpan y otras veces en cambio las celdas están medio vacías, en la cárcel de Swift Current dejaron al negro Tony Clints de color gris azulado, en la horca los negros parecen barcos de guerra, se ponen opacos como barcos de guerra, la cárcel de Swift Current es mucho peor que la de Sacramento, la de Safford tampoco es mala, de la cárcel de Safford se escapó el día de navidad el cuatrero Bill Hiena Quijotoa que llevaba la marca de la flor, Isabelo Florence el lego de la misión Santísima Trinidad me dijo que Pato Macario también andaba de flor en el culo, a mi madre no se lo debo contar porque sufriría, el Rvdo. Scottsdale era un vivero de microbios, los tenía todos y los iba sembrando por donde pasaba, los indios de la reserva de Tanee están con purgaciones, se las quieren quitar con aspirinas pero no da mucho resultado, entonces el cuarterón Hernando le dijo a Jesusito Huevón Mochila, a ti un día te van a matar con malas artes, te van a dar por la espalda y sin avisar, tú andas de un lado para otro llevando dolor a la gente y un día te van a desgraciar dándote con el hierro, los confiados acaban todos ardiendo en la caldera del demonio, Jesusito Huevón Mochila capaba animales por diversión, los capaba de balde, a él le hubiera gustado capar niños blancos y negros con sus pelotitas redondas pero no tenía valor, no, no, igual se me cabrea Sam W. Lindo, por el pueblo apareció una mañana una joven con el hijo casi recién nacido en brazos, me llamo Coretta y lo que quiero es llegar a Chula Vista donde me espera mi marido, eso está muy lejos, ¿por qué no viene su marido a buscarla?, una mujer no puede cruzar sola el desierto, jamás una mujer cruzó sola el desierto, Coretta se quedó en Tucsón, en casa de Mrs. van Buren, en Craycroff Rd., cuidando de tres niños pequeños, Danny, Donnie y Mick, nadie le creyó nunca ni que tuviese marido ni que quisiera viajar a Chula Vista, una mujer no puede cruzar sola el desierto, conviene medir bien las distancias y tentarse la ropa, Sam W. Lindo se ve con madame Angelina en casa del güero que fumaba más de lo necesario, del güero Bart García, a Sam W. Lindo le tocaba los cojones, bueno el rafe de los cojones, dispense, con aceite bendito y se los mejoraba mucho, ¡ya lo creo!, se los tocaba madame Angelina que era muy espiritual, también le hipnotizaba las partes, les transmitía magnetismo, elasticidad y aplomo, Sam W. Lindo venía de chinacates pobres pero cabales, con la familia aún de la parte de allá su padre cabalgó toda la campaña al lado de Rito García el que se las tuvo con don Jacinto Hinojosa y su lugarteniente Uvenceslao Solís, su padre anduvo en la guerrilla liberal, el coyote se llamaba Aurelio y en la asamblea de Agua Dulce habló muy presumidamente, jamás escuché tantas necedades juntas, el más perfecto de todos los animales soy yo y por tanto es a mí a quien debe parecerse el hombre, hagámoslo con cuatro patas terminadas en cinco dedos cada una y pongámosle los ojos, los oídos, la boca y la nariz en la cabeza, puede tener la voz de Bang pero no es necesario que ruja, Bang sabía que su papel era mantener el orden y mandó a Aurelio que se sentara y guardase silencio, los alimañeros suelen mascar tabaco Bulky Bull que tiene olor profundo, también lo mascan algunos indios, los forasteros vomitan, los tabacos se parecen pero también se distinguen, los hay de los tres gustos, el hombre que masca tabaco suele ser más sosegado y cuerdo que el fumador, menos propenso a broncas y desmanes, al joven Paul no le faltó nada para matar a su esposa Betty, el joven Paul se estaba confesando con el P. Roscommon, ave María purísima, etc., tía Alejandra me daba más gusto que Betty, era más cariñosa y suspiraba con mucha profundidad, tía Alejandra era la hermana mayor de mi madre, llevaba ropa interior fina y gastaba ademanes muy correctos, Betty tenía nueve hijos todos en casa, ninguno es mío, Betty se casó cinco veces, como estaría bien es muerta, a veces pienso que lo mejor sería matarla a palos, ahogándola en el baño, dándole matarratas, de un tiro, eso nunca se sabe, diga usted padre que yo no quiero acabar en la silla eléctrica como el mecánico Farabundo Spencer, yo me conformo con que me deje sacar la ropa del apartamento, a Erskine Carlow le gustan las calaveras, las de indio pesan menos y son más escurridas, en el excusado de su taberna Erskine Carlow tiene tres calaveras metidas en una jaula, hubiera querido usarlas de cenicero pero Sam W. Lindo le dijo que probablemente eso estaba prohibido por la ley, Sam W. Lindo vela por el reglamento y el buen orden porque viene de chinacates respetuosos, parte de su familia es de Monterrey en el estado de Nuevo León que queda al sur de Tejas, la gente les llama cododuros, para mí que no son tacaños sino pobres, los pobres son avarientos porque no pueden gastar lo que no tienen y deben mirar el centavo, Niño Gabinto no luce con demasiado lustre, está como medio ajado y pálido, tampoco tiene suficiente salud ni la bastante estatura, hay hombres que están en este mundo para obedecer y aguantar y además se les nota, los guardias los usan para hacer recados y mandar billetitos amorosos a las mujeres comprometidas, también para pegarles patadas y reírse, ¡ja, ja, ja!, ¡mira qué bien le acerté en los riñones¡, Niño Gabinto sabe cuál es su obligación y no se lamenta, sabe que a nadie habría de importar su lamento, a Niño Gabinto le gustaría haber sido como Eddie Peugeot pero casi no lo dice o lo dice sin agrura y en voz baja, para ser como Eddie Peugeot hay que venir de blancos que comieron siempre caliente, eso es difícil, Pato Macario se entendía con niños, es peligroso porque pueden hablar, y con animales mansos, pavos, perros, ovejas, a él le hubiera gustado atreverse con una culebra o un coyote, se necesita mucho valor, estar con el lego Isabelo Florence tiene menos emoción y misterio pero también menos riesgo, el lego Isabelo Florence es como un conejo de corral, ahora ya casi no quedan blancos, todos tienen mezcla de cien sangres, cien leches y cien bilis, los negros quieren blanquear los hijos y a los blancos lo único que les importa es ganar dinero, si esto no es el fin del mundo es algo muy parecido, mi madre tenía dieciséis años más que yo, no era aún vieja pero ya lo parecía, mi madre era complaciente y bondadosa, no se rebelaba jamás y sabía obedecer sonriendo, yo hubiera querido ser rico para hacerle buenos regalos, una sortija, un vestido de seda, dos o tres botellas de whiskey, muchas latas de conserva, un pavo, en Concepción St. el guapo Lucio Pichulín Estrada murió de un cuchillazo en la garganta al mismo tiempo que el guapo Teodomiro Pápiro Oquendo moría de un tiro en un ojo, Pichulín tenía veintidós años y Pápiro veintitrés, se mataron a la viceversa o sea a la recíproca porque tampoco podían perdonarse, en el pueblo no había sitio para los dos y uno tenía que morir, si uno hubiera pedido chiche a estas horas estarían vivos los dos, ninguno habría muerto, Dios no lo quiso y Sam W. Lindo con el dinero de los muertos invitó a cerveza a los demás, la letanía de Nuestra Señora es la coraza que nos preserva del pecado, yo digo sancta trinitas unus deus y tú dices miserere nobis, a Corinne McAlister no es fácil meterle miedo, lo que hay que hacer en las broncas es estarse quieta, los hombres saben a dónde disparan, en el campo puede que sí pero en un local no hay balas perdidas, yo amansé en la cama a muchos hombres que parecía que se iban a comer el mundo, cuando dejan los pantalones en el respaldo de la silla son como los demás, ninguno es distinto de los demás, un alimañero es lo mismo que un escribiente y un cuatrero a lo mejor no vale tanto como el criado de los frailes, todos quieren lo mismo, todos te piden lo mismo, Corinne era muy caritativa, al tonto Andy Canelo no le cobraba, tú termina pronto que me están esperando, venga, vente de una vez y lárgate que tengo mucho trabajo, los albinos no son demasiado ternes y aficionados a la cama pero sí muy agradecidos, tienen mala leche pero son muy agradecidos, los tontos también, el tonto Andy Canelo era albino y demostraba su gratitud montando a Corinne con mucho ritmo y sin resbalar, esto es echándole unos polvos respetuosos, parsimoniosos y copiosos, ¿te gusta, guarro?, sí, Corinne, mucho, ¿y a ti?, a mí también, anda tú sigue y termina pronto que me están esperando, al tonto Andy Canelo Cameron lo que más le gusta es quedarse dormido mamándole una teta a la mujer, los tontos cuando terminan de venirse también se duermen si se la chupan con mucho cuidado, primero se les borran los últimos pensamientos y después se duermen, Deena y el capataz Hud Pandale llevan ya algún tiempo arrimados, la cosa empezó en vida del marido, Deena quería mucho a su marido pero también le gustaba que la enguilase el capataz, ¡se está tan bien con Hud encima!, Andy Canelo Cameron fuma colillas, las mejores son las de los puros de Abby que le guarda Corinne en una caja de lata, Deena era el alma del rancho Providence, a Jesusito Huevón Mochila lo echó por murmurador y entrometido, en el rancho Culebrón hay menos disciplina, a Macario Calavera Davis le gusta montar a las mujeres en español y no recatándose de llamarles putas y cabronas, antes también les llamaba víboras pero se fue olvidando, Santos Dorado Gimenes encontró muerta a la güera Konskie, llevaba varios días muerta, se murió de repente y nadie lo supo, sus dos niñas ni siquiera gritaron, también llevaban varios días sin comer y sin gritar, los mismos que llevaba muerta la madre, a veces se dormían, se quedaban dormidas y casi sonrientes con un dedo en la boca y pegadas a la madre, ni se dieron cuenta de que la madre estaba sorda y fría, Santos Dorado Gimenes no era bueno pero tampoco malo, con las dos niñas de la güera Konskie se portó bien, las llevó a casa de mi madre para que las atendiera mientras se pensaba lo que se hacía, mi madre le dijo, bueno, unos días sí pero no para siempre, yo no tengo posibles, al primo de don Diego Matamoros no lo encontró nadie, lo más probable es que se largara después de preñar a la güera Konskie, las niñas acabaron en el rancho Culebrón donde siempre sobraba algo de comida, cuando estas niñas doblen la edad ya valdrán para la cama y a lo mejor antes, las dos niñas se llamaban Effie y Trudy y eran gorditas, listas y bien parecidas, Fing intervino en la discusión de Agua Dulce, yo creo que Aurelio está en lo cierto, los pies del hombre deben ser como los míos, Aurelio se levantó y volvió a hablar, los osos tienen la gran ventaja de ser rabones, el rabo no sirve más que para criar pulgas, los ciervos quizá tengan mejor vista y oído que yo pero nadie es más dichoso que el pez, que va limpio y desnudo, el pelo es una pesada servidumbre y yo querría ver al hombre sin pelo y con unas garras tan poderosas como las del águila, debéis reconocer dos cosas, mi ingenio y también que soy el único animal capaz de hacer al hombre, de crear al hombre, a mí es a quien debe parecerse el hombre, Aurelio se sentó muy parsimonioso y digno, Aurelio era muy finchado, le sobraba presunción, por encima de los montes Aquarius vuelan en rueda los piojosos zopilotes, las auras que ignoran la misericordia, éstos son los pájaros de la muerte, los pájaros que comen la muerte, los cadáveres dejan escapar unos rayos misteriosos que avisan a los zopilotes, desde varias millas, Cam Coyote Gonsales sentía un hondo desprecio por los zopilotes, las serpientes matan, sí, matan para defenderse o para entretenerse pero no comen muertos, los coyotes matan gallinas y conejos, también venados y cabri-

tos y se los comen pero eso no es comer muertos, lo
que quiero decir es que los muertos son los que se mueren, no los que se matan, los zopilotes comen los muertos malos, los muertos malditos, los muertos de la muerte, los muertos que se quedan muertos sin que los mate
nadie, eso es lo peor de los zopilotes, son indecentes
como gusanos, yo entonces bebí un poco de cerveza y
dije, me parece que esto no está quedando muy claro
pero yo sé bien lo que quisiera decir, Corinne McAlister
piensa que Kenneth Tennessee Vernon, el contable de los
laboratorios Norman and Huntington, está más loco que
un sombrero, lo único que le gusta es meterse debajo
de la cama y maullar como un gato, los hombres ni dis-
curren demasiado ni son serios y constantes y Ken es
aún peor que la mayoría, Ken necesita un médico o una
mujer que le pegue, así no puede seguir, la doctora Cavacreek coincide con Corinne McAlister, el contable Ken
está sonado, eso tanto puede venir de meneársela mucho
como de no haber comido bastantes proteínas en la
niñez, nadie sabe cómo le pueden salir bien las cuentas,
la doctora Cavacreek prefiere a Cam Coyote Gonsales,
está un poco sucio pero no se mete debajo de la cama a
maullar, Corinne siente desprecio por los hombres, no
es que no le gusten, tampoco le gustan demasiado, lo
que le pasa es que le dan algo de repugnancia y los desprecia, en cualquier caso Corinne también prefiere a Cam
Coyote Gonsales, Tachito Smith parece un caballero, un
zambo puede parecer un caballero, no es fácil pero puede
ser, en el Smith's Motor Service se cuidan las formas,
lo malo de los tiempos modernos es que cada día se olvida más la compostura y así vamos a acabar todos viciosos y libertinos, Tachito Smith los días de fiesta luce
leontina de oro y onza de oro con el rey de España, el
reloj también es de oro, los días de trabajo Tachito Smith
no lleva ni leontina ni onza de oro y el reloj es de acero
inoxidable, Tachito Smith está casado en segundas con
Jovita Hidalgo, la conoció de aguafresquera en Las Palomas y entonces devolvió a su primera esposa a sus
papás, yo tengo derecho a ser feliz y Francine se puso

gorda, no tiene comparación con Jovita, a mí no me gustan las gordas y me caso otra vez porque me da la gana, tengo derecho, Miguel Tajitos el lego de la misión de San Xavier o sea Fundillo Bravo sabía muchas cosas de Jefferson el caimán y fue siempre buen amigo de mi padre, siempre respetó su memoria, tu padre hizo muy bien en darle a Zuro Millor el cholo de la mierda, hay cosas que no se pueden aguantar y siempre es mejor pegar a tiempo, yo sé que tu padre era un hombre justiciero por eso le gustaba darse gomina en el bigote, lo malo es que carecía de bienes y la gomina tenía que robarla, bueno, robar gomina tampoco es como para que te sienten ante el juez, Fundillo Bravo llevaba un quiste pegado a la nariz, a lo mejor era una verruga grande o un sabañón de mala índole, eso no se sabe porque no dejaba que se lo tocasen, cuando la podre asoma fuera del organismo lo mejor es purgarse con la yerba de las dos lunas, sólo se cría en la sierra de Mazatzal más allá de la charca del Tonto y hay muy poca, no son muchos los que saben el lugar exacto en el que se produce, don Juancito Castor hacía verdaderos milagros con la yerba de las dos lunas, da unas florecitas de color violeta que tienen un olor fétido muy penetrante, Francine se puso gorda y además padecía de flato, Tachito Smith hizo bien en devolverla a sus papás, que no quisieran admitirla es ya otra cosa, hay que ser más acordes, Tachito, la gente creerá que nos la devuelves por chata mal criada que anduvo a la pura pendeja en el matrimonio, no, Tachito, hay que ser más acordes, tú sabes, Archibald S. Grau empleó a Francine en la funeraria, tú entras de muertera, tú aseas los muertos, colocas bien las flores y saludas al personal, después ya veremos, como mandes, Archie, lo que yo quiero es comer sin perder la decencia, a Gerard Ospino le faltaba decisión, no remataba nunca, era buen jugador de póker pero al final no sabía aguantar ni la mirada ni el envite, a Gerard Ospino le sobraba sabiduría pero le fallaba la presencia, eso a lo mejor le viene desde Port Tiritianne, desde que le picó la tortuga verde y le desgració las partes, Gerard Ospino le

63

pegaba a Zuro Millor sin ningún entusiasmo, es él, puedes creerme, es ese cholo de la mierda quien me lo pide,
si tu padre no lo hubiera matado, lo hubiera podido
matar cualquiera, yo mismo, Gerard se acostaba los sábados con mi madre porque no aguantaba más tiempo
sin que le escupiesen, es como una necesidad, hay muchos hombres que lo saben bien, Zuro Millor se revolcaba por el suelo para que lo levantasen a patadas, ¿quieres un trago de pulque, bolsudo de mierda, desgraciado?, ¿por qué no vas con tus mentiras donde te las
crean?, a Pantaleo Clinton no le dieron la soga con la
que ahorcaron al droguero, es propiedad del estado y
no se la puede llevar nadie, si fuese mía te la daba pero
no es mía, pertenece al estado y no te la puedo dar porque yo respondo, Pantaleo Clinton anda desgarbilado y
arrastrando un poco los pies como medio al desgaire,
eso les suele pasar a los altos pero a lo mejor lo hacen
adrede, Pantaleo Clinton mide las distancias oliendo el
aire, ese coyote queda a trescientos pasos, detrás de
aquellas piedras, un poco más allá está meando un indio,
va solo y no tiene mucha salud, la negra Vicky Farley
es muy rápida con el revólver, da risa lo rápida que es,
a la negra Vicky le gusta que le coman la papaya los
blancos, la negra Vicky tiene un problema, la mitad de
su cuerpo es de mujer y la otra mitad de hombre pero a
eso se acostumbra uno, a la negra Vicky también le
gusta que le coma la papaya el chino, sigue, dame más
ginebra y sigue, el chino se quiere casar con ella pero la
negra Vicky no acaba de decidirse, sigue, tú sigue, dame
más ginebra y sigue, el indio que está meando a algo
más de trescientos pasos a lo mejor es nieto de Cochise
el apache chiricahua que echó a los blancos de Arizona,
cuando se le volvieron las tornas y empezó a perder terreno aún pudo sobrevivir con sus hombres en las montañas del Dragón y el Pequeño Dragón, ahora las cruza
la carretera, la india Mimí Chapita es muy bella y elás-
tica, tiene mucho ritmo y musculatura, la india Mimí
Chapita es hija de la india Chabela Paradise la que le
cosió el ojo a Taco Lopes, otros le dicen Taco Mendes,

mi hermano Bill Hiena o sea Mike San Pedro, el salteador Bill Hiena Quijotoa, corteja a la india Mimí Chapita
y le hace muy buenos regalos, la caja del abarrote de
Ken Courtland guardaba poco dinero y Mike le pegó al
amo dos o tres patadas para que aprendiese, mi hermano le regaló a la india Mimí Chapita un caballo pío muy
veloz, un rebozo de bolita, una azalea color de rosa que
le duró poco y chocolate, mucho chocolate, Virgil Earp
le pegó un tiro en el pecho a Billy Clanton y lo mató,
después le dio un tiro en el pecho a Tom McLaury y lo
mató, después le dio un tiro en la cabeza a Frank
McLaury y lo mató, Virgil Earp era muy sereno con el
revólver, muy seguro, murió de enfermedad en Goldfield,
Nevada, en 1905, yo empecé a preocuparme cuando Matilda, bueno, mi madre me dijo que tenía pus en la flor
del culo que se me estaba borrando, tú dame desinfectante y saliva, mucha saliva, es el mejor desinfectante,
yo no quiero que se me borre la rosa, eso es algo sagrado, es como la fe de bautismo, si se me borra la rosa es
igual que si me cambiaran por otro, a Ana Abanda se le
daba muy bien la calceta, tenía habilidad y también afición, punto bobo todo del derecho, punto inglés, punto
de arroz, Ana Abanda le calcetó a Erskine Carlow una
funda de lana para el mejor avío de su único huevo, las
partes se deben llevar abrigadas, Ana Abanda fue monja
pero ahora vive con Lucianito Rutter el sacristán que
sabe hacer milagros y que también conoce artes de car-
tomancia y recita poesías, a Ana Abanda, cuando ya no
era monja pero aún no se había liado con el sacristán le
tocó amortajar el cadáver de Zuro Millor, el cholo de la
mierda al que mató mi padre cortándole la respiración,
fue fácil, Zuro Millor llevó siempre las partes frías, los
cuatro evangelistas, san Mateo, san Marcos, san Lucas
y san Juan las llevaron sudadas, ésa es la diferencia, la
letanía de Nuestra Señora es la coraza que nos preserva
del pecado, yo digo sancta María y tú dices ora pro
nobis, es mala señal que una negra no beba más que
ron, las negras no deben ser orgullosas para que no se
les subleve la misericordia y abuse de ellas mandándo-

les enfermedades, cuando un chino ama a una negra debe tener presente que la dignidad también tiene sus fueros, el chino Wu no pretendió jamás a ninguna negra, tampoco la amó en silencio, el chino Wu es otro y Ana Abanda le enseñó a calcetar, aprendió en seguida, el chino Wu es muy respetuoso con su amo el irlandés Erskine Oso Hormiguero Carlow, cuando habla con él mira para el suelo, el chino Wu hace sus necesidades al raso y de noche, tiene que defenderse de los insectos, las aves de corral, los cerdos, los reptiles y los rumiantes, los coyotes no llegan hasta la taberna, bueno, sí llegan y los jabalíes también pero huyen del hombre aunque sea chino y sosegado, mi madre no supo nunca el nombre de la lejana ciudad donde mi padre me dejó después de marcarme la flor de fuego en el culo, mi padre no se lo quiso decir, yo sí lo sé porque estuve allí preso varios años, es natural que lo sepa, la ciudad era Portales, Nuevo Méjico, famosa por haber sido la cuna del valiente guerrillero Fidencio Fierro, el que murió en la emboscada de Alamogordo, Portales está cerca de la raya de Tejas y la institución donde me metieron se llamaba Hospitium of St. Bartholomew, el director era un cura español, el P. Octavio Lagares, le decían el sargento Lagares, muy aficionado a las corridas de toros, cuando podía se escapaba a Méjico, el maquinista Augustus Jonatás andaba como un vaquero, parecía como un vaquero del norte, de Wyoming o de Idaho, cuando sopla el viento en el desierto de Pleckamore las culebras se meten debajo de las piedras porque creen que es el fin del mundo y el principio de las eternas penas del infierno, los cactus se defienden bien del viento porque le acosan y hasta le hieren con sus pinchos, le hieren clavándole sus pinchos en la carne y le desgarran la trayectoria o sea el rumbo, los hombres y los animales que andan por el desierto, los alimañeros, los pastores y los criminales, los coyotes, los gallos de la muerte y los lagartos, saben que la substancia del viento es blanda como la del caracol aunque pueda parecer durísima, los indios navajos son amigos del viento, tienen un viejo pacto con el viento, ese trallazo de calentura al que siempre respetaron, con el que siempre prefirieron la paz a la guerra, Violet es india navajosa, se ríe cuando al ganado lo asusta el viento, yo no conocí bien a Ronnie V. Dexter el marido de Deena, no lo traté mucho, a Ronnie lo mató una cascabel en Topock, entre las reservas de Chemehuevi y de Fort Mohave, por aquí hay mucha agua pero también mucha hambre y miseria, se bajó del caballo para lavarse un poco el sudor y le picó la culebra cascabel, la culebra que muerde la muerte, Deena tenía la cintura estrecha y las tetas duras y un poco grandes, Deena tenía buenos sentimientos y la voz armoniosa, Hud la trató siempre con respeto y mucha consideración porque la cama da menos confianza de lo que se cree, la cama obliga más que autoriza, una cosa no quita la otra y fuera de la cama cada cual debe estar en su sitio, cuando digo la cama quiero decir lo que hacen los hombres y las mujeres, en la asamblea de Agua Dulce hablaron todos los animales con bastante orden aunque al final se cansaron y acabaron riñendo, el castor se llamaba Briht, el topo Simón y la lechuza Pammy, estos nombres se los pusieron después, Briht propuso que el hombre tuviera una cola gruesa y poderosa para poder arrastrar arena, piedras, troncos y otros materiales de construcción, Pammy pensó que todos los reunidos estaban locos, ¿cómo es posible que a nadie se le ocurra pedir alas para el hombre?, ¿qué podría hacer el hombre sin alas?, Simón encontró disparatada la propuesta de Pammy, un hombre con alas estrellaría su cabeza contra el cielo y además se le quemarían los ojos cuando llegase a volar cerca del sol, yo soy muy feliz horadando la tierra, ¿qué me importa no ver, si palpo y oigo y huelo y siento?, a Ronnie le dolía mucho la pierna de la mordedura pero aún pudo pensar, bueno, esto se acaba, yo rindo viaje aquí, en estas piedras, es afortunado el hombre que muere no extrañando el paisaje, no sorprendiéndose del horizonte de la muerte, la culebra cascabel también murió, la mató Ronnie de un tiro entre los ojos, el precio de la vida es la vida y nadie escapa a la ley, tampoco nadie se imagina lo que podrá ser esto dentro de algunos años, en 1925 por ejemplo o 1930, de no ser por el dolor a Ronnie hasta le hubiera dado risa, ¡qué ocurrencia!, el caballo no se movió de al lado del patrón en toda la noche, Deena y Hud se veían siempre a la luz de la luna y en mitad del campo, el santo suelo es buen soporte para el amor y el aullido de los coyotes tampoco es mala compañía para el amor al que puede estrangular el sobresalto, esto es pecado, Hud, Dios me va a mandar un castigo, a Deena, que estaba a muchas millas de distancia, le corrió un temblor por el espinazo cuando murió Ronnie, hay cosas con las que no se puede jugar, los animales son más prudentes que el hombre y se ciñen al peligro menos que el hombre, a Erskine Carlow le dio una extraña peste al intestino y se pasó lo menos una semana con fiebre alta y una correncia aparatosa y apestosa, mientras estuvo malo no se podía tirar grandes pedos porque se hubiera vaciado, el chino Wu se portó muy bien, lo cuidó con eficacia y mucho esmero y Erskine para demostrarle su agradecimiento le dijo que le permitiría emborracharse tres veces de balde y con la bebida que quisiera, los chinos son buenas personas, atacan un poco los nervios pero son buenas personas y saben cuidar a los enfermos, Erskine Aardvark Carlow cuando recuperó la salud estuvo cerca de un mes sin apalear al chino, Teodulfo Zapata era un alfeñique cagón pero había tenido que ver con tres mujeres que dieron mucho que hablar a todos, Corazón Leonarda, Mandy Mesilla y Noelia Chunda, una de las tres le cortó las partes cuando murió, la rubia Irma le había dado el jarabe de la potencia y Teodulfo Zapata tumbó a las tres una detrás de otra, Teodulfo Zapata apareció ahogado cerca de Site Six, los peces le comieron los ojos y una de las tres mujeres le cortó las partes, nadie supo cuál, los indios sí lo saben pero no lo dicen, el padre de Zach Mucho se llamaba Zach Dusteen y había llegado de Fort Dodge, Iowa, con un cargamento de biblias y cinco hijos pequeños todos varones y defectuosos, Jim, Nick, Alex, Joe y Zach, las taras citadas por su orden son las siguientes, estrabismo, tartamudez, halitosis, idiocia y orquitis, la mujer de Zach Dusteen murió al parir el último, yo no sé cómo se llamaba la muerta, la verdad es que tampoco se lo pregunté a nadie porque me era lo mismo, no fui nunca demasiado curioso, Zach Dusteen contaba los días por cansancios y los años por amigos muertos, la vida se teje con la memoria de todos y de nada nos vale querer huir de la memoria porque nos perseguirá hasta donde vayamos, la memoria no se cansa jamás de agobiar al hombre y de recordarle sus miserias y servidumbres, Zach Dusteen cuando se enamoró de la rubia Irma decía a todo el mundo una frase muy bien medida, merece la pena esperar lo que merece la pena, esto se lo oí a Sam W. Lindo, a lo mejor lo había copiado de un calendario, cuando la rubia Irma empezó a marear a Zach Dusteen a éste se le enfrió el amor y dejó de decir la frase, los hombres no tienen por qué pasarse la vida repitiendo siempre lo mismo como si fueran loros, Macario Calavera Davis pensaba dos cosas, que a las mujeres había que montarlas hablándoles en su idioma para que no recelasen y que se está mejor de peón que de amo, se está más libre, un caballo ata menos que varios cientos de reses, lo malo es lo que le pasa al que se queda quieto, el que se queda quieto se descuerna, se da contra el muro y se descuerna y se parte la boca, a eso le llaman la inercia, al que se queda quieto lo doman entre todos los demás, lo doman entre la esposa y el reglamento, también influyen los funcionarios y el miedo o sea la costumbre, las esposas sueñan con embridar al esposo y cuando lo consiguen se mueren, las esposas son las enemigas naturales del hombre, el macho al que sueñan derrotar y humillar, las esposas son la rémora que se le pega a los cojones al hombre para no dejarlo caminar derecho y sano, las mujeres pierden la dignidad con el documento, por el cielo vino volando un globo con un muerto dentro, fue a caer entre Jeddito y Keams Canyon en la reserva de los indios hopis, al muerto hubo que enterrarlo a toda prisa porque estaba lleno de gusanos y hedía a muerte, éste fue un suceso que no se aclaró nunca, pienso que tampoco se aclarará jamás, algunos dicen que el muerto era el fantasma del bucanero Jack Todd, es poco probable porque los fantasmas no se pudren, otros dicen que era Caballo Loco el jefe sioux, tampoco debe ser verdad, el tuerto Taco Mendes o Taco Lopes si prefiere o Taco Peres llevó a la india Chabela Paradise a la taberna de Erskine Carlow a ver su ojo, míralo bien, ahí lo tienes metido en su botella de ginebra, ahora lo pueden ver todos y si lo hubiéramos tirado no lo vería nadie, se lo hubieran comido el polvo y los escarabajos, Erskine Carlow cerró bien el tapón de la botella con lacre para que no se evaporase el alcohol de botiquín, Erskine Carlow lleva algún tiempo pensando en cambiar el alcohol porque está ya un poco turbio, a Colonio Pisinimo lo mató un rayo mientras Cam Coyote Gonsales cantaba el corrido de la boda de Mariquita, los dos eran serpienteros, trabajaban para los laboratorios Norman and Huntington que pagan bastante bien, no hay queja y tampoco es digno andarse siempre quejando, Colonio tenía cara de perro y era tan descuidado que a veces hasta se meaba por encima, Cam Coyote Gonsales tapó el cadáver de su compañero con unas piedras, éste no duró mucho, aún hubiera podido aguantar pero se conoce que le llegó la hora, ¿tendrá treinta años, cuarenta años?, el tuerto Taco era dueño de la mitad de Jefferson el caimán domado, cuando lo del ojo le vendió su parte a mi padre para hacerle un regalo a la negra Chabela Paradise, digo a la india, Chabela Paradise era india, en Cazador no hay negros, la india Chabela Paradise sabía coser muy bien y bailar el vals, el peón Francis Paco Nogales perdió el ojo sin que nadie le hiriera, se le pudrió poco a poco y se le fue cayendo, Francis Paco Nogales tiene un ojo de cristal azul muy bonito, lo lleva envuelto en el pañuelo para que no se le eche a perder, el ojo de carne que perdió era castaño oscuro, cuando enviudó Francis Paco Nogales le compró una armónica a su hijo Sheldon para que no estuviera demasiado triste, la tristeza es cosa más propia de animales que de niños, un niño triste es una injusticia que da mucha tristeza, Gerard Ospino anduvo de misionero hace años, él no quiere hablar demasiado de Port Tiritianne, yo no conocí a nadie que supiese dónde está, el indio Abel Tumacácori le dijo una mañana si no estaría en el otro mundo y Gerard Ospino le amenazó con romperle la cara, Gerard Ospino sí cuenta a veces cosas del mar, todas tienen mucho misterio, el indio Abel Tumacácori se murió sin ver jamás el mar, el mar ni empieza ni acaba, bueno, sí empieza pero no tiene fin, al droguero Guillermo Bacalao Sunspot lo ahorcaron sin que viera jamás el mar, en el mar no hay caballos ni serpientes, al negro Tony Clints lo ahorcaron sin que viera jamás el mar, por aquí hay muchos que no vieron jamás el mar, que no saben hacia qué punto cardinal viene a caer, en el mar tampoco hay coyotes sino peces de todos los tamaños que van por debajo del agua, en el mar hay sirenas y pájaros que no dejan de volar ni un solo instante, tampoco pueden hacerlo porque morirían sin remisión, es mejor reventar de cansancio que morir ahogado, los pájaros de la tierra tienen más defensa porque pueden posarse en los árboles y las piedras y el suelo, quien sí había visto el mar era Santiago Portosín, claro, el patrón de Noya que anduvo en amores con la rubia Irma, fue el que le regaló el collar de azabache, Santiago Portosín conocía muy bien el mar, claro, la letanía de Nuestra Señora es la coraza que nos preserva del pecado, yo digo sancta Dei genitrix y tú dices ora pro nobis, nadie pudo decirme si al negro Tony Clints le permitieron morir en la horca con una flor en el ojal, se lo pregunté a varios pero ninguno lo recordaba, no se habían fijado, en la confitería del Smith's Motor Service se acordaban de Zuro Millor el cholo de la mierda, la gente lo mandaba a recados y él a veces obedecía y a veces no, en el beauty shop de la señorita Gloria también se acuerdan de Zuro Millor, era un indecente, más vale olvidar sus indecencias, las dos niñas gorditas de la güera Konskie fueron creciendo y llegaron a convertirse en mujeres hermosas, están las dos bien casadas y viven una en Trinidad, Colorado, ésta es

Angie, y la otra en Boulder City, Nevada, ésta es Nelly, no se ven casi nunca, cuando eran pequeñas se llamaban Effie y Trudy, después crecieron y les cambió el nombre, Angie le manda todas las navidades algún dinero al peón Santos Dorado Gimenes que está ya viejo, Nelly tiene muchos hijos y le escribe una carta cada año, no le puede mandar dinero pero le escribe una larga carta muy cariñosa cada año, el indio Cornelio Laguna robó la máquina de escribir que le pusieron al novelista Doug Rochester sobre la sepultura, los muertos no escriben a máquina y a los visitantes les gusta ver la máquina de escribir de un escritor, dan siempre unos centavos y sacan fotografías, Doug Rochester era borracho y mujeriego, escribía bien pero tenía malas costumbres, los sábados a las siete dábamos de mano y entonces hacíamos, yo y Gerard Ospino, las aburridas y monótonas maniobras de la diversión, como éramos jóvenes no las encontrábamos ni aburridas ni monótonas, ahora las recuerdo con nostalgia, es cierto, pero también con grima, lo mejor era el final, cuando íbamos a acostarnos con mi madre, al terminar le daba un beso en la frente, los pactos deben cumplirse siempre, me preocupé mucho cuando mi madre me dijo, Wend la flor del culo se te está pudriendo, la tienes llena de pus, a lo mejor hay que darle otra vez fuego para que no se te borre, sería lástima que se te borrase, piensa que es el único recuerdo que te dejó tu padre, Gerard Ospino tenía tanta fuerza como un caballo pero no en la cama, en Port Tiritianne le picó una tortuga verde en mala parte y le restó mucho temperamento, en el oeste John Holliday no tuvo más mujer que Big Nose Kate, la conoció mientras hacía trampas al póker en el saloon John Sanssey's de Fort Griffin, Tejas, Kate le salvó de morir en la horca y Doc se lo agradeció toda la vida, bueno casi toda la vida porque al final tuvo que echarla, le dio mil dólares, la metió en una diligencia y la olvidó, a Pantaleo Clinton no le quisieron dar la soga con la que ahorcaron al droguero porque era propiedad del estado y no se la podía llevar nadie, Sam W. Lindo cumplió con su deber, Pantaleo Clinton llegó persiguiendo alimañas hasta más allá del Gran Cañón, hasta los precipicios y las escarpaduras del Eco y del Huracán, por los barrancos del Eco el aullido de un coyote suena y retumba como los cien aullidos de una manada entera de coyotes, nadie sabe si Dios es macho o hembra pero si fuera hembra en vez de macho el Gran Cañón sería el coño de Dios, el sobrecogedor Gran Coño de Dios de color cobre, cobre oxidado y plata según la luz y el viento, sus amigos me dijeron que Pantaleo Clinton tenía una novia india en Littlefield pasado el monte y el desierto de la Pobreza, tampoco me lo explicaron demasiado, estas cosas no se saben nunca del todo porque los amores de los pobres no interesan a nadie, Pantaleo Clinton tenía muy buen olfato, era su mejor arma y a varias millas de distancia sabía si la novia le esperaba o no y si estaba vestida o desnuda, Ardilla Veloz era muy bella y delicada pero tan puta que parecía blanca, ¿es tuyo el hijo pequeño de Ardilla Veloz?, yo creo que sí porque se me parece mucho, Ardilla Veloz tenía diecinueve años y tres hijos, su marido la dejó hace ya algún tiempo y no volvió a saberse nada de él, Pantaleo Clinton era zanquilargo y desgarbado pero también cariñoso y formal, bastante formal, al droguero Sunspot lo colgaron por la garganta del único árbol que había en Hilltop, a lo mejor fue en Mayo Manso, los hombres pueden estar ahorcando hombres de un árbol durante toda la vida, nunca se cansan, también mujeres, a la negra Patricia la ahorcaron del mismo árbol que al droguero Sunspot por degollar niños, hacía pócimas milagrosas con su sangre aún caliente y el unto fresco, dicen que eran muy buen remedio no sólo contra el mal de amores sino también para el reuma y la tuberculosis, a Elvira Mimbre la ahorcaron en Eagle Flat por tener trato carnal con el demonio, de nada le valió estar picada de viruelas, ¿no dicen que el demonio no tienta sino a las mujeres que tienen la piel de porcelana?, la serpiente coral habla las cincuenta lenguas de los indios pero no las dos lenguas de los blancos, el caimán domado hace al revés, Zuro Millor el cholo de la mierda le dijo a mi padre que el caimán no hablaba, que era mentira que el caimán hablase y mi padre lo mató pegándole una topada fuerte en el pecho, tampoco demasiado fuerte, con una topada mediana ya tuvo bastante, cualquiera hubiera hecho lo mismo que mi padre, a un hombre no se le debe llamar mentiroso porque se puede cabrear y entonces mata, el botánico Orson en su *Memorial* cuenta la historia de las cacerías de ballenas de Gerard Ospino en la Tierra de Adelaida, no hay por qué repetirla aquí porque el libro es fácil de encontrar, antes lo tenía todo el mundo, por entonces la tortuga verde aún no le había mordido las partes a Gerard Ospino, la verdad es que estaba en su mejor momento, el 20 de setiembre de 1917 descarriló el tren de indios enfermos de Augustus Jonatás y ese mismo día mi madre cuando terminamos de joder me dijo, esa flor que tienes en el culo te la hizo tu padre con un hierro ardiendo cuando tenías cinco años, hay cosas que se recuerdan siempre, tu padre me preñó once veces y yo parí once hijos vivos, os marcó a todos en mi presencia, bueno a mí me mandaba que os sujetase, jamás me hubiera atrevido a desobedecerle, después ibais al hospicio pero yo no supe nunca en qué ciudad, yo ahora lo primero que hago cuando estoy con un joven es mirarle el culo, llevo ya varios años haciéndolo pero no tuve suerte, por ahora a ti es al único que encontré con la flor, ¿no te doy vergüenza?, a mí no me daba ninguna vergüenza el oficio de mi madre, los hay peores, ni tampoco que quisiera ir encontrando a sus hijos, la memoria es una herramienta, también puede ser un arma blanca, un arma de fuego, un veneno e incluso un instrumento musical sencillo, una flauta, un banjo, un tambor, mi padre se llamaba Cecil Lambert Espana o Span o Aspen y según me contó mi madre padecía de granos en el cogote y en el culo, unos violentos granos muy profundos llenos de pus que cuando le reventaban lo ponían todo perdido, mi padre no era corpulento pero sí bastante fuerte, entonces la gente era más baja que ahora, mi padre era de Alamosa, Colorado, lo más probable es que fuera de Alamosa, mi madre dice que esa ciudad está a orillas del río Grande, yo no lo sé porque no anduve nunca por allí, Zach Dusteen cuando se le acabaron las biblias se empleó en la sección de contabilidad de Norman and Huntington, sabía algo de cuentas y también tuvo suerte, en estos casos ayuda mucho la buena presencia, su jefe era Ken Vernon que como es bien sabido está medio loco, cuando se acuesta con Corinne McAlister los días 1 y 15 de cada mes hace cosas muy raras, maúlla como un gato, ladra como un perro, rebuzna como un asno, lloriquea como un niño, se corre, estornuda un poco y se duerme, la doctora Babby Cavacreek cortó en seguida sus relaciones, prefiere a Cam Coyote Gonsales, está algo sucio pero en la cama no desorienta a las mujeres, en la reunión de Agua Dulce los animales no se pusieron de acuerdo y aquello acabó en tumulto todos gritando y riñendo, Ken Vernon guardaba el rapé en una cajita de lata de pastillas de goma para la tos, Aurelio quiso huir pero Pammy se abalanzó sobre él y Briht le llenó la cara de arañazos lo que quiere decir que la lechuza y el castor aliados pueden derrotar al coyote, la costumbre de mascar tabaco pone los dientes negros y la saliva negra, pegajosa y dulzona, Bang, Fing y Dahl se enzarzaron en sangrienta pelea mientras Sepho topaba, Kihlie corneaba, Deng roía con sus dientecillos y Simón se agazapaba bajo la tierra, no hay duda que demuestra malas inclinaciones el andar capando machos desgraciados de balde sólo por diversión, también demuestra cobardía, cuando el cansancio rindió a todos cada animal se sentó en el suelo y empezó a moldear al hombre con una pella de barro, todos menos uno se fueron aburriendo de trabajar y se fueron yendo a dormir, el primo de don Diego Matamoros todavía anda por ahí a caballo preñando güeras pero esto tampoco es mala señal, esto es como el arco iris, de todos los animales de Agua Dulce tan sólo el coyote terminó su obra que al romper la mañana cobró vida porque empezó a latirle el corazón, nadie sabe si es razonable pero lo cierto es que al hombre lo creó el coyote, esto se piensa en Tes Nos Pes y en la misión Enmanuel, más allá del pico de la Pastora y de la sierra de los Gigantes, me lo dijo la familia de Ardilla Veloz la novia de Pantaleo Clinton, lo más probable es que su tercer hijo sea de Pantaleo Clinton, del rumbo de su marido nunca más se supo, el amor puede ser que se arruine y agote pero de lo que no hay mayores dudas es de que al hombre lo creó alguien, el sol o el viento o el agua o un animal o un mineral o un espíritu, un vegetal no, esto es menos probable, también tiene menos sentido común porque las plantas son más distintas de los hombres que los elementos o los animales o las piedras o los fantasmas, las apariciones son como muertos que vuelan o caminan pero los árboles y las yerbas no, el hombre ama la tierra que lo vio nacer, a veces no es bella pero es siempre suya, al sol y al viento y al agua de cada sitio no los puede mover ni siquiera el tiempo, tampoco se atreve, el hombre ama al sol y al viento y al agua que lo vieron nacer, a veces son hostiles pero son siempre suyos, es saludable pegarse a la tierra y andar descalzo sobre la tierra porque la fuerza entra por los pies, el hombre se acaba convirtiendo en tierra y toda la vida nace de la tierra, esto también me lo dijo la familia de Ardilla Veloz que es mujer muy bella y amorosa, muy necesitada de atención y un hombre encima, en la taberna del Oso Hormiguero no hay demasiado orden y la gente se va sin pagar, Erskine Carlow está borracho más de la mitad de las veces, los clientes también pero éstos no tienen que cuidar la caja, mucha gente sigue creyendo que me llamo Wendell Liverpool Lochiel, eso era antes de saber quiénes habían sido mis padres, mi verdadero nombre es Wendell Liverpool Espana o Span o Aspen, los tres dedos de la mano que me faltan, de la mano izquierda los perdí en accidente de trabajo, me los segó una sierra de cinta, a nadie puedo achacar la desgracia porque el único culpable fui yo, ya se sabe, el exceso de confianza y la mala suerte, las dos cosas, el patrón se portó bien y me pagó las curas y los desinfectantes, las heridas tardaron en cicatrizarme un mes y aún tardé más tiempo en poder volver al trabajo, Gerard Ospino me prestó algo de dinero y Erskine Carlow me invitaba a cerveza los sábados, todo el mundo sabe que no es lo mismo pegar a una mujer con amor que hacerlo con ira y rabia o con odio lo que es aún más ruin y doloroso, tampoco se puede pegar a las mujeres por compromiso o con indiferencia, eso no, las espuelas de plata con estrella de treinta y cuatro puntas sólo se pueden calzar para montar mujeres muy bellas y recias y aguantadoras, viva el general Cortinas que de su prisión salió vino a ver a unos amigos que en Tamaulipas dejó, entones las mujeres se sacaban las tetas por el escote con todo descaro para que se las vieran los hombres del general Cortinas, viva el general Cortinas que es libre y muy soberano y han subido sus honores porque salvó a un mejicano, la tropa del general Cortinas no descabalgó y las mujeres volvieron a guardarse las tetas, en el fondo estaban un poco avergonzadas, la letanía de Nuestra Señora es la coraza que nos preserva del pecado, yo digo sancta virgo virginum y tú dices ora pro nobis, mi madre cuando aún se llamaba Mariana o sea antes de nacer yo, de esto no estoy muy seguro, conoció a Pancho Villa y al coronel Roberto Fierro, la soldadera Lupita Tecolote hizo toda la campaña con Margarito Benavides y aprendió a defenderse sola, Margarito Benavides los tenía muy bien puestos y con él no valían dengues ni mohínes ni tampoco disculpas porque la obligación es lo primero y después ya vendrá la diversión, Búfalo Chamberino se gastó mucha plata con Lupita a pesar de que ya no era una niña, Lupita tenía mucha habilidad y supo medirle el gusto, con mi madre se portó peor, no tenía por qué haberle contado que a su papá lo ahorcaron en Pitiquito, tú juegas con esto que tengo aquí y respira hondo, verás, tú abre un poco las piernas y espera a que te dé el gusto, no es verdadero que a tu papá lo arrastraran atado a la cola de un caballo, no hagas caso de las cosas que dicen, verás, ponte aquí que te tiente, tú abre un poco las piernas y respira hondo, Atelcio Dunken se pasó la vida cruzando la frontera unas veces a caballo y otras a pie, solía descansar en los montes de Álamo Hueco, su novia Remedios Hurley trabajaba de mesera en la cantina de Ánimas, a lo mejor también hacía otras cosas pero Atelcio no preguntaba a nadie, las preguntas y las respuestas pueden nublar la voluntad de los hombres, por el monte del Peloncillo se escucha el coyote todas las noches, por aquí no hay más que por otros lados pero se escucha como si los hubiera, Remedios no era linda pero sí joven, un peón del rancho Florida quiso casarse con ella pero cuando ya tenían los papeles apareció muerto en el paso del Antílope mismo pegado a la raya de Arizona, le decían Donovan Chato Jones y lo encontraron con un tiro en la espalda, todavía vivo pero ya no demasiado, a Lordsburg llegó muerto y sin habla, Remedios le guardó luto y después empezó a dejarse amar por Atelcio, una mujer debe responder siempre ante alguien, no es bueno que no tenga que dar cuentas a nadie, las malas lenguas dicen que quienes se guarecen en el rancho Florida son gentes que viven al margen de la ley, salteadores, contrabandistas, fugitivos con la cabeza a precio y otros criminales, yo no lo puedo asegurar porque lo ignoro, lo que sí es cierto es que en el rancho Florida se muda mucho el personal, el amo vino del norte, Matt Dungannon es hombre duro y de pocas palabras, a Cleo su mujer no la deja salir del piso de arriba, casi nadie la conoce, es rubia y delgadita y está delicada de salud, algunas noches la saca a tomar un poco el aire y a que le dé la luz de la luna, Matt le da grandes palizas a Cleo, le pega con el cinturón por el lado de la hebilla y también le escupe y le arrea bastonazos y patadas, esto se sabe por los gritos de la mujer que se oyen desde todas partes, John Doc Holliday murió tísico en 1887 en el sanatorio de Glenwood Springs, Colorado, el padre de Ardilla Veloz se llama Mustang Tonalea, todos los hombres somos hermanos, nuestro padre es el Gran Espíritu y nuestra madre es la tierra, la vida nace de la tierra y hay que caminar descalzo para que su fuerza nos entre por los pies, también se debe llevar el pelo largo para que esa fuerza se caliente, tan imposible es que el río corra hacia arriba como que al hombre le priven de su libertad y su tierra, las armas pueden confundir al mundo pero antes del fin del mundo enmudecerán y la tierra volverá a ser de quienes siempre fue, Mustang Tonalea conoció las grandes manadas de bisontes, todavía las recuerda extendiéndose hasta las cuatro lindes de la rosa, en aquel tiempo aún no se pasaba hambre, los indios no mataban bisontes más que para comer, los blancos los mataban por matar, por dar gusto al dedo del gatillo, eso es de criminales, el hombre blanco es muy criminal y mata porque le gusta ver correr la sangre y sentir cómo se apaga la vida, también le gusta presumir de que sabe sembrar la muerte, lo más que se comían los blancos era la lengua del bisonte muerto y nunca dieron abasto de comerse todas, entonces aún no se pasaba hambre, las enfermedades y el hambre vinieron después y nadie sabe si volverán a irse algún día, las mayores manadas quedaban algo más al norte, hacia Utah, Colorado, Nebraska, Wyoming y otros estados, Gerard Ospino me dijo, debes poner orden en lo que vas explicando para que la gente no se confunda, lo mejor es ir contando por muertos, yo le respondí, hablar es muy fácil pero poner orden en lo que se va diciendo ya no lo es tanto, a Bob Hannagan no lo dejaron ni hablar, lo ahorcaron sin dejarlo hablar y a la chola Micaela de nada le valió el llanto, a los forasteros no hay por qué dejarlos hablar, cuando un hombre se aparta de la tierra en la que nació es que algo le va mal en el organismo, en Queen Creek ya nadie se acuerda de John Caernarvon, la gente procura olvidar cuanto antes a los vagabundos, el galés John Caernarvon no está enterrado en Queen Creek, es un pueblo que no tiene cementerio ni tampoco prostíbulo, a los muertos los machacan y medio los muelen y se los dan a los gansos de alimento, se crían hermosos y con mucha grasa, la doctora Babby Cavacreek es de aquí, salió hace ya algún tiempo y ahora trabaja en los laboratorios, a mí me gustaría saber si a Tony Clints le dieron permiso para ponerse una flor en el ojal, debe ser gracioso un negro colgado de la garganta con la pinga medio dura, la lengua fuera y una flor en el ojal, de los ahorcados debería hacerse siempre fotografía, a Carlota tampoco la recuerda nadie, Tony Clints la ahogó con la almohada, puede ser que Carlota creyera que estaba cachondo, esto no se podrá saber nunca, son muchas las cosas que no se podrán saber nunca porque la vida es casi siempre un misterio y la muerte aún más, ningún muerto volvió nunca del otro mundo para explicarnos lo que pasa, Pepito Flea el del abarrote era medio enano pero llevaba muy bien las cuentas, su mujer Lupe Sentinela tenía las tetas grandes y por eso le gustaba al novelista muerto, a Doug Rochester, el indio Cornelio robó su máquina de escribir de la sepultura, entre Doug Rochester y Lupe Sentinela no hubo nunca nada, fueron medio novios pero él no pasó de magrearle un poco las tetas metiéndole mano por el escote, Lupe era muy mirada y ni se desnudó ni se quedó nunca con las tetas al aire para que él se hartase de sobar y sobar, después Lupe contrajo matrimonio y Doug falleció, Nickie Marrana le pegó tal tunda al famoso Joe Juares que a poco más lo mata, aquello fue el fin de Joe Juares, desde entonces ya no boxeó más que por los pueblos en festivales y en veladas benéficas, a Sandra le huele el aliento, Sandra es la mujer de Nickie Marrana, le hiede el aliento y no se puede quitar la peste ni con medicinas, eso del mal olor es una desgracia que da asco y también risa, ¡hueles a cloaca, hueles a muerto!, en cambio hay otras desgracias que dan compasión y la gente ni se asquea ni se ríe, la mujer del otro, Cyndy, la mujer de Bertie Caudaloso se emborracha con anís y lleva cerca de tres años entendiéndose con Nickie Marrana, se ven en el almacén de un rancho en ruinas que hay en Hassayampa, por encima de los montes de Maricopa, el sitio no es cómodo pero sí discreto, de encontrarlos Sandra hubiera armado un escándalo, quizá hasta olería peor, las mujeres que huelen mal cuando se cabrean huelen peor, el capitán del carguero Möre og Romsdal se llamaba Laars Korvald y tenía los ojos de un azul purísimo, el pelo rubio y sedoso y la barba suave y siempre bien peinada, a mi padre mandó tirarlo al mar todavía vivo pero fue por miedo al contagio, la viruela es muy contagiosa y si se declara a bordo navegando puede ser un verdadero peligro, el capitán noruego sabía cumplir con su obligación, Margarito Benavides se fue curando en la violencia y el aburrimiento, se le veía en el bigote y en los ojos de chino, también en los andares, la sonrisa al través y la mala baba que le caía de la boca, a Margarito Benavides la manga de la chupa le valía de servilleta, Margarito Benavides cantaba corridos acompañándose a la guitarra, no se lleven la familia para no pasar trabajos al llegar a West Virginia, adiós estado de Tejas con toda su plantación, yo me voy a Pensilvania pa no pizcar algodón, Margarito Benavides le regaló a Lupita Tecolote un gringo vivo amarrado por los huevos, toma para que lo sueltes en la raya, si ves que murmura tiras del nudo, se llama Clem Krider y sabe jugar al billar, a ti te va a servir de poco porque me parece que es medio ninfo, tiene hechuras de orquídeo, Lupita le sacó mucho dinero a Búfalo Chamberino, le tomó la medida del gusto y le sacó mucho dinero, cuando Margarito Benavides echó a Lupita de su lado todavía le dijo, ahora pórtate bien Lupita y no friegues más de lo prudente no te vaya a pasar lo de la emperatriz Carlota, los cojos viven muy apegados a la costumbre, Reginaldo Fairbank se la meneaba como disimulando, sacaba un poco la lengua, entornaba los ojitos y sonreía con tanta dulzura que se quedaba mismo a las puertas de la abyección, Reginaldo Fairbank era bastante feliz, no todo lo feliz que se puede ser pero casi, a Reginaldo le pegaban ya muy pocas patadas porque cuando veía venir a alguien aficionado a patear cojos se quitaba en seguida de su alcance, en el pueblo se conocían todos de memoria y nunca pasaban demasiados desmanes, en Mayo Manso la gente era tranquila y de no malas inclinaciones, ahorcaban de vez en cuando a alguien, eso es verdad, en todas partes se ahorca de vez en cuando a alguien, pero no se puede decir que lo hicieran sin causa, eso no, a Elvira Mimbre no la ahorcaron en Mayo Manso sino en Eagle Flat, lo de que la habían ahorcado en Mayo Manso fue algo que dijo el contable Ken Vernon porque se equivocó, se equivocaba siempre, ya se sabe que era medio venado y extravagante, a Elvira Mimbre la ahorcaron en Eagle Flat porque se dejaba poseer por el demonio y lo que es peor consintiendo o sea con delectación morosa, dicen que al maligno las únicas mujeres que le gustan son las que tienen la piel muy fina y delicada pero a Elvira Mimbre a pesar de estar picada de viruelas la poseyó repetidas veces, se le aparecía bajo forma de lagarto o de cabra o de predicador, todas son buenas para satisfacer la lascivia, y se estaba revolcando con ella toda la noche y así durante varios meses, Elvira no supo nunca el nombre de su demonio pero sí conoció su torpe apetito venéreo que estaba a prueba de cruces y agua bendita, de nada valieron ni el signo de la santiguada ni los asperges, cuando Elvira Mimbre expiró en la horca se oyó retumbar un trueno sobrecogedor en el firmamento, se conoce que era la derrota del enemigo del alma, el coronel Roberto Fierro estuvo con el general Villa en la toma de Ciudad Juárez, a Lupita Tecolote la novia de Margarito Benavides le dieron un tiro en una pierna pero sanó pronto porque tenía buena encarnadura, la negra Vicky Farley lleva ya muchos años no bebiendo más que ron, ni whiskey, ni ginebra, sólo ron, se ve que es una costumbre de la que no se olvida, su novio chino está empeñado en casarse con ella, la negra Vicky Farley tira con el revólver como un capataz veterano y puede dar a tantas monedas volando por el aire como balas cargue en el tambor, a la negra Vicky Farley le da lo mismo una marca de revólver que otra, quizá prefiera el smith al colt, lo encuentra más seguro, se dice que el fantasma de los montes Sauceda es un español al que la soberbia le arruinó el cuerpo y le condenó el alma al fuego eterno, no, al fuego temporal, ahora se aparece de vez en cuando a los caminantes suplicándoles que recen un padrenuestro en sufragio de su pena en el purgatorio, a lo mejor ya le queda poco, el vaquero sin cabeza del camino de Ajo no puede entrar en el purgatorio porque aún no terminó de sembrar la muerte, madame Angelina le quitó el vicio del tabaco al güero Bart García tocándole detrás de la oreja izquierda con aceite de Aparicio bendito bien cargado de esencia de corazoncillo, la mirada de madame Angelina es capaz de hipnotizar las partes viriles tan sólo con mirarlas, también sabe encontrar venas de agua, tesoros escondidos y personas desaparecidas, el niño Juanito Preguntón fue a aparecer en Durango, Colorado, en casa de un talabartero que se lo topó de casualidad en medio del campo y le dio cobijo durante todo el tiempo, hubiera podido tenerlo con él toda la vida, Juanito Preguntón le barría el taller y le iba a buscar cervezas a la taberna, aún queda gente de buenas inclinaciones, gente que hace la caridad y socorre al prójimo, Chuchita Continental tocaba la guitarra, cantaba y bailaba, también tocaba el acordeón, valses, polcas y mazurcas, Chuchita Continental era muy alegre, su marido sabía beber whiskey por la nariz y al revés o sea por la boca para sacarlo por la nariz en vez de mearlo o vomitarlo como todo el mundo, entonces lo echaba directamente en el vaso, era como si se sonara whiskey, se lo bebía de nuevo y se quedaba mirando fijo para alguien, es igual quien fuera ya que todos los hombres valen para asustados, ¿lo aprueba, compadre?, el pelón Fidel Lucero Johnson la armaba cualquiera que fuese la respuesta, le era lo mismo del derecho que del revés ya que todas son buenas para la bronca, la letanía de Nuestra Señora es la coraza que nos preserva del pecado, yo digo mater Christi y tú dices ora pro nobis, Tachito Smith lleva el negocio con mano de hierro y buen tino comercial, el Smith's Motor Service es un modelo de organización, allí todo es moderno y eficaz, todo funciona, Tachito Smith luce patillas de boca de hacha y agresivos mostachos, va bien vestido y es patizambo, bueno, algo patizambo, Tachito Smith también es un caballero, su conducta así lo pregona bien a las claras, un zambo puede ser un caballero, no es fácil pero puede serlo, lo que ya es más difícil es que lo parezca, su esposa Francine empezó a padecer de flato, se

pasaba el día en flatulencias, eructos, regüeldos y vapo-
res y su marido la devolvió a sus papás, yo creo que
hizo bien porque hay cosas que no pueden consentirse,
es feo que un hombre se tome esas licencias pero que lo
haga una mujer es mucho peor, las mujeres no pueden
andar eructando por ahí, Francine además había engor-
dado y las gordas según es bien sabido son difíciles de
aguantar porque además de libras de carne crían mal
carácter y protestan y se quejan de todo, no, no, a las
gordas lo mejor es abandonarlas, no hace falta devol-
verlas a casa de sus papás, basta con dejarlas en el desierto, no duran casi nada, Francine fue devuelta a sus
papás por el marido, que no quisieran admitirla es ya
otra cosa, cuando una hija sale de casa todo cambia,
entonces a Francine la empleó Archibald de muertera,
tú trabaja con aseo que aquí no ha de faltarte nunca
qué comer, Tachito Smith le cambió al indio Abel Tumacácori un revólver por una onza de oro del rey de España, cuando Tachito se casó con Jovita Hidalgo la llevaba puesta de adorno en la leontina, al indio Abel lo
mataron al poco tiempo en la refriega de Dos Cabezas y
entonces su viuda la rubia Irma heredó el revólver, iba
siempre con el revólver colgado del cinturón, Tachito
Smith se entendía con Lupe Sentinela la mujer de Pepito Flea el del abarrote, el que coleccionaba sellos y llevaba las cuentas del negocio, los zambos son propensos
a los pecados de la carne, el P. Roscommon le llama
lujuria, el P. Lagares concupiscencia y el Rvdo. Jimmy
Scottsdale lascivia, todos querían decir lo mismo, el reverendo era un plantel de miasmas, criaba microbios de
casi todas las enfermedades, el tabaco de mascar da
mucha resignación al hombre, mucha calma y serenidad
ante el peligro, el Quick Lizard, es una marca, es algo
más suave, tiene casi gusto a regaliz, madame Angelina
aprendió sus habilidades en Agua Prieta, las mágicas y
las de otra índole, madame Angelina es muy exigente
en la cama, muy mandona y déspota, arregla los organismos y después los estruja a cambio de darles gusto,
a Sam W. Lindo le hipnotiza las partes y le toca los co-

jones, bueno el rafe de los cojones, dispense, cualquiera puede equivocarse, con aceite de Aparicio bendito bien mezclado con esencia de hipérico, se los mejora mucho, es como si le hiciese crecer la leche, como si le vaciara el manantial de la leche, el cuero se curte envuelto en mal olor y paciencia, la casca mastica el tanino y lo va soltando poco a poco, esto es casi como un hombre y una mujer amándose sin prisas, al hombre de nada le vale tener razón si no empalma, las palabras son siempre traidoras y acaban delatando a quien las pronuncia, si los hombres fuesen mudos las cárceles estarían vacías y la horca no se hubiera inventado, el hombre es animal que no sabe morir a tiempo y reza para conservar la vida, el hombre adopta una actitud suplicante muy vergonzosa, las alimañas del monte tienen más dignidad y por eso viven libres y peligrosas, no importa que te quedes sin memoria pero sí que olvides que te has quedado sin memoria, ¿recuerdas cuando querías comerte el mundo, cuando me juraste amor eterno, cuando me decías que eras capaz de sujetar a un toro con una sola mano?, no te preocupes, yo tampoco recuerdo que me lo hayas dicho jamás, mi madre recordaba lo de los tangos en el fonógrafo y la gaseosa, las mujeres se acuerdan siempre de las costumbres del hombre en la cama, es un atavismo, el marido de Mollie Blonde Bradshaw apareció una mañana muerto de un balazo, la rubia Mollie trabajaba en el Bird Cage Theatre de Tomistón, la mató Buckskin Frank Leslie en un ataque de celos, Mollie fue la decimocuarta víctima de Frank a quien encerraron en el presidio de Yuma para que no despoblara de putas el territorio, Isabelo Florence el lego de la misión Santísima Trinidad también tiene buena memoria, Pato Macario lleva la flor en el culo, yo la vi, a Isabelo Florence le mandé que se estuviera callado, tú verás lo que haces, si hablas te mato donde te encuentre y además te busco, tú te has quedado mudo y sordo, ¿te enteras?, tú no sabes cómo tiene nadie el culo, ni Pato Macario ni nadie, si hablas te mato, a la hora siguiente de hablar ya estás muerto, tú verás lo que haces, Andy Canelo Cameron tenía cara de pájaro, iba a acostarse con mi madre todos los meses y pagaba siempre con honradez, nadie sabe de dónde sacaba el dinero pero eso tampoco tiene importancia, mi madre solía decir que molestaba poco, tenía una pinga brava y robusta pero terminaba pronto y sin mayor vicio y después se dormía como un niño, acostumbraba a quedarse dormido acurrucadito contra mi madre y mamándole un pezón, los tontos no son como los niños pero algunos lo parecen, los tontos son como animales enfermos o flores cortadas, los tontos deberían estar siempre sentados debajo de una sombrilla, Cyndy la mujer de Bertie Caudaloso el beisbolero lleva ya algún tiempo desnudándose para su cuñado Nickie Marrana el boxeador, Cyndy tiene las piernas huesudas, se ve que es mujer de mucho temperamento, también chinga con el tonto Andy Canelo, tú dame gusto, desgraciado, tiéntame a modo y sácame el gusto que te juro que no tendrás que volver a fumar colillas en tu vida, estas tetas son tuyas, hijo de puta, golfo, y mi cuerpo también, todo mi cuerpo, tú dame gusto que te he de comprar un sombrero y una caja entera de cigarros, Eddie Peugeot es más blanco que nadie y tiene modales distinguidos, se ve que viene de una familia que comió siempre caliente, eso blanquea el semblante y da seguridad a los ademanes, Andy Canelo Cameron empezó a pasear de sombrero nuevo y con un cigarro en la boca, lo llevo apagado porque me da la gana, si quiero lo enciendo, en mi casa tengo más, tengo lo menos cinco más, Eddie Peugeot no es médico pero sabe de medicina que es oficio de mucha dignidad y prestancia, de mucho reconocimiento, la gente no suele preguntar por el título, lo que importa es que el paisanaje sane o se muera sin sufrir, la chola Micaelita cuando ahorcaron a Bob Hannagan se casó con el sargento Salustiano Sabino tras haber despreciado al pendejo Obdulio, Fermincito Guanajuato se rió de él y entonces el pendejo Obdulio lo mató de un tiro en la garganta, dicen que la chola Micaela Victorio se entiende con el pendejo Obdulio Tularosa, tampoco sería un suceso singular, los hombres y las mujeres llevan ya muchos años fregando y mareando, se supone que los cuatro evangelistas, san Mateo, san Marcos, san Lucas y san Juan llevaban siempre las partes sudadas, nadie lo puede saber porque se murieron hace ya tiempo y tampoco eran de por aquí, Lucianito Rutter no estaba celoso por lo del calcetín que Ana Abanda había tejido para que el tabernero Carlow se abrigase su solitario huevo, no, no, eso fue antes, yo no puedo exigirle a Ana que adivinara el amor que habría de sentir por ella, es bonito, sí, es muy noble que Ana quisiera abrigarle el huevo a Erskine Carlow, los irlandeses son muy propensos a la tristeza, la combaten a golpes y bebiendo hasta caer al suelo sin sentido, el esposo de la tía de Vicky Farley se llamaba Ben Abbott y era maestro de primeras letras, daba sus clases en la escuela parroquial, tío Ben deshonró a Vicky sin mayores alardes ni preparaciones, le habló un poco, le acarició la carita y después los muslos y cuando la niña le miró y sonrió, primero sonrió y después cerró los ojos, tío Ben dio los siete pasos acostumbrados, la tumbó, le alzó las faldas, le quitó las bragas, se echó encima de ella, le abrió las piernas, le mordió la boca y le clavó la carnada en su sitio, la cosa no fue difícil, tampoco tenía por qué serlo, Vicky andaba ya por los once años que es edad buena para consentir, Vicky y tío Ben se estuvieron acostando todas las tardes en la escuela parroquial durante algún tiempo, la tía de Vicky se llamaba Constance y cuando se enteró se puso furiosa y le dio una gran paliza, le quiso saltar los ojos, Niño Gabinto no está contento con su suerte pero eso no le importa a nadie, cuando uno no crece ni cría lustre no tiene más remedio que aguantarse porque a los demás les da lo mismo, para ser como Eddie Peugeot hay que tener más suerte en el nacimiento, cada cual es del color que le hacen, también del tamaño, y de nada le han de valer los lamentos, el negro Parsley, o sea el negro rico Abraham Lincoln Parsley Loreauville, tenía el esfínter del ano machacado, le dieron mucho gusto, es cierto, pero acabaron borrándoselo, mi tío Ted o sea Nancy ya no sabe lo que hacer con él porque el agua boricada alivia pero no regenera los tejidos, el P. Octavio Lagares murió aún no hace mucho, era ya muy viejo cuando murió, le llamaban el sargento Lagares porque le gustaba mucho mandar, era bondadoso pero mandón, el P. Octavio dirigía el Hospitium of St. Bartholomew, cuando iba a Méjico a las corridas de toros delegaba sus funciones en la hermana Clementina que era la monja encargada del economato, el P. Octavio debía andar por los noventa y tantos años quizá cien, a lo mejor eran menos, la edad de los curas es siempre difícil de calcular, Ken Vernon trataba a patadas a Zach Dusteen, no le dejaba respirar y le reñía por todo, también le recriminaba su amor por la rubia Irma, es una viuda borracha y además tiene las tetas caídas, no sé lo que habrá podido ver usted en ella, Zach Dusteen le respondió, yo veo lo que quiero y a usted no le importa, usted lo único que puede decirme es que me equivoco en las cuentas o que vengo desaseado a la oficina, en Fort Dodge nadie se entrometía en mi vida ni me daba consejos, entonces Ken Vernon le dijo, en las cuentas se equivoca usted casi siempre, por una razón o por otra todas están mal y cuando pida los libros el jefe yo no voy a poder ocultar sus errores, además viene usted muy sucio a la oficina y eso es falta de respeto, Zach Dusteen se quedó mirando para el suelo y habló con voz suave, ¿por qué no cuenta usted las porquerías que hace con Corinne McAlister?, todo el mundo repite que es usted un vicioso y un impotente pero no importa, usted es un masturbador desbocado todo el mundo lo repite, un mico que no hace más que meneársela, pero no importa, acepto que me invite usted a cerveza, Ken Tennessee Vernon sonrió y ambos se fueron a beber cerveza, ¿es muy duro tener unos hijos como los que usted tiene?, pues sí, muy duro, no se ría de mi desgracia, ¡anda!, ¿y por qué no?, ¿usted cree que se puede tener unos hijos como los suyos y que además no se rían de uno?, usted pide mucho, amigo mío, pide demasiado, con la vela del globo que cayó con un muerto dentro los indios de Polacca, Shongopovi, Jeddito y otros poblados se hicieron pantalones y chamarras, la vela de un globo es grande y cunde mucho, nadie supo jamás quién era el muerto que vino volando con el globo, los fantasmas no se pudren y los indios no conocen la técnica de la aerostación, vamos, que no saben hacer globos ni volar con ellos, el muerto no era el fantasma del bucanero ni el gran jefe sioux, nadie supo jamás quién era el muerto, a estas trochas fue a donde llegó el tren de Augustus Jonatás con su cargamento de indios moribundos, Sam W. Lindo el jefe de la policía se puso a hablar con un forastero, yo sé que se llamaba Edgar Hatch pero Sam no quiso decir su nombre a nadie, el miedo atrae el peligro, un hombre miedoso muere antes y además se caga por encima, la serpiente asusta al pajarito y después lo mata, un hombre va por el monte y piensa, detrás de esa piedra está la cascabel y después resulta que es cierto, que detrás de esa piedra está la cascabel agazapada y dispuesta para el ataque, la letanía de Nuestra Señora es la coraza que nos preserva del pecado, yo digo mater divinae gratiae y tú dices ora pro nobis, las tres calaveras que tenía Erskine Carlow metidas en una jaula en el excusado de su taberna no eran de indio, a Erskine Carlow le gustan las calaveras y tiene más, quizá seis o siete más, guardadas en un cofre con herrajes de latón dorado, quizá sea doloroso lo que le pasa a Zach Dusteen con los hijos, eso es como deshojar margaritas, es algo parecido, Jim bizco, Nick tartamudo, Alex apestoso, Joe idiota, Zach orquítico, es como un pasatiempo, como un acertijo o el juego de las prendas, el amo Parsley no tiene caridad con mi tío Nancy y lo maltrata sin consideración como si fuera un perro, cuando le duele el culo, lo tiene cuarteado y a veces hasta en carne viva, se le amansa el carácter pero tan pronto como mejora vuelve a su ser natural y a dar patadas a los criados y decirles los peores insultos, un canco sin dolor es un animal muy peligroso y agresivo, el dolor los doma pero se olvidan pronto y entonces les sale a flor de piel su natural ruin, su instinto ladeado y resentido, mi hermano Bill Hiena se escapó de la cárcel de Safford un día de navidad, la india Mimí Chapita no sabe nada de él o al menos no quiere decirlo, más vale estar callada que hablar comprometiendo a los demás, Bill Hiena pensó siempre que en la vida no hay más que ganadores y perdedores y que es mejor el desierto con sus serpientes que la cárcel con sus piojos, yo ahora me llamo Mike San Pedro pero esto tampoco importa a nadie, Mimí Chapita me hace muy feliz y la oficina de la cárcel de Safford puede arder cualquier día con toda la documentación, la caja del abarrote de Ken Courtland guardaba muy poco dinero y la cosa tampoco merece que se gaste demasiado en papel, no vale la pena, lo único cierto es que no hay más que ganadores y perdedores, gana el más rápido y pierde el que no sabe quitarse a tiempo, las armas se han hecho para matar y si no matan se envenenan y oxidan y acaban reventando en la mano, hay muchos hombres a quienes falta un ojo o tres o cuatro dedos porque les reventó el arma en la mano, lo peor de las armas es que son voraces y tienen que estar siempre mordiendo, mi tío Don murió en la guerra europea, le llamaban Jessie, y mi tío Bob murió en la cárcel de Socorro, yo creo que lo mataron entre todos dándole por el culo sin parar, en las cárceles se las arreglan como pueden, a éste le decían Pansy, mi madre siempre habla de sus hermanos con cariño, eran muy chistosos y de buenas inclinaciones, sabían cantar y bailar y eran muy alegres, a mi tío Ted le llaman Nancy y vive todavía, lleva ya muchos años de criado de un comerciante rico y vive con su amo en New Iberia, Louisiana, en una casa con pianola, ventilador eléctrico y araña de cristal, la casa tiene además un toldo de lona de colores y muebles de jardín elegantes, los hermanos de mi madre salieron jotos, esto ya se dijo, y el amo Abraham Lincoln Loreauville o sea Parsley también, Corazón Leonarda era más puta que Mandy Mesilla, ¿y que Noelia Chunda?, no, ésta era la más puta de las tres, a lo mejor ya no se puede ser más puta pero esto no se sabe jamás, esto no lo sabe nadie, Teodulfo Zapata era un chisgarabís que tuvo muy mala muerte, la rubia Irma le dio a beber el jarabe de enderezar, se conoce que se le fue la mano y Teodulfo Zapata dejó a las tres mujeres con agujetas de tanto trajín chingón, así como usted lo oye, de tanto foquifoqui con la lengua fuera, después apareció ahogado y con las partes cortadas, el asesino le metió las piltrafas en la boca, vamos, se las puso en la boca de adorno, a lo mejor fue una asesina, ese detalle da mucho que pensar, a Wyatt Earp le llamaban el León de Tomistón, estos apodos no son nunca un regalo, el León de Tomistón murió de blenorragia muy entrado ya el siglo XX, fue el último en morir de todos los que riñeron en el corral O.K. y nadie pudo llevarle la contraria cuando contaba la pelea, en el Hospitium of St. Bartholomew había cinco niños tontos, teníamos cinco compañeros tontos, andaban siempre despeinados con la baba colgando y el mirar medio perdido, Ernie, Harry, Paco, Max y Luisín, el lego Timothy Melrose le rompió el culo a todos uno detrás de otro, cada cual se pone cachondo a su manera y según las circunstancias aunque estén prohibidas, eso importa menos, la hermana Clementina la del economato era muy misericordiosa, nadie debe vivir sin un poco de amor, la hermana Clementina cuando algún niño tonto estaba malo lo dormía meneándosela muy despacio y cantándole canciones en voz baja, nadie debe vivir sin que lo quieran aunque sea un poco, aunque no sea casi nada, a los que no éramos tontos no nos la meneaba, la verdad es que los que no éramos tontos teníamos más defensa, la hermana Clementina nos enseñaba canciones muy melodiosas, es necesario creer en algo y saber canciones, la vida marcha mejor cuando se cree en algo y se saben cantar canciones melodiosas, al lego Timothy Melrose lo metieron en la cárcel de Magnolia, Arkansas, prisión de alta seguridad, porque le descubrieron que tenía a un tonto guardado en un baúl, en la tapa le hizo unos agujeros para que respirase, cuando lo encontraron estaba ya medio muerto, no duró casi nada y además tenía temblores por todo el cuerpo y el culo lleno de pus, el P. Lagares le da de vez en cuando algunos palos y algunas

patadas en las costillas, ocho o diez palos y ocho o diez
patadas, a veces más, y entonces el lego se está unos
días sin molestar a los tontos, a Chuchita Continental le
gustaban la música y el baile, era tan alegre como mis
tíos, su marido el pelón Fidel Lucero la ataba corto y
aun así, Chuchita Continental tenía buena voz y también
le acompañaba la figura que era graciosa y se movía con
donaire, pa que sepas que te quiero me dejas en Foro
West, cuando ya estés trabajando me escribes de donde
estés, el caporal Clotildo Nutrioso se encaró con el patrón y le cruzaron la cara de un latigazo, a la otra
vez te mato y además no te entierro, la carroña pronto
se la llevan los zopilotes y los coyotes, a los gusanos
casi no les da tiempo, no hay nada más limpio que una
calavera al sol, ¿te enteras?, el caporal Clotildo Nutrioso
se había separado de una mujer que estuvo toda su vida
de mal humor, lo mejor es que ande mucho a caballo a
ver si se mata, pero no, la muy puta no se mata, monta
bien y además tiene suerte, el Rvdo. Jimmy Scottsdale
decía que el paganismo es la lascivia, a lo mejor las purgaciones que tenían los indios de la reserva de Tanee
venían de eso, Isabelo Florence y mi hermano Pato Macario también estaban con el microbio, es muy resistente y difícil de combatir, del paganismo hay que escapar
a tiempo y arrepentirse antes de que sea demasiado
tarde, es lástima que las purgaciones no las pueda sanar el sacramento de la penitencia, ahí hay algo que
falla porque más graves son los pecados capitales, la
avaricia, la ira y otros y pueden lavarse en el confesionario, al caporal Clotildo Nutrioso le pegó las purgaciones su señora pero él no quiere reconocerlo, madame Angelina le dio a beber un cocimiento de yerbas y lo mejo-
ró algo, es cierto, pero no lo curó del todo, lleve usted
siempre la parte afectada metida en esta bolsa con polvo
de cementerio que le doy y no la saque más que para
orinar, bueno, muchas gracias, si sano le traeré a usted
un gallo y unas gallinas, la jaula con tres calaveras que
tenía Erskine Carlow en el excusado de su taberna se
vino al suelo y las calaveras se desencajaron, no llega-

ron a romperse pero se desencajaron, en cambio el ojo
de Taco Lopes, hay quien le dice Taco Mendes, sigue en
su botella como si tal, el alcohol está ya un poco turbio
pero el ojo ahí está sin descomponerse, se conserva bien,
al serpientero Colonio Pisinimo lo mató un rayo y su cadáver no tuvo aprovechamiento, además lo tapó Cam Coyote Gonsales con unas piedras para que no lo desbara-
tasen las alimañas, las calaveras se desencajan, los ojos
se descomponen y los restos mortales se desbaratan,
todo quiere su orden y su desorden, el chino Wu quiso
pegar las calaveras con un poco de goma pero no acababan de quedarle bien, no, déjalas estar, a lo mejor encuentro otras nuevas, es lástima porque éstas no eran
de indio, yo creo que podré encontrar otras nuevas, no
estoy seguro pero confío en la paciencia y en la buena
estrella, bueno, bien mirado a mí las calaveras me pelan
los dientes, Ronny Lupton sabe que eso es una manera
de hablar, quiero decir que me rascan los cojones, al caballo hay que cuidarlo porque lo peor que le puede pasar
a un hombre es tener que ir a pie por la vida, vamos,
no es lo peor pero sí es casi lo peor y lo más amargo,
un hombre debe andar de un lado para otro a caballo,
siempre a caballo, eso depende del oficio, ya sé que el
Gran Cañón no puede ni bajarse ni subirse a caballo
pero andar subiendo y bajando el Gran Cañón tampoco
es un oficio, en mula sí puede subirse y bajarse el Gran
Cañón, a un hombre no pueden enterrarlo a caballo, no
cabría en la sepultura y ante Dios Nuestro Señor hay
que presentarse a pie y con el sombrero en la mano y
con mucha humildad y comedimiento, ante Dios Nuestro Señor no vale pisar fuerte, de nada sirve querer andar
a lo macho porque es tan poderoso que le da la risa,
contra Dios no pueden ni las mayores tormentas y Cristo es Dios, esto no debe olvidarlo nadie, Cristo es lo más
fuerte de todo lo creado, tiene más fuerza que mil bisontes o que el vendaval que barre el desierto de lado a
lado de norte a sur y de este a oeste, el machaje de Zach
Dusteen valía para poco y Zach Dusteen tampoco era
Dios, de eso estamos todos bien seguros, los apóstoles

no salieron cinco sino doce y eran más sanos y fuertes, estaban mejor elegidos, es fama que los apóstoles llevaban las partes sudadas, Santiago el Mayor más que Santiago el Menor, mis dos hermanos o sea Bill Hiena y Pato Macario enseñan la rosa de cinco pétalos en el culo, al fuego no lo borra más que la muerte, a Bill se la vio el alimañero Pantaleo Clinton en la cárcel de Safford y al otro se la descubrió Isabelo Florence poque yo se lo encargué, mi madre no lo sabe, yo creo que no lo sabe, tampoco querría saberlo, de eso estoy bien seguro, a no todas las mujeres les gustan los hijos cambiados, hace unos años se endemoniaron tres fuentes del desierto de Yuma, bueno el desierto de Yuma es una esquina del desierto de Sonora, está al oeste del desierto de la Lechuguilla y de los montes de Gila y de Tinajas Altas, la lechuguilla es un maguey con el que se hace un mezcal bravo, el aguardiente que dicen bacanora y también lechuguilla, las tres fuentes aparecieron una mañana endemoniadas y con olor a azufre que es testimonio del mal satánico, las tres tuvieron infección diabólica, la cosa vino de otros tantos caballos cimarrones a quienes se les trenzó artísticamente la crin sin que nadie la tocara, los caballos reciben con mucha naturalidad al demonio, casi con complacencia, los caballos son animales en los que cabe el demonio con holgura, sobre García Well cayó una nube de moscas verdes que parecían de metal venenoso, esas moscas dan una muerte con muchas ansias y dolores, aquí fue donde se pudrió al sol el cadáver del indio Abel el marido de la rubia Irma, en Tule Well se secaron los saguaros y las serpientes casi no podían arrastrarse y en Pápago Well se levantó un huracán que hacía volar las piedras por el aire, chocaban unas contra otras y levantaban chispas, parecía como si llorasen fuego, quienes bebieron el agua de esas fuentes también quedaron endemoniados y cuando se consiguió que echaran el demonio del cuerpo empezaron a vomitar clavos de hierro oxidados y escarabajos azules y de color de oro, un hedor apestoso salió volando sobre todas las cabezas y tardó varias horas en irse, al día siguiente aún se notaba el tufo pegado a la tierra, la letanía de Nuestra Señora es la coraza que nos preserva del pecado, yo digo mater purissima y tú dices ora pro nobis, Adelino Orogrande y Arabela Spindle se hicieron novios en Carrizoso, Nuevo Méjico, que es pueblo que está en un cruce de carreteras, dicen que Adelino tuvo amores con Corazón Leonarda antes de lo de Teodulfo Zapata, fue un accidente desgraciado que nadie quiso que llegara tan lejos, hombre, no sé, eso de que le cortaran las partes pudibundas y se las pusieran en la boca de adorno tampoco es señal de mayor misericordia, ustedes saben que las obras de misericordia son catorce, siete corporales y siete espirituales, en ninguna se permite cortarle las partes al muerto y metérselas en la boca, es una costumbre salvaje, una costumbre impropia del siglo XX, lo contrario de la virtud es el vicio, andar a pie es vicio de pobres y de tullidos, no tienen otro remedio, lo contrario de la misericordia es la indiferencia, la gente cree que es la crueldad, lo malo de cortarle las partes a un muerto es el hacerlo sin mirar siquiera, para dar de comer y de beber hay que mirar a los ojos, también para perdonar las injurias y consolar al triste, entonces le dije al caporal Clotildo Nutrioso, ¿te curaste ya las purgaciones?, sí, ¿del todo?, sí, ¿vamos a acostarnos con Matilda?, ¿tu madre?, sí, bueno, Daniel tiene tres años y es hijo de Clotildo, lo lleva consigo a todas partes porque no encuentra con quién dejarlo, cuando se separaron la madre no quiso quedarse con él pero Clotildo sí, el muchacho no puede andar solo y que se lo coman los perros, es aún muy chico y a mí no me molesta, Daniel es listo y casi no da guerra, cuando tiene hambre come de lo que cae, cuando siente ganas de hacer una necesidad la hace, cuando le da el sueño se duerme acurrucado en cualquier rincón o se me mete debajo de las piernas si estoy tomándome un vaso o jugando la partida, cuando quiere saltar a la pata coja va por en medio de la calle saltando a la pata coja, cuando quiere silbar, silba, y cuando lo que quiere es llorar, llora, Daniel es muy feliz y su padre el caporal Clotildo Nutrioso no le pega nunca, a mí me gustaría tener alguna paz en el corazón para poder explicarle al caporal Clotildo Nutrioso las razones de la hermana Clementina, los tontos agradecen mucho el cariño, nadie debe morir sin haber recibido un poco de amor, es lástima que los hombres y las mujeres no tengan nada que decirse, por eso no hablan, nadie debe morir sin que le hayan querido aunque sea muy poco, aunque no sea casi nada, los hombres y las mujeres sólo se aguantan cuando se acuestan juntos y los tontos se distraen, los tontos no suelen ser buenos ni generosos pero sí agradecidos, Ernie y Max son blancos, Harry es negro y Paco y Luisín son mestizos, la hermana Clementina no se la menea a todos igual, no puede evitarlo, el lego Timothy Melrose no los chinga a todos igual, no puede evitarlo, a unos les muerde un poco la nuca y les pellizca los pezones y a otros no, el hombre aunque sea tonto necesita creer en Dios y en el alma y saber silbar melodías y cantar canciones, el hombre aunque sea tonto debe esforzarse en vivir con dignidad y morir con aseo, Zuro Millor arrastró siempre la tristeza de no haber acertado jamás a darle gusto en la cama a la muñeca hinchable Jacqueline, mi hermano Bill Hiena Quijotoa es algo bizco, tiene más o menos mi estatura, baila muy bien y corre casi tanto como Cam Coyote Gonsales, es lástima que lleve ya algún tiempo sin verlo, la india Mimí Chapita no dice ni una sola palabra a nadie, es posible que se dejara matar antes de abrir la boca, su madre la india Chabela Paradise tenía fama de ser mujer discreta, también complaciente con generosidad, ésta fue la que le cosió el ojo a Taco Mendes, otros le dicen Lopes y otros Peres, es comprometedor esto de andar siempre guardando secretos, la india Chabela Paradise es muy amorosa y juiciosa, también da gusto tratar con su hija la india Mimí Chapita, esto demuestra que no es verdad que las mujeres lo envenenen todo, las hay alegres y caritativas, algunas mujeres hacen lo posible para emponzoñar el aire y el agua pero fallan porque no suelen aplicarse con entusiasmo, los santos ángeles custodios guardan al hombre y lo apartan del precipicio de la mujer maloliente, de la mujer pedorra a la que debería matar el verdugo a vergajazos en medio de la calle para que todos pudieran verlo bien, Black Jane era la perla de la casa de putas de Dutch Annie, la perla negra, era la única mujer de color de Tomistón y tenía mucho éxito con los hombres porque follaba con temperamento y rugiendo y pegando saltos, al funerario Grau le quedan cada vez mejor los discursos, lo que no puede evitar son los dolorosos pensamientos, los atravesados y traidores pensamientos, un hombre lucha durante años y años y al final lo derrota la familia, la señora empieza con manías, también se le tuerce la columna vertebral, las hijas beben y se casan con golfos y zánganos, el único hijo sale tutifruti y así sucesivamente, Tachito Smith se compró un ómnibus marca Dodge Brothers, en la reserva de Taos más allá de Santa Fe, Nuevo Méjico, hay una señorita Dodge que se casó con el jefe Abel Sánchez y ahora no puede salir del territorio, se tendrá que morir de vieja sin asomarse a la ciudad, los caprichos pueden salir muy caros, Tachito Smith puso al ómnibus a hacer el servicio de Tucsón a Nogales, iba por la mañana y volvía por la tarde, 65 millas, 10 centavos cualquier trayecto, paradas en Xavier, Sahuarita, Continental, Amado y Carmen, el mestizo Diego Diego pagó un aviso en *La Voz de Nogales,* espero que por su muy leída sección de ecos diversos pueda saber el paradero de mi esposa a la que hace más de diez años que no veo y es para un negocio de suma importancia, su nombre es Clarita Gavilán, dicen que Diego Diego es medio retaguardeado, más de medio, le gusta que le den y en el arroz con popote o sea en la cochinada se pone a cuatro patas y con el fundillo descarado para que el bujarrón pueda cogerlo más a modo y acertarle mejor, a Diego Diego lo bombea el capitán Jeremías que también anduvo bastardeándole a la esposa, Clarita es una murciélaga relamida que presume de estrecha y mea permanganato, al capitán Jeremías le van bien todos los agujeros, además es gallito bravo y ya se sabe que el que manda, manda, y si se equivoca vuelve a mandar, no fue ningún problema que descarrilara el tren de indios de Augustus Jonatás, fue una carnicería pero no un problema, iban casi todos con paludismo y los llevaban a que se muriesen lo más lejos posible, casi todos se quedaron en el camino, a la chola Azotea el marido la convirtió en cecina, la enterró en sal en el camino que va de Quito Baquito al manadero de Tinajas, el lugar era medio maldecido de Dios y los hijos no pudieron encontrar el cadáver, suele dar rabia esto de no poder sepultar a la madre según la costumbre, bueno, algunos dicen que al final sí encontraron el cadáver y pudieron lavarlo bien y enterrarlo, todo esto es un poco confuso, la mitad de Jefferson el caimán domado era de mi padre y la otra del tuerto Taco Mendes, quien sabe bien esta historia es Miguel Tajitos el lego de la misión de San Xavier que maltrataba de palabra y obra a Zuro Millor el cholo de la mierda, es cómodo que en cada pueblo haya dos o tres desgraciados a quienes poder patear, al final se acostumbran y ya no lo encuentran ni siquiera raro, a Jesusito Huevón Mochila le gusta desgraciar machos para divertirse, por ver la cara que ponen, es de mucha emoción ver estremecerse al macho cuando se le retuercen los cojones poco a poco para que se vaya dando cuenta de que le está cambiando el carácter, la mirada se le nubla y cuando ya se ve perdido babea y le vienen los temblores, entonces da risa, no es lo mismo verlo con los ojos que sentir el tacto en los dedos, Jesusito Huevón Mochila sabe bien que no es lo mismo, el tabernero Erskine Carlow había nacido en un remoto país en el que llueve mansamente y se crían los cerezos, son unos árboles muy nobles y generosos, debe ser bonito sentarse al pie de un cerezo a comer cerezas y leer un libro de poesías de un poeta pálido y casi con cara de mujer, Erskine Carlow lleva ya algún tiempo pensando que al ojo de Taco Mendes hay que cambiarle el alcohol de botiquín que está ya medio turbio y sin brillo, cuando mi padre mató a Zuro Millor, el cholo de la mierda a quien pegaba patadas casi todo el mundo en el pueblo, se sintió como un vacío, la gente no sabía bien lo que pasaba pero sí que pasaba algo, Deena Dexter echó a Jesusito Huevón del rancho porque la miró con poco respeto, a los peones no se les pueden permitir confianzas y menos aún complicidades, la tropa debe mirar para el suelo y estarse callada, todo lo demás es subversión, gritaban los pronunciados, ríndanse no sean porfiados, le damos fuego al cuartel y mueren todos quemados, cada año hay que hacer examen de conciencia, las personas honradas lo hacen una vez al mes o si han de salir de viaje o casarse o bautizar a un hijo, Al Tacciogli es nombre difícil de pronunciar, le llaman Columbus porque cuesta menos trabajo y la gente tampoco quiere esforzarse, Columbus es forastero, dicen que italiano, y maneja los billetes muy descaradamente, Columbus metió dinero en dos o tres negocios y montó un servicio de ómnibus con el mismo recorrido que el de Tachito Smith sólo que a 5 centavos, Tachito Smith se dijo lo que éste quiere es fregarme el negocio, lo veo claro, pero aquí nos vamos a joder todos, entonces puso el viaje de balde, ya subiré los precios cuando quiebre el italiano, tampoco hay que tener prisa, Columbus se entiende con Jovita, se encuentran en un corral que queda por debajo de Horca Well, Columbus quema paja para ahuyentar las serpientes con el humo, Francine le mandó un anónimo a su ex marido contándoselo, la mala intención no alimenta pero reconforta, Tachito en seguida supuso que el papel se lo había escrito la gorda, quiso deformar la letra pero esto se nota siempre, la mala intención no conoce fronteras y crece como los gusanos de los muertos, un animal muerto en el desierto parece que hierve al sol, son los gusanos, es cierto que Jovita se deja montar por Columbus, ni es el primero ni ha de ser el último, tampoco el único, el oficio de aguafresquera da mucha alegría a la papaya y a Jovita aún no le pesan los años, Jovita canta en el coro de la misión Santísima Trinidad y se pone cachonda oyendo la voz de los hombres, cierra los ojos y se pone cachonda, Jovita es buena amiga de Ana Abanda y se deja palpar al descuido por Lucianito Rutter el sacristán, la cosa no pasó nunca del necking and petting o sea de los besos de refilón y el magreo, Jovita descubrió de repente que también la ponía a punto la voz de las mujeres, la murmuración puede derribar fortalezas, si vistes una muñeca de azul y pones una bola de azogue en un vaso de agua clara con el nombre de tu hombre escrito con buena letra, éste te quedará amarrado para siempre Jesús y te dará gusto siete veces cada noche hasta que se muera, la murmuración puede derribar todos los fuertes de Arizona, Fort Defiance, Fort Apache, Fort Huachuca, etc., la murmuración es como una gota de agua que llevara cien años cayendo, el indio Balbino piensa que la lengua del hombre puede llevar más veneno que la de la culebra, se murmuró mucho que el chino Wong el del restorán preparaba las empanadillas de las cuatro felicidades con muertos, sobre todo niños de corta edad, era cierto pero nadie se lo pudo demostrar nunca, el chino Wong no era un homicida porque no mataba hombres vivos sino que desenterraba niños muertos, después los partía en trocitos o los deshilaba en briznas, mitad y mitad y todo muy cuidadosamente, también eran sabrosos los brotes de soja con cerdo picado, los rociaba con esencia de jazmín y tenían un gusto exquisito, como el chino Wong trabajaba con misterio y con inteligencia jamás le sorprendieron desenterrando a nadie, los chinos suelen ser poca cosa pero Wong Chi Hung era muy grande y gordo, a lo mejor venía de mandarines, Sam W. Lindo le dijo, aquí puede encontrarse con un disgusto porque la gente anda a vueltas con la vaina de la murmuración, ya usted sabe, el indio Balbino está muy orgulloso porque tiene barba, la rubia Irma conoce una cuarteta que dice así, no fíes de indio barbón ni de gachupín lampiño, de mujer que hable como hombre y de hombre que hable como niño, el indio Balbino sabe sanar las enfermedades y borrar el dolor, pone una mano sobre el dolor, frunce las cejas, lo mira fijo, lo manda irse y se va, el indio Balbino cura con la punta de los dedos y también con la mirada, el aliento y el pensamiento, casi nunca tiene que recurrir a las yerbas ni a la orina de virgen meada en noche de luna llena, es mejor ponerle un poco de café y unas gotas de anís, el indio Balbino recarga sus dedos de magnetismo sobándose la barba repetidas veces, tres, seis, nueve veces, después se pone muy serio y ya queda en disposición, la letanía de Nuestra Señora es la coraza que nos preserva del pecado, yo digo mater castissima y tú dices ora pro nobis, cuando Tachito Smith puso el ómnibus de balde Columbus dijo, ¿sí?, pues yo tampoco cobro y además invito a chocolate a los pasajeros, Tachito Smith tardó varias semanas en convencer a la gente de que el chocolate del ómnibus de la competencia quedaba demasiado claro, a eso no hay derecho, es una burla que se nos hace, dar esa agüita al personal es reírse de nosotros, ¿qué se habrá creído ese forastero?, Columbus le decía a Jovita, tu marido va de señor por la vida pero no es buena persona, a ti no te digo lo que voy a hacer porque las mujeres sois unas putas que os vais de la lengua, ya sé que me quieres mucho pero eres muy puta, no puedes evitarlo, la lengua de la mujer puede llevar más veneno que la de la culebra, esos desgraciados que protestan jamás habían comido un chocolate tan bueno y además de balde, venga, túmbate ahí que voy, ya está bien de hablar, el güero Bart García le dijo a Sam W. Lindo, yo no quiero decir mal de nadie pero a mí este italiano no me parece de confianza, para mí no es trigo limpio, gasta gomina y mira a las mujeres mandando, parece como si fueran todas suyas, en la cárcel de Swift Current ahorcaron al negro Tony Clints, llevaba una flor en la solapa y quedó de color azul marino, hay pieles que brillan y pieles que no brillan, también va en momentos y circunstancias, la piel de la cara de Tony Clints no brillaba y por la lengua le corrían dos moscas tampoco demasiado deprisa, cuando se le fue el aliento a Tony Clints se le abrieron todos los agujeros del organismo y se vació, siempre hay una mujer que querría mamársela al ahorcado, lo que pasa es que la costumbre no lo permite y la ley aún menos, es una delicia que casi ninguna consigue, poco antes de morir Tony Clints estaba pensando, la verdad es que jamás me hicieron tanto caso, me van a ahorcar como si no fuera negro, todo está muy bien preparado, los blancos saben respetar las condiciones, el alcaide de la cárcel le dio permiso a Tony Clints para ponerse una flor en el ojal, es una tradición simpática, a los negros les gusta mucho que los ahorquen con una flor en el ojal, Tony Clints ahogó a Carlota con la almohada y no se rió, ahora tampoco, Tony Clints cree que a Carlota le gustó que la matase con la almohada, en la cama no se sabe nunca si uno va a matar al otro y quién va a ser el muerto, lo malo de los pecados es cuando no tienen nombre porque lo más fácil es ahorcar al pecador y mandarlo al infierno para que todos escarmienten, en algunas casas hay siempre una medicina encima de la mesa, hay personas a las que les gusta hablar de enfermedades cuanto más infecciosas y crueles mejor, los partos difíciles y las agonías dolorosas también tienen sus partidarios, muchos partidarios, las culebras mudan la piel y las dos niñas gorditas de la güera Konskie mudaron el nombre cuando crecieron, Angie está en buena posición y por navidad le envía siempre algo de dinero al peón Santos Dorado, Nelly no puede porque tiene varios hijos y muchas obligaciones, antes se llamaban Effie y Trudy que son nombres de menos responsabilidad, más de niñas pequeñas, a la güera Konskie la preñó un cachupín que resultó ser primo del apóstol Santiago, se conoce que la encontró distraída, la güera Konskie no fue nunca demasiado feliz y dejaba hacer, claro, la gente que no tiene necesidad no sabe por qué la gente que tiene necesidad deja hacer a quienes van de camino, Taurean Diamond fue natural de Luis Lopez, Nuevo Méjico, y tuvo siempre fama de poner bien inyecciones, cataplasmas, lavativas y otros remedios sanitarios, Taurean fue en vida muy mañoso y de buenas costumbres, la taberna no la pisaba siquiera y estaba siempre dispuesto a hacer recados a todo el mundo, de Taurean podía decirse que no tuvo nunca enemigos y sin embargo, como al final pasan cosas que no se entienden, una mañana amaneció empalado en la cerca del abarrote de los Corralitos, lo espetaron metiéndole un espetón por el culo y sacándoselo por la boca, como el espetón estaba clavado en el suelo Taurean quedó en una postura muy rara, parecía un espantapájaros o un fantasma difunto, la gente decía, ¡qué barbaridad, qué muerte más puta fue a tener!, Ike Clanton tenía un perder venenoso, la sombra de un hermano muerto a tiros no es nunca buena consejera y la pelea del corral O.K. crió muy mala leche en el corazón de Ike Clanton, el juez Wells Spicer no tenía mucha representación, parecía un cómico, al juez Spicer le mandaron un aviso amenazándole de muerte si no se iba de Tomistón y pocos días más tarde unos jinetes que se dieron a la fuga dispararon contra el alcalde John Clum, el fundador de *The Tombstone Epitaph*, John Clum era delgado y de figura distinguida, Bonifatius Branson predica la hermandad entre los hombres y la curación por la fe, antes mataba indios y coyotes y pumas, el puma es animal airoso y cobarde que aparenta más de lo que vale, Bonifatius Branson también mataba jaguares, antílopes y jabalíes, mataba todo pero después recibió la llamada de Dios, la fe derriba montañas y puede dar el perdón al alma pecadora y devolver la salud al cuerpo enfermo, el mejor médico es Dios y si él quiere que un enfermo sane pues el enfermo sana pero si él quiere que un enfermo no sane pues el enfermo no sana y lo entierran, hay que elegir bien el instante que ha de llevar el alma al cielo o al infierno porque este paso se da para toda la eternidad, esto es así como lo escuchan ustedes y a Dios ni le importa siquiera que se lo crean o no, Dios no se rebaja, nadie debe olvidar que Cristo es Dios y no está contra el hombre pese a que el hombre se merecería que lo estuviese, aquí en Arizona y ahí enfrente en Sonora y en Chihuahua no hay más vicio ni virtud que en otros lados, esto va casi siempre por temporadas, yo digo Deus cujus verbo santificantur omnia benedictionem tuam effunde super creaturam istam y tú dices et cum spiritu tuo, Bonifatius Branson vende figuras de loza, santos, vírgenes, cristos, budas de loza, bailarinas, patinadoras, maternidades, la madona de Miguel Ángel, el pensador de Rodin, también manos de tamaño natural haciendo la higa y elixires mágicos de muy lindos colores, en los frasquitos se lee el nombre de cada pócima escrito en fina caligrafía inglesa de airosos ringorrangos, *Quédate conmigo, Mátame porque soy tuya* y *Hazme sufrir y gozar,* los tres de color púrpura, *Quiéreme hasta la muerte* de color esmeralda o sea verde esperanza, *No conozcas el descanso* de color gris perla, *Contra la envidia* de color de oro venenoso, *Contra el olvido* de color azul purísima, de cada nombre se colige su aplicación, también de cada color, Taurean Diamond solía decir a los de las inyecciones y los enemas, tú mantén siempre los ojos bien abiertos antes de casarte y medio cerrados después, no le valió de nada porque lo mataron igual, la muerte ni distingue ni respeta y el organismo estalla cuando le meten un hierro por el culo y se lo sacan por la boca, Arnoldo Calderón le arrancó una oreja al acordeonista porque desafinaba, esto fue hace ya algún tiempo, el acordeonista se llamaba Adelino Biendicho y el lance aconteció en el Nogales del lado de allá, a Adelino le pusieron polvitos de seroformo y la herida no le tardó en cicatrizar casi nada de tiempo, se ve que estaba bien de glóbulos rojos, yo no me canso de repetirlo aunque sé de sobras que es inútil porque nadie atiende, ni la muñeca hinchable Jacqueline tenía pulgas ni microbios ni tampoco se emborrachaba con ginebra, la muñeca hinchable Jacqueline no era más puta que las demás mujeres, Abby y Corinne McAlister, la chola Micaela Victorio, Corazón Leonarda, la rubia Irma y las demás, mi madre, Ana Abanda o Violet, no hay por qué seguir contando, la muñeca hinchable Jacqueline era una mina del gusto y siempre supo hacer feliz al cholo de la mierda, la muñeca hinchable Jacqueline no gozaba pero tampoco exigía, el botánico Orson cuenta en su *Memorial* las andanzas de Gerard Ospino cuando anduvo por la tierra de Adelaida matando ballenas, lo más probable es que el tercer hijo de Ardilla Veloz sea de Pantaleo Clinton mi buen compañero, el decálogo de Telésforo Babybuttock Polvadera no debe ser olvidado por nadie, dice así, monta siempre en caballo amigo, recuerda que el sol sale todos los días por el este, no tengas prisa que ni la muerte se demora ni la vida se da al fiado a nadie, en consecuencia no te fíes de nadie, escapa de las humedades y también de las arenas, no entres en poblado sin tentarte la ropa, no dispares sin avisar salvo que quieran madrugarte, no galopes jamás al sol si no te va la vida, recuerda que el canchal rompe los cascos al caballo y esconde a la serpiente, no pelees nunca con el viento, estos diez mandados quieren decir que no hay que asustarse del petate del muerto pero tampoco andar a lo mero macho por la vida, el chino Wu está acostumbrado a regir el vientre a oscuras y al raso, cuando habla con su amo mira al suelo con humildad para que no se encabrone, Telésforo Babybuttock Polvadera se ríe cuando recuerda a su amigo Pantaleo oliendo a la novia a varias millas de distancia, Maxine trabajó en casi todos los prostíbulos de Tomistón, la echaban por ladrona, no podía evitarlo, el peón Joe Drexel, peón del rancho Armadillo, le marcó la cara con la misma navaja que le había robado, la curó el médico Goodfellow, creo que se llamaba Jerome, pero la cicatriz le acompañó toda la vida, Ronnie V. Dexter el marido de Deena murió de la mordedura de una cascabel en Topock, hay agua, sí, pero también miseria, Deena tiene las tetas hermosas y de buena caricia, se las palpa Hud con mucho respeto, también se las mama, a veces Deena le pide a Hud que le mame los pezones con mucha saliva, a Bonifatius Branson le preguntó un día el tabernero Carlow, ¿hay algo después de la muerte?, ésta fue la respuesta, sí, mucho más que en la vida o sea antes de la muerte, si a los muertos que están en el otro mundo se les preguntara si querían volver ninguno diría que sí, los espíritus son muy felices en el éter y sólo regresan cuando el Sumo Hacedor los reencarna, en mi casa tenemos el espíritu de mi bisabuela Eleanor flotando sobre todos nosotros, el otro día me rompió un buda de loza, yo sé que fue sin querer, Erskine Carlow le dio otra cerveza, siga, siga, como usted guste, a Teodulfo Zapata lo condenó a muerte la rubia Irma dándole el bebedizo que arrima vigor a las partes, Corazón, Mandy o Noelia, una de las tres, le cortó las partes ya muerto, Teodulfo había tumbado a las tres una detrás de otra, Bonifatius Branson siguió hablando, mi bisabuela aún no reencarnó en nadie, aún no recibió la orden, a lo mejor está ya en el plano más elevado, el que viene después de la séptima encarnación, esto no lo podemos saber los demás mortales porque vivimos en la ignorancia y el pecado, yo voy por la cuarta reencarnación, aún me quedan tres por delante y pido a Dios que me dé suerte y me ilumine para poder seguir ascendiendo, no suelen recordarse las encarnaciones anteriores pero las mías me las contó santa Rosa una noche de luna en la que todo era muy triste y muy suave, verá, primero fui motilón en la misión de san Braulio, no hice milagros pero sí sané algunas enfermedades fáciles, más tarde estuve de sargento con el general Villa, me mató la tropa del general Obregón en una emboscada, nos mataron a más de veinte, después llegué a alcaide de la cárcel de Yerington, Nevada, y ahora ya usted me ve, ¿y no reencarnó nunca en un animal, un buitre, un coyote, un toro?, no, no, eso son leyendas, el alma de los animales no es eterna y por tanto no sirve para la reencarnación, quienes tal cosa admiten caen en pecado mortal de casi imposible indulgencia, no se puede tentar al destino dando pábulo a ideas torcidas y revolucionarias, ¿y en un indio?, no, tampoco, eso sí puede ser, no hay ninguna disposición divina que impida a un blanco reencarnar en un indio o un chino o un negro, también son seres humanos y por tanto hijos de Dios pero se conoce que yo tuve suerte, a la india Chabela Paradise le gusta coser, guisar y tirar o sea fornicar, nunca es tarde, la india Chabela se desnuda y se llena las tetas de florecillas minúsculas y aromáticas, disfruta mucho, también sabe bailar el vals y leer las rayas de la mano, la letanía de Nuestra Señora es la coraza que nos preserva del pecado, yo digo mater inviolata y tú dices ora pro nobis, la india Chabela Paradise cose lo mismo el ojo de un vivo que el pantalón de un muerto, Taco Mendes, Taco

Peres, Taco Lopes le dijo a Chabela, mi ojo se lo voy a
llevar de regalo a Erskine Aardvark para que se lo enseñe a los clientes, la india Chabela Paradise guisa igual
de bien el mole de guajolote que los frijoles ventureros,
mi hermanito Pato Macario le dijo a Chabela, lo difícil
es comer frijoles y eructar jamón, a mi hermanito Pato
Macario no le suenan las ventosidades porque a fuerza
de darle le alisaron los pliegues de la decencia o sea del
fundillo, se suele decir aguacate maduro pedo seguro,
los pedos de los hombres verdaderos suenan como latigazos, chasquean igual que trallazos al viento, la india
Chabela Paradise tampoco chinga más que otras pero
no se lamenta, de las mujeres suele decirse con envidia,
¿ésta?, a los quince con quien quiso, a los veinte con
quien pudo y a los treinta con el primero que se presen-
ta, lo que queda expresado no es verdad porque las mujeres andan cada día que pasa más menesterosas, madame Ernestine y madame Belinda curanderas comple-
mentarias dicen en el letrero, se curan todos los males
del cuerpo y del alma, infecciosos, contagiosos y sutiles,
se hacen consultas de la mente y de las tres potencias,
se adivina la enfermedad sin causar dolor, se aconsejan
venganzas, visita todos los días menos festivos a partir
de la 1 p.m. en el bar Zompo de Canutillo, Tejas, no se
admiten hombres solos, alabado sea el Sagrado Corazón
de Jesús, no se recuerda que la víbora de cuernitos se
amanse con la letanía de san José, al vendedor de telas
de seda David Kolb le picó la culebra entre los fantasmas de Charleston y Contention y se murió sin que nadie
le ayudase, se quedó muerto en el pescante y la mula
siguió tirando de la carreta hasta más allá de Palomi-
nas, hasta cerca de Naco ya en la frontera, Sam W.
Lindo detuvo a Jeronio Wellton, le llamaban Jeronio Pelota Wellton, porque montó un pimpampum con tontos,
está prohibido por la ley, tres tontos para descalabrar
con suerte y también con buena puntería, eso sí que da
risa, y seis pelotas por un níquel, las pelotas son de
trapo por lo de la sangre, por regla general los tontos
tienen los huesos duros pero quizá no tanto, Jeronio Pe-

lota Wellton había sido cura y colgó los hábitos por culpa de madame Belinda con quien estuvo haciendo vida marital desde que Clément Ader voló por primera vez en aeroplano hasta que Bugatti ganó las 24 horas de Le Mans, o sea más de veinte años, el P. Octavio Lagares el del hospicio de St. Bartholomew le dijo un día que estaba medio borracho a madame Belinda, tú vive bien, zorra, que no faltará quien te corra, y madame Belinda le arreó semejante botellazo que lo descalabró, fue en la taberna El Gavilán de Oro propiedad de Steve Morris, el marido de madame Ernestine, esta madame devuelve la angostura al chocho de las jóvenes que se descuidaron bañándolo con agua de romero, la otra presta buena educación a las tetas de quien se lo merece, les da unas friegas de yerba santa y las aprieta hasta dejarlas como es debido, las dos madames son chancleras, ahora es frecuente que las mujeres echen tortillas como si tal y gocen juntas haciéndole una higa a la buena voluntad del hombre, la que se expresa con el nabo duro, el P. Octavio sangraba como un gorrino y tuvo que curarlo Taurean Diamond, que el pobre acabó tan mal y dolorosamente, en esta vida no basta con portarse bien sino que al final tienen que no darle a uno, Taurean Diamond estaba sanando a Jesusito Huevón Mochila de un entripado de aguacates, tenía el vientre como si estuviera de nueve meses, Taurean se le sentó encima mientras Bonifatius Branson decía ahuecando la voz, praetende Domine fidelibus tuis dexteram caelestis auxilii, entonces Jesusito empezó a exhalar una ventosidad muy prolongada, lo menos un minuto de ventosidad o quizá más, y se deshinchó muy deprisa, se deshinchó casi de repente, la hermana Clementina, la encargada del economato, puso siempre sus cinco sentidos en el cuidado de los niños tontos, nadie los quiso nunca y ellos lo saben, les falta el amor que se les niega desde el momento de nacer, desde el mismo momento, la hermana Clementina cuando algún niño tonto está malo lo aprieta contra su corazón y le da calor o sea cariño y aliento y el niño tonto mejora, Arnoldo Calderón va por la vida pisando fuerte y alborotando, cada cual camina como puede y le dejan, ya se sabe, Jalisco nunca pierde y cuando pierde arrebata, si el acordeonista desafina pues va Arnoldo Calderón y le arranca una oreja, entonces le conté a Adelino Biendicho el de la oreja, mire usted, yo me llamo Wend Liverpool, permítame que me presente, y creo que los huevos son el símbolo de la muerte, para bendecir los huevos se dice subveniat quaesumus Domine tuae benedictionis gratia huic ovorum creaturae, el que no lo dice se muere o al menos queda más cerca de la muerte, usted anduvo por ahí comiendo huevos de pájaro y ahora le toca pagar el atrevimiento, los huevos gafan sólo con mirarlos y hunden al hombre en la triple desgracia que le vacía la bolsa, le deshabita el corazón y le quiebra la salud, Tachito Smith tiene medio la mosca en la oreja de que Jovita le pone los cuernos con el forastero Columbus, si se toma con serenidad la cosa es más incómoda que grave, tampoco mayormemente incómoda porque tiene sus compensaciones, los perros no mean en las casas de los agonizantes, son muy respetuosos y pasan de largo, esto no debiera ir aquí pero lo apunto antes de que se me olvide, Jovita se pone cachonda con casi todo, es de natural agradecido y tiene bien repartida la sensibilidad, lo que más arrecha le pone es la voz y el olor de los hombres y las mujeres, la voz pronunciada baja y sin mirar y el olor de la pinga y el coño, el olor bravo, también el ruidito de la meada, un hombre contra un árbol o la pared, una mujer contra la bacinilla que retumba a gloria, no sólo no puede evitarlo sino que hasta se alegra, si Jovita oye respirar a un hombre o a una mujer, también a un perro, ya está dándose con el dedo, hurgándose con el dedo, Tachito le compró una sortija para cada dedo, es muy hermoso tener la seguridad de que cuando tú lo mandas te acaricia los cojones una mano de mujer toda llena de sortijas, en el corral que queda más allá de Horca Well el forastero Columbus le manda a Jovita que le acaricie los cojones con las dos manos bien cuidadas y luciendo las diez sortijas que le regaló el marido, tú sigue que ya te desnudaré cuando me salga de los cojones que acaricias, ¿te enteras?, sí amor, a Lucianito Rutter el sacristán de la misión Santísima Trinidad le gustaría mucho que Jovita se la meneara con todas las sortijas puestas, no se atrevió nunca a pedírselo y es lástima porque Jovita le hubiera dicho que sí, a Jovita le enloquece ver su mano llena de sortijas aplicándose a poner tiesa el arma del hombre, es como una bendición, ¿quieres que te la mame?, sí pero sujétame el as de bastos con una sola mano y ponte la otra en la cabeza para que yo vea bien todas las sortijas, a Jovita también le gusta acariciarse la entrepierna, lo hace aunque no esté sola, se despatarra ante el espejo para que no se le vaya ningún movimiento ni detalle y para recrearse viendo relucir las sortijas, Corinne McAlister es mujer valiente y que sabe quedarse parada como un saguaro, quieta como la cachora tomando el sol, los hombres saben a dónde disparan y entre cuatro paredes jamás hay balas perdidas, a Billy Sacramento lo mató una bala perdida pero fue al raso, eso todo el mundo lo sabe, a cielo abierto es igual que a tumba abierta, se pierde siempre, un hombre no se confunde jamás cuando recuenta las causas de perdición, los sábados dejábamos el trabajo a las siete y entonces hacíamos, yo y Gerard Ospino, las siete maniobras siguientes, dedicar un recuerdo a Zuro Millor, el cholo de la mierda que echaba sangre por la boca, ¿te acuerdas de Zuro Millor, el cholo de la mierda que se pasaba el día echando sangre por la boca y a veces también por los oídos?, lavarnos las manos, el capullo y los pies, los sábados conviene ir bien aseados, ponernos camisa limpia, tomar el ómnibus de Tucsón a Nogales, ahora es de balde y además dan chocolate, bailar un corrido con Clarita Gavilán la del anuncio de *La Voz de Nogales*, el mestizo Diego Diego batea por la izquierda, ustedes ya entienden, y su esposa Clarita se tuvo que buscar su apaño para tranquilizarse, lleva ya mucho tiempo de cacuma de pobres pero aún le quedan ganas de jarana, Clarita Gavilán es muy alegre y no piensa ponerse las bragas para morirse, si Dios la quiere en el cielo no le va a andar revisando la ropa, madame Ernestine le curó el catarro inglés a Clarita Gavilán recetándole siete jeringazos cada mañana y cada noche de un cocimiento de tunas con un pellizco de sal de Saturno y otro de sal de Budapest, ahora veo que nos faltan dos maniobras a mí y a Gerard Ospino, éste anduvo de misionero y de cazador de ballenas, jugarnos la cerveza a los dados y mearle la puerta al chino, los ómnibus marca Dodge Brothers son muy resistentes y veloces, muy cómodos y holgados, Clarita Gavilán tampoco va de bragas a misa, eso no lo sabe nadie, el capitán Jeremías no es hombre de mayores remilgos y Clarita Gavilán tampoco es ya la que fue, al mestizo Diego Diego le gusta que le den como a las perras, en esto es muy manso y respetuoso, a casi todo el mundo le gusta algo y por ahí es por donde se pierde, a lo mejor Carlota no hubiera necesitado que Tony Clints la ahogase con la almohada, eso nunca se sabe pero ahora ya es tarde, claro es, quizá con el látigo hubiera bastado para que rugiese como una raposa con el raposo encima y dentro, el raposo sujeta a la raposa con la pinga que es como un anzuelo y le muerde la nuca y la raposa se abre de gusto, seguramente el lector de esta crónica sabe ya que mi nombre es Wendell Liverpool Espana o Span o Aspen, durante algún tiempo me llamé Wendell Liverpool Lochiel pero después todo se puso en orden, Zuro Millor el cholo de la mierda al que el aliento le olía a difunto se acostaba con la muñeca hinchable Jacqueline que era natural de Rocky Ford, Colorado, cerca de La Junta, el pueblo de Bonifatius Branson, la madre de Jacqueline había nacido en Las Ánimas donde su familia tenía un bar y una gasolinera, la madre de Jacqueline fue siempre muy bella y animosa y se ahogó en el lago John Martin, no tiene mucho fondo pero sí el bastante para ahogarse, con medio palmo de agua sobra para ahogarse, a lo mejor fue castigo de Dios porque se estaba bañando indecentemente en cueros mientras en la orilla se masturbaban seis jóvenes, ninguno se echó al agua para salvarla, se conoce que estaban absortos, cuando el hom-

111

bre va a venirse, ya un poco antes, se le nubla la razón y no discierne, la abuela de la muñeca hinchable Jacqueline era una gorda que criaba el aburrimiento con avaricia y presumía de estar siempre en lo cierto, la verdad es que sin mucha fe, a esta señora lo que más le gustaba era ir a mear al lago Meredith, antes de Sugar City, cuando no estaba tan gorda iba a caballo pero ahora va en un tílburi muy ligero y airoso, el lago Meredith está rodeado de esqueletos de animales, es un sitio bueno para mear, a la abuela de Jacqueline también le complacía mucho tomar rapé, de la nariz le caía siempre una asquerosa agüilla de color marrón, la muñeca hinchable Jacqueline no gozaba cuando el mestizo de la mierda la metía en la cama pero la verdad es que tampoco exigía, era cómoda y considerada y sabía estar en su sitio sin perder nunca la compostura, pienso que de ahora en adelante vamos a tener que desgranar las letanías de dos en dos, la muñeca hinchable Jacqueline no tenía parásitos (pulgas, piojos, ladillas), ni bacterias de las enfermedades (tuberculosis, lepra, sarampión), la muñeca hinchable Jacqueline tampoco era más puta que las demás mujeres, la doctora Babby Cavacreek, madame Angelina, la chola Azotea, la negra Vicky Farley, la india Chabela Paradise y las demás, mi madre, Clarita Gavilán o Arabela Spindle, no acabaríamos nunca, la muñeca hinchable Jacqueline era un manantial del gusto, en la confitería del Smith's Motor Service se despachan unas riquísimas yemas espolvoreadas con azúcar de flor, son las mejores de toda la comarca y vienen desde muy lejos para llevárselas a los bautizos y las bodas, en la funeraria Grau se pueden velar con mucha dignidad los familiares y los amigos muertos, también se sirven sandwiches, refrescos y bebidas alcohólicas, en el hospital de emergencias unos sanan y otros no, esto pasa en todos los lados, y en el beauty shop de la señorita Gloria se pueden elegir los más ricos perfumes, cuando mi padre mató al cholo de la mierda dándole una topada no demasiado fuerte en el pecho la gente se moría de risa, fue entonces cuando Sam W. Lindo el jefe de la policía le pegó unas cuantas patadas y lo dejó en la frontera, en las afueras de Cadiz, California, en el desierto de Bernardino, hay unas ruinas braveras en las que nadie se atreve a pasar la noche, las ruinas de Fort Chubbuck alojan los fantasmas de los trece buscadores de oro linchados entre Golden Playground y Devils Playground hace ya cerca de cincuenta años, a lo mejor más, a la gente le da miedo tan sólo recordarlo, el tiempo pasa muy deprisa y la población se desconcierta con los recuerdos, confunde todos los recuerdos, en el camino de Topock, Arizona, a Barstow, California, hay varias lagunas secas, se les fue el agua pero no el nombre, Danby, Deadman, Mesquite, seguramente hay más, son cárcavas que encierran mucho misterio, cuando lo dejaron sin oreja Adelino Biendicho anduvo una temporada de huida, se conoce que le daba reparo, pero después fue volviendo poco a poco a su naturaleza y a tocar el acordeón, cada vez afinaba más las melodías, Cam Coyote Gonsales le enseñó muy hermosas canciones solitarias de su propia minerva, *Nostalgia de tu mirada*, *Las tres hermanitas*, *Rosalinda Lucerne*, te estoy muy agradecido Coyote, no tienes más que mandar, Tomistón creció muy deprisa cuando se corrió la voz de que Schieffelin había encontrado una montaña de plata que valía cien millones de dólares, merece la pena matar indios apaches, en el teatro Bird Cage actuaban las mujeres más seductoras y hermosas, Lizette la Ninfa Voladora flotaba sobre el escenario sujeta por unos alambres invisibles, iba por el aire como si fuera una mariposa y cuando caía el telón se abrazaba a quien quisiera gastarse el dinero, todos los hombres son buenos y al mismo tiempo despreciables, todos los hombres están sucios y se dejan envenenar por la violencia, todos dan gusto y todos también hieren el sentimiento, Lizette tenía una gran cabellera de color de oro, a los hombres les gustaba mucho acariciarse la cara y los cojones con la gran cabellera de color de oro de Lizette, su admirador John Billingsley conserva algunas fotografías muy bonitas con la gran cabellera de color de oro de Lizette cayéndole en suaves ondas sobre los hombros, Lizette vino a Tomistón con la compañía de cómicos The Monarch Carnival, Lizette era una mujer bella pero triste, quizá tuviera el alma dolorida porque poco a poco se fue ahogando en whiskey y un buen día desapareció sin que nunca volviera a saberse de ella, el fotógrafo Adams vivía y trabajaba en su carromato, más bien galera porque rodaba sobre dos ejes, el toldo era de lona color azul y por los dos lados se leía A. Adams Photographer escrito en elegante letra inglesa, el armatoste tenía mucha capacidad y estaba ya un poco viejo pero aún rodaba sin que se le partiesen las cuadernas, Abbie Adams sumaba muchos años y muchos recuerdos pero no había sabido ahorrar ni un centavo, Abbie Adams fue siempre nómada y caritativo y la riqueza sólo se pega a la bolsa del sedentario que cierra los ojos ante la suerte de alrededor, ¿para qué quiero el dinero?, no tengo vicios ni obligaciones con nadie y con una fotografía que haga a la semana ya podemos comer Burnet y yo, Burnet era la mula, una noche alguien que no se supo nunca quién pudo haber sido roció con gasolina el carruaje y le pegó fuego, se propagó con mucha rapidez y Adams logró escapar pero no pudo hacer nada para apagarlo a tiempo y evitar la catástrofe, la mula también ardió como una pavesa, casi nadie sabe que las mulas pueden arder como la paja, relinchó tres veces muy prolongadamente y se murió, a lo mejor fue rebuzno y no relincho, unas mulas tienen más de burro que de caballo y otras al revés, ¿y cómo no estaba desuncida?, no sé, quizá Adams quisiera salir muy temprano, Burnet era una mula mansa y resignada, una mula de mucha conformidad, Erskine Carlow y su chino ayudaron a Abbie Adams a enterrar los restos de la mula, después Erskine Carlow invitó al fotógrafo a tomar café, yo también creo que de ahora en adelante pudiera ser conveniente desgranar las letanías de dos en dos, el tiempo pasa para todos y cualquiera puede dar un bajón el día menos pensado, la letanía de Nuestra Señora es la coraza que nos preserva del pecado, yo digo mater intemerata mater inmaculata y tú dices ora pro nobis dos veces, Lupita Tecolote soltó en la raya al gringo que llevaba amarrado de los huevos, era un regalo de Margarito Benavides, el cantor de corridos que se curtió peleándose y aburriéndose, aunque tu mamá me dé los bueyes y la carreta yo no me caso contigo, ojos de borrega prieta, el gringo se llamaba Clem Krider y se portó bien, Lupita no tuvo que estrangularlo tirando de la cuerda, cuando Reginaldo Fairbank cerraba los ojos veía a Lupita desnuda, eso es algo que lleva mucho consuelo al menesteroso, Elvira Mimbre estaba enedemoniada y la ahorcaron en Eagle Flat para lección de todos y escarmiento de contagiados y proclives, el lego Timothy Melrose se hubiera merecido que le sancochasen el culo en un caldero de agua hirviendo con sal, a los cinco compañeros tontos que tuve en el hospicio se los pasó por la piedra sin comedimiento ni mayor recato, cada vez hay más taralailas que ahogaron la vergüenza, el P. Lagares le dijo un día al hermano Timothy que le iba a partir la boca si no se reportaba, el chino Wu calcetaba ya bastante bien, se conoce que las lecciones de Ana Abanda le aprovecharon, Margarito Benavides cantaba muy melodioso, y aunque tu papá me dé la mula y el carretón no vuelvo a tratar contigo, ojos de perro pelón, mi madre era puta fría o sea puta mansa y no puta caliente o sea puta brava, en todo el estado de Arizona no hay muchos ciudadanos tan blancos como Eddie Peugeot, las putas frías no son viciosas pero tampoco distinguen, son putas distraídas y no suelen cobrar mucho, cuando a Bob Hannagan lo ahorcaron la chola Micaelita se juntó con el sargento Salustiano Sabino, las putas bravas son viciosas y distinguen, éstas sí que distinguen, son putas que ponen mucha aplicación, mucha atención, también son más caras, mi madre ganaba para comer sin salir de pobre pero no se quejaba, cada cual se gana la vida como puede y hasta donde le dejan y bien mirado éste de puta no es de los peores oficios, no hacen mal a nadie y se mueren sin demasiado trastorno para nadie, tampoco se puede hablar de putas frías, son más bien templadas, tibias, es más verdadero hablar de putas templadas, tibias, que de putas frías, va más de acuerdo con su mansedumbre, Margarito Benavides se sabía de memoria casi todas las resignaciones, adiós mi linda Lucía, adiós hermoso lucero, aguardas correspondencias por teléfono extranjero, a lo largo de esta historia se ha venido diciendo que el indio Cornelio Laguna robó la máquina de escribir que había en la tumba del novelista Doug Rochester en Pajarito, Nuevo Méjico, esto tanto puede ser verdad como mentira porque las mujeres son muy mentirosas, van siempre detrás y a remolque y no hablan lo mismo delante de los hombres que entre ellas, los hombres y las mujeres nunca abren sus corazones sino que representan el papel que fingen, entre los hombres y las mujeres nada es espontáneo y todo se ahoga en un espeso caldo de mansedumbre, de infelicidad, también de desgracia y de odio, los hombres y las mujeres son como moscas ahogadas en un dedo de café frío, tardan mucho en morir y cuando ya parecen muertas todavía mueven las patas, dan mucha tristeza y desorientación y a veces dan incluso asco y remordimiento de conciencia, años más tarde, en Taos, también robaron la máquina de escribir que pusieron en la sepultura de otro novelista, David Herbert Lawrence, el autor de *El amante de Lady Chatterley* y el hombre al que no le gustaba ningún lugar para vivir ni para morir, Clarita Gavilán no suele resistirse demasiado al asedio porque sabe que el gusto es reconfortador y lleva la paz al cuerpo, lo primero que hace Clarita Gavilán es sonreír, después cierra la puerta, se saca las tetas por el escote y se sienta sobre la cama, todo lo demás va a su ser y al debido tiempo que se acelera, Mabel Dodge le cambió a Lawrence el rancho de San Cristóbal por el manuscrito de *Hijos y amantes*, a lo mejor el marido de Mabel Dodge no fue el indio Abel Sánchez sino otro indio, Bautista Teniente, Nepomuceno Senorita o cualquier otro, Lawrence murió y fue enterrado en Francia pero sus restos fueron exhumados por la fidelísima Frieda que cruzó el Atlántico con ellos y los dejó en Taos, Lawrence vivió en Kiowa Ranch, anduvo siempre escapando, Chuk Saltamontes Davis riñó con la novia porque no se lavaba ni las orejas ni la nuca, el sobaco sí pero no es bastante, Telésforo Babybuttock Polvadera no socorrió a Taurean Diamond cuando lo ensartaron, la cosa no fue horrible pero sí muy sangrienta y comentada, Telésforo Babybuttock Polvadera no socorre jamás a nadie porque es supersticioso y piensa que cuando los perdedores pierden por algo será, la gente no suele ponerse del lado de los perdedores porque no se debe nunca tentar a Dios, hay que ser respetuosos con Dios y acatar su voluntad, todo es según ley de vida y la costumbre es sonreír al verdugo y escupir en la cara al reo condenado a muerte, los hombres ya nacen con la máscara puesta y las arrugas grabadas cada una en su sitio, en la frente, en la comisura de los ojos, en la comisura de los labios, en las mejillas, son ya muchos años haciendo siempre lo mismo, escupiendo al que pierde y sonriendo al que gana, al verdugo no se le puede escupir por tres razones, por respeto, para eso va de guantes, porque lleva la cara tapada y porque va armado, al reo sí, al reo le atan las manos para que la gente pueda reírse de él sin miedo y con sana alegría, los maridos se refocilan con sus esposas con mucho fundamento cuando vienen de ver a un ahorcado algo distinto, es una horrible costumbre la de refocilarse siempre en los mismos domésticos despeñaderos, las esposas suelen corresponderles dejándose morder en la garganta y en los grasientos abismos, nada importa que la novia de Chuk Saltamontes Davis no se lavara más que el sobaco, ¿de qué le valió a Taurean Diamond poner tan bien las inyecciones y las lavativas?, de nada, absolutamente de nada, ya usted lo ve, desde Luis Lopez a San Marcial se puede bajar por el río Grande entre juncos altísimos y alguna res muerta y con el vientre hinchado flotando sobre las aguas, también hay perros muertos a palos y gatos muertos a pedradas no más que por ensayar, los gatos son ágiles y veloces y es difícil atinarles, el niño que acierta a tirar piedras manejará bien el revólver cuando llegue a mayor, el pulso es un instinto, eso lo sabe todo el mundo, Telésforo tampoco tiene por qué defender perdedores ni desgraciados, la vida no es más que un soplo velocísimo en el que no se puede malgastar ni un momento, siempre hubo ganadores y perdedores y la gente tiene que hablar de algo para no perder ni la dignidad ni la presencia, Pantaleo Clinton se conoce el territorio como la palma de la mano, a Pantaleo Clinton le hubiera gustado saberse tan al detalle el cuerpo de Deena Dexter, sus pechos, su cintura, sus ingles, sus dos nalgas de marfil gimnástico o de aromática flor de una sola noche, Hud empapa de saliva a Deena porque sabe que le gusta, a él también le gusta, Pantaleo Clinton ni se lo pregunta siquiera, a todos los hombres y mujeres les gusta revolcarse en saliva y después morir, no es que Pantaleo Clinton no quiera hacerlo sino que no puede, la sola idea le asusta, Hud no es tan duro como Deena, hay mujeres para las que no hay nunca saliva bastante, detrás del crimen de Corazón, de Mandy o de Noelia, no se sabe a cuál de las tres habría que ahorcar, se extiende un mar de saliva en el que flota el cadáver de Teodulfo Zapata con las partes segadas a cercén, ¿es cierto que se las pusieron en la boca?, unos dicen que sí y otros que no, la novia de Chuk Saltamontes Davis era una morenita que olía a chotuno y a tabaco de mascar, también a pescado podre, la pinga se mueve por resortes que a veces entran por la nariz y el hombre se hace a los olores, lleva a mal perderlos, Chuck está pesaroso de haber reñido con la novia y busca el momento de la reconciliación, la culpa de la muerte de Teodulfo Zapata fue de la rubia Irma que lo encandiló con el elixir, Bonifatius Branson sabe hacia dónde va el alma de Teodulfo, lo sabe pero se lo calla, conoce hacia qué nuevo cuerpo vuela por mandato del Sumo Hacedor pero no se lo quiere decir a nadie, la verdad es que tampoco puede, éstas son cuestiones delicadas que suelen escapar a casi todo el mundo, en algunas noches de luna santa Rosa de Viterbo, de la tercera orden de san Francisco, y santa Rosa de Lima, de la tercera orden de santo Domingo, se aparecen en cuerpo y alma y cuentan estos misterios a los iluminados, que se juramentan a guardar silencio pase lo que pasare, Bonifatius Branson tampoco hace más que cumplir con su deber, la bisabuela de Bonifatius Branson se mece en el éter como un vilano en el aire en calma, esto es, con gran serenidad y elegancia, el karma puede quedar flotando a diferencia del alma que termina siempre en el cielo, el infierno, el purgatorio o el limbo, el purgatorio no es eterno pero puede durar siglos y siglos, la bisabuela de Bonifatius Branson tuvo muy justa fama de ser caritativa y misericordiosa si bien algo bajita de estatura, el general Obregón era sonoreño de Siquisiva y muy bravo, el general Villa era durangueño de San Juan del Río y también muy bravo, por eso saltaban chispas cuando se encontraban y morían la tropa y el paisanaje, las soldaderas no daban abasto, los de Durango dicen que los de Sonora arrean los guajolotes con pistola y al revés, cuando Bonifatius Branson fue sargento, o sea en su segunda encarnación, llamaba siempre don Doroteo al general Villa, a la chola Azotea de nada le valió tener carita de gato y boquita de culo de pollo porque el marido la mató lo mismo, la enterró en sal sin dejarle la cabeza fuera, el suceso tuvo lugar en el camino que va de Quito Baquito al manadero de Tinajas no más trastumbada la lomita Pinta, Saturio ni tenía buenos sentimientos ni miraba con dignidad, se dice que el lego Miguel Tajitos a quien también llamaban Fundillo Bravo, digo el de la misión de San Xavier, había tenido un volado pasajero con la chola Azotea, yo no lo puedo asegurar porque no lo sé pero tampoco fue asunto de mayor importancia, lo que de verdad le gustaba a Miguel Fundillo Bravo Tajitos era pegarle patadas en el culo y en las piernas, a veces también en el vientre y en la cabeza, vamos, donde mejor cuadrara, a Zuro Millor el cholo de la mierda, este entretenimiento se le vino abajo cuando mi padre mandó a Zuro Millor, todo el mundo sabe que es el desgraciado cholo de la mierda, a contar las losas del empedrado del infierno, la letanía de Nuestra Señora es la coraza que nos preserva del pecado, yo digo mater amabilis mater ad-

mirabilis y tú dices ora pro nobis dos veces, Abby y Corinne eran pelirrojas, Corinne da gusto de balde al tonto
Andy Canelo Cameron, no le cobra porque los tontos
también son criaturas de Dios y no hacen más porquerías que los listos, tampoco porquerías distintas, quien
las contó dice que no llegan a cien y las saben igual los
listos que los tontos, el día del Juicio Final va a haber
muchas sorpresas porque allí nadie podrá engañar a
nadie, mi madre sí cobraba a Andy Canelo Cameron, le
hacía un precio especial pero le cobraba, Andy Canelo
Cameron tenía la picha muy recia y peleonera pero terminaba pronto y entonces se quedaba dormido mamándole una teta a la mujer, es malo no ser de ningún lado,
no saber de dónde se viene, si del norte o de la orilla
del río o del desierto o de un pueblito del otro lado, todo
el mundo sabe que es malo y aun peligroso ser forastero, los forasteros mastican casi siempre una historia
amarga y dolorosa que prefieren no contar, yo soy un
coyote de Tipiacitas que llegué andando hasta aquí hace
ya más de veinte años pero usted no es nadie ni viene
de ningún lado y eso es peor, a mí me fían en el abarrote y en la cantina pero a usted le echan el perro, los
forasteros asaltan bancos y diligencias, también trenes,
los forasteros roban caballos porque cortaron amarras
con la memoria, el negro del saxofón se llamaba Gus
Coral Kendall y era muy cortés y elegante, también sabía
cantar, bailar y silbar como los pajaritos en sus trinos,
en algunos arpegios se ayudaba con la garganta, en Fort
Huachuca me dijeron que había muerto aplastado por
un camión de los laboratorios Norman and Huntington,
a lo mejor la persona que me lo contó era algo mentirosa y esto no es cierto, ¡ojalá que fuese algo mentirosa la
persona que me lo contó!, Gus Coral Kendall estuvo en
la cárcel porque en Baton Rouge su señora se escapó
con la caja, Gus lo contaba con mucha precisión, en
Baton Rouge tenía una orquesta con unos amigos, el director era yo porque también era el único que sabía solfeo, mi señora se escapó con la caja en un mal momento, en la caja había más de doce dólares y nos llevaron

a todos a la cárcel, éramos seis, nos soltaron a los pocos días porque apareció la caja con su contenido, a mi señora le dieron unos correazos y confesó en seguida, Gus Coral Kendall sonrió cuando llegó al fin, a Virgil Earp le dispararon cinco tiros en la esquina de las calles Quinta y Allen cuando se iba a dormir, Virgil Earp vivía en el hotel Cosmopolitan, con escopetas de dos cañones cinco tiros son diez y con postas son lo menos cuarenta, a Virgil le dispararon desde el saloon Palace al lado de la tienda de Trasker and Pridhams, dos tiros le dieron en el brazo y en el costado izquierdo y los otros tres entraron por la ventana del saloon Eagle Brewery sin dar a nadie, pudieron haber matado a más de uno pero era ya tarde y el saloon estaba casi vacío, tres hombres pasaron corriendo por delante de la fábrica de hielo de la calle Tough Nut, unos testigos dijeron que eran Ike Clanton, Hank Swilling y Frank Stilwell, en el suelo apareció el sombrero de Ike, mi amigo Adoro Frog Allamoore es muy sentimental, se conoce que no tiene demasiada salud, mi amigo Adoro Frog Allamoore tiene las facciones correctas y es algo pálido, también un poco gordito y de hechuras blandas, en la escuela le llamaban Periwinkle y él se echaba a llorar, mi amigo Adoro Frog Allamoore hace poesías y colecciona flores disecadas, cuando era pequeño metía insectos en un tubito de cristal y lo tapaba bien tapado para ver cómo se iban muriendo con la falta de aire, unos duraban más y otros menos, también encerraba pájaros y gatos y una culebra en una bolsa de cuero para que se peleasen y se asfixiasen, esto era menos emocionante porque no se veía, sólo se oía, una tarde me encontré a Adoro en la taberna de Carlow y nos fuimos a dar un paseo por las afueras, Adoro estaba añorante y me contó algunas cosas personales, da cierta vergüenza contar a los demás cosas personales pero Adoro tenía mucha confianza conmigo, Adoro Frog Allamoore habló sin mirarme a la cara, los tres sucesos que más me impresionaron en la niñez fueron la matanza de un cerdo en casa de mis abuelos y eso que le tenía rabia porque se había comido una camada entera de gazapos, el entierro de Maggie Cedarvale, una niña de la vecindad que me tocaba el pipí, la pobre murió tísica, fue algo que me apenó mucho porque tuve la sensación de que también a mí me enterraban un poco, eso de que se pudrieran bajo tierra los dedos que me habían acariciado el pipí lo menos cien veces me daba mucha grima, estuve una semana o más durmiendo con desasosiego, la otra cosa que me impresionó fue el loro del indio Abel Tumacácori que cantaba *Rattling rakes, nature makes* en inglés y el corrido *La Pensilvania* en español, adiós Foro West y Dallas, pueblos de mucha importancia, ya me voy a Pensilvania por no andar en la vagancia, el indio Balbino Pitoikam es barbón, característica no frecuente entre los suyos, y cura los males del cuerpo sin más que tocar la parte enferma, Patty Redrock está muy gruesa y según Tachito Smith tiene alterado el equilibrio de la sangre, Patty Redrock apuntó su curación en un papel, hizo muy buena letra, en el nombre del Padre † del Hijo † y del Espíritu Santo †, ahora es mejor ponerlos con la inicial mayúscula, unas veces pega más de una manera y otras de otra, escribo de mi letra este pliego y lo firmo para dar fe de la milagrosa curación que en mí obró el indio Balbino a quien Dios Nuestro Señor ††† proteja y Nuestra Señora ampare ave María purísima madre de los pecadores amén Jesús, yo tenía una bolsa de pus en la oreja que me reventó una noche anegándome la parte del cerebro, me llevaron al hospital y los médicos dijeron que no tenía remedio, es una enfermedad de mala naturaleza y a esta pobre mujer le quedan pocas horas de vida, entonces mi hijo Lester fue a buscar al indio Balbino pero éste le dijo que no quería entrar en los hospitales porque contagiaban enfermedades y que le llevaran un mechón de mi pelo ya que no necesitaba más, mi hijo Lester se lo llevó, el indio Balbino le puso la mano encima y de inmediato empecé a sudar abundantemente y a vomitar el pus por la boca, Yuma, 3 de febrero de 1915, firmado Patricia Redrock, el gringo Clem Krider, en cuanto Lupita le soltó el nudo corredizo con el que lo llevaba amarrado de los huevos, respiró muy profundo y salió al galope, corría como un caballo desbocado, una vez hace ya algún tiempo Margarito Benavides encerró a tres maricones en un corral y los tuvo una noche entera obligándoles a bailar a latigazos, no es lo mismo hacer lo que sea con mala intención que sólo por pasar el rato alegremente, sin embargo su acción fue en general censurada y muy pocos le encontraron disculpa, ya se sabe lo entretenido que es hacer bailar maricones a latigazos pero a pesar de todo es algo que debe evitarse entre personas civilizadas, la historia de la boda de Mabel Dodge con el indio no está nada clara porque sobre ella cayó el olvido y también el desinterés, Abel Sánchez era alcalde de la reserva de Jicarilla, Bautista Teniente mandaba la reserva de Cañoncito y Nepomuceno Senorita regía la reserva de Zuni, lo que sí se recuerda es que a Mabel Dodge la encerró el marido y no la dejó salir jamás de los estrechos límites del territorio, Cornelio Laguna fue el indio que robó en Pajarito la máquina de escribir de Rochester, esto lo sabe todo el mundo, lo que no sabe casi nadie es cómo se llamaba el indio que robó en Taos la máquina de escribir de Lawrence, pues se llamaba Rodrigo Aires y cuando cometió el robo tenía catorce años, a mí me lo dijo el fotógrafo Abbie Adams delante de Erskine Carlow y de Sam W. Lindo a los pocos días de arderle la industria, el aire aún olía a mula quemada, Rodrigo entraba y salía de la reserva de San Carlos como si tal cosa, lo mismo estaba dentro que fuera, la verdad es que andaba siempre de un lado para otro, las curaciones del indio Balbino son innumerables, el indio Balbino también sanó a Bert Wyoming Corneta, su novia Mamie Emmy puso su curación en un papel, Mamie Emmy tenía muy buena letra redondilla, en el nombre del Padre † del Hijo † y del Espíritu Santo † escribo de mi mano este documento y lo firmo para dar fe del milagro que obró en mi novio el indio Balbino a quien Dios Nuestro Señor ††† proteja y Nuestra Señora guarde de todo mal ave María purísima madre de los pecadores amén Jesús, a resultas de una caída del caballo mi novio Bert Wyoming Corneta se partió el espinazo y quedó doblado por la mitad y sin poder mirar el campanario de la misión, llevaba ya mucho tiempo así, tampoco podía hacer otras cosas como los demás hombres con las demás mujeres, cansada de que los médicos no le acertasen fui a ver al indio Balbino porque yo también tengo derecho a que mi hombre ande desdoblado, podría haberlo cambiado por otro, ya lo sé, pero a éste le quiero mucho, mi novio no quiso ir a visitarlo porque estaba muy desesperado y resignado, las dos cosas, el indio Balbino me dijo, tráeme la ropa de tu hombre sin lavar, a él no le digas nada, entonces obedecí y el indio Balbino durmió abrazado a la ropa que le llevé hasta dejarla bien sudada y así tres noches, después la quemó con leña bendecida y mi novio Bert Wyoming Corneta sanó de repente y pudo montar a caballo, estar conmigo de natural y ver de nuevo el campanario de la misión, Ajo, 9 de enero de 1916, firmado Margaret Emily Woolaroc, ahora continúo con el hilo de la historia, mi nombre es Wendell Liverpool Espana o Span o Aspen y todo cuanto hasta aquí queda dicho lo dejé escrito de mi puño y letra, hay mucho de verdad aunque metí algunas mentiras de adorno, también será mío lo que aún me queda por decir, en esta crónica me han ayudado los amigos tanto con su ánimo como con sus noticias y declaro que sin su apoyo constante hubiera dejado de llenar cuadernos hace ya tiempo, mi padre se llamaba Cecil Lambert Espana o Span o Aspen y era dueño de Jefferson el caimán domado que hablaba inglés y español, mi madre se llamaba Matilda pero tuvo otros varios nombres, antes de nacer yo se llamó Mariana, éste suena un poco a extranjero, y también Sheila, le decían Cissie, y Bonita, le decían Bonnie, mi madre me encontró, me descubrió, me reconoció el 20 de setiembre de 1917 mientras Augustus Jonatás descarrilaba con su tren cargado de indios enfermos, ese día lo pongo por poner, a lo mejor es otro, mi madre sonrió con algo de tristeza y también con un punto de alegría y me dijo, esa flor que tienes ahí te la marcó tu padre con un hierro al rojo, aún no habías cumplido los seis años, cuando el sol se pone los insectos vuelan alborozados antes de quedarse ciegos hasta el día siguiente, hay insectos que no viven más que un día y una noche, el caporal Steven Campanita Stevens era hombre de prontos peligrosos y costumbres poco decentes, Steven estuvo abrochado muy viciosamente con la negra Euphemia Escabosa, la tuerta de Santa Acacia, que la pobre acabó tan mal, Steven le daba gusto enguilándola de pie, la apiolaba contra el armario o contra lo que fuere y los dos gozaban a la brava y rugiendo, a veces en vez de la pinga o después de la pinga le metía el cañón del revólver, está un poco frío pero ya lo calentarás, lo que está es más duro que nada, así encontrarás más gusto, hija de puta, una noche se le disparó el revólver, bien sabe Dios que fue sin querer, y Euphemia Escabosa murió desangrada, Steven no le pudo cortar la sangre, al día siguiente Sam W. Lindo le dijo, no te meto en la cárcel porque está claro que la mataste jugando pero es mejor que te vayas a Nevada o a California por algún tiempo, a Nuevo Méjico no, la letanía de Nuestra Señora es la coraza que nos preserva del pecado, yo digo mater boni consilii mater creatoris y tú dices ora pro nobis dos veces, Queen Creek es un pueblo sin cementerio, dicen que lo fundó un galés borracho que se pasó la vida escapando, cuando Ken Vernon se acuesta con Corinne McAlister los días 1 y 15 de cada mes hace cosas muy extrañas y desusadas, croa como una rana, aúlla como un coyote, grazna como un cuervo, gime como una parturienta, se corre, se echa a llorar, estornuda un poco y se queda dormido, la doctora Babby Cavacreek puso fin muy rápidamente a sus relaciones porque le asustó su conducta, es mejor Cam Coyote Gonsales, es cierto que está algo sucio pero en la cama no confunde a las mujeres, Corinne McAlister le aguanta porque está más hecha a manías, Ana Abanda fue quien amortajó el cadáver del cholo de la mierda, cada cosa quiere su tiempo y de Zuro Millor aún ha de hablarse más de una vez, Ana Abanda vive con el sacristán Lucianito Rutter el de los milagros y los juegos de cartas,

125

adivina siempre la carta que se le pide, también sabe recitar poesías, Ana Abanda y el sacristán llevan juntos lo menos cinco años, su amor ya no puede durar demasiado, la tuerta de Santa Acacia o sea la negra Euphemia Escabosa, la mujer a la que se le vació la sangre, se peinaba con una trenza que le caía hasta la cintura, ¿verdad que parece una tralla de arrear bestias?, Euphemia Escabosa era la negra más peluda del mundo, tan peluda que parecía blanca, cuando a un organismo se le vacía la sangre el corazón deja de latir, es como una cafetera que se queda sin agua hirviendo, Steven la sujetaba de la trenza, ¡enseña la cara, tía puta, tuerta de la mierda, negra de los cojones!, y le daba con la mano en la mitad de la cara, también le daba con el cinto, le daba fuerte para que se enterase bien de lo que estaba pasando, los dos se ponían muy cachondos y con calentura, muy verriondos y babosos, se quedaban casi sin habla y sin respiración y rompían a sudar, a veces también se cagaban por encima sin darse cuenta, se dejaban ir y se cagaban y meaban encima, todo es como un suspiro, se les iba la memoria y se les borraba el aliento, no me sueltes, prefiero morirme a que me sueltes, también se tenían amor y buena voluntad, el deseo es como la espoleta del sentimiento, se siente si se desea y al revés, cuando Steven pasó el tifus se quedó muy delgado y sin fuerzas, Euphemia decía a las amigas, lo veo tan débil que me dan ganas de matarlo, tengo que hacer esfuerzos para no matarlo, después se fue reponiendo poco a poco, Euphemia le cuidó muy esmeradamente y pronto volvió a ser el que había sido, ¡ya verás el día que se me dispare el revólver!, Steven estuvo en Nevada más de un año, en Boulder City muy cerca de la frontera, tuvo que irse porque Sam W. Lindo le dijo que era lo más prudente, en Boulder City vivía Nelly, la hija de la güera Konskie que de pequeña se llamaba Trudy, Nelly es madre de muchos hijos y tiene que mirar por la bolsa, a Nelly no le sobra el dinero, cuando necesita comprar medicinas para los hijos se acuesta con Leigh Shannon el del correo, Leigh nunca le negó nada, el indio

Floro Aravaca dice que esto de morirse es aburrido y también cansado, siempre igual, la gente se muere sin que nadie se dé cuenta, sólo se recuerdan los que mueren en la horca y tampoco durante mucho tiempo, por donde anduvieron los hombres andan ahora los gusanos, esto pasa en las mujeres muertas, en los cadáveres de las mujeres, por donde anduvieron las mujeres gozando y acariciando y restregándose andan ahora los gusanos comiendo, esto pasa en los hombres muertos, en los cadáveres de los hombres, nadie se atreve a frenar en seco y a decir ¡ya no doy ni un solo paso más!, se prefiere seguir disimulando y suplicando, aquí me tienes hecho un títere, sólo te falta empujarme y después reírte, Chester Iona no tuvo más remedio que matar a su mujer y la conciencia le estuvo remordiendo toda la vida, yo no tuve más remedio que matar a mi mujer, estuve almacenando asco durante toda mi vida, estuve vomitando toda la vida y ahora jamás dejará de remorderme la conciencia, ¿quieres que te lo cuente?, bueno, la muchacha se sentó en el suelo y sonrió, ¿quieres que me ponga de rodillas y te la mame?, bueno, Jessica se sacaba a veces la polla de la boca para decir, cuéntamelo bien, repíteme lo último, lo que te dijo cuando tomó el veneno, estaba un poco distraída, ¿te doy gusto?, tu mujer te dijo me encuentro un poco mareada y a ti empezaron a latirte las sienes hasta que dejó de respirar, entonces le cerraste los ojos, ¿verdad que fue así?, Jessica tiene catorce años y muchos deseos de agradar a los hombres, sin los hombres no podríamos vivir las mujeres, los hombres están hechos para que las mujeres les demos gusto, a mí me basta con cerrar los ojos para ver cómo un hombre goza y entonces gozar yo también, el dedo para algo tenía que servirme, a Jessica la soltaron de la cárcel de Boulder City y se fue a vivir con Steven Campanita Stevens porque Chester Iona no quiso verla más, Jessica le decía a Campanita, a mí no me importa que hayas matado a la negra metiéndole el revólver por el coño, hay mujeres que tienen mala suerte y al final se les tuerce todo, yo estoy deseando que lo

127

hagas conmigo, amor mío, entonces Steven contestó, no me atrevo, y Jessica habló con sentido común, no todo van a ser desgracias, no tengas miedo, eso pasa una sola vez en la vida, Jessica había venido escapando desde Huron, South Dakota, su padre la trataba con mucho despego y ella prefirió huir, Chester Iona y Steven eran tan violentos como su padre pero le daban gusto, contra lo que se llegó a decir su padre no se la llevó jamás a la cama ni le dio nunca gusto hasta el final, lo más que hacía era acariciarle las tetas metiéndole la mano por el escote de la blusa, mi madre estaba muy enamorada de mi padre y lo veía con tan buenos ojos que lo comparaba con el general Emilianito Nafarrate, el héroe de los Papalotes, este general era cumplidamente fachendoso y de buena presencia pero olía a cuervo, el aliento le olía a cuervo, es mala señal que los hombres de armas huelan a cuervo, tu padre se sacaba el pichón por la bragueta para no sentir el desaire de tener que bajarse los calzones, entonces los hombres cuidaban más las maneras, hay una mala muerte de la que no se tiene jamás escape, cuando a un hombre le dan un tiro en la garganta y le meten la nuez para dentro ese hombre se acabó, la bala es más dura que la nuez, el plomo es más duro que la carne, la bala también es muy veloz y además va en línea recta, a Fermincito Guanajuato le dieron con buena puntería y lo dejaron muerto, un poco de lado y con el corazón distraído pero muerto, allí se acabó Fermincito Guanajuato, ya no se le volverá a enderezar la pinga nunca más porque en el otro mundo están borradas las lujurias, no se toleran las concupiscencias, Zach Dusteen sabe frases en latín, diaboli virtus in lumbis, la fuerza del diablo está en los lomos o sea que le acaricias los lomos a alguien y lo pones a las puertas del deleite obsceno del que habrá que responder el día del juicio, a lo mejor a Fermincito Guanajuato ya le están haciendo preguntas, May Davenport también llegó a Tomistón con una compañía de teatro, como era tan hermosa como lista y valiente pronto se hizo rica y al final hasta tuvo casa propia, la gobernaba muy sonriente pero con mano de hierro, en este negocio no se puede uno distraer, cuando apareció cobre en el lado mejicano, en Cananea, se fue detrás del dinero y abrió el lujoso local May's Palace en el que se encontraban las mejores mujeres de todo el oeste, las mujeres más apetitosas y elegantes, más sabias y distinguidas, con May Davenport trabajó Pearl O'Shea que tuvo mucha fama por sus habilidades y su paciencia, en el coro celestial de la parroquia de la Virgen Blanca las niñas llevan un lazo grande en el pelo y cantan con muy linda voz, ¿quién cortó el cogollo de la verde caña?, el niño chiquito príncipe de España, ninguna de las niñas ha tenido aún la sangre y tampoco se le apuntan los suaves y delicados pendejos, ¿quién cortó el cogollo del verde limón?, el niño chiquito rosita en botón, en el valle de San Joaquín y en el desierto de Yuma, también en otros lugares secos y polvorientos, se cría un hongo enfermizo, a lo mejor es un microbio, que contagia el mal que dicen fiebre del Valle, ataca más a los indios que a los blancos y causa dolores en la cabeza y el pecho, la espalda y las articulaciones, fiebre, malestar, tos y fatiga, la padecen muchos pero se mueren pocos, no se muere casi ninguno, la verdad es que es una enfermedad más molesta que grave, el desierto de Yuma es más pequeño que el de Sonora y cae dentro de él, a Zuro Millor el cholo de la mierda le pegaba un brote de fiebre del Valle de vez en cuando, entonces se metía en la cama bien tapado y a oscuras, rompía a sudar y se hartaba de beber agua y a los pocos días empezaba a sentirse mejor y ya con fuerzas, los cholos no suelen ser muy saludables pero aguantan bien las infecciones, mira hijo, tú no te pongas sentimental pero recuerda siempre lo que decía el chino Cheuk Han Chan, el suegro de Bélgica Reyes, era algo pariente del chino Wu el criado del cantinero Erskine Aardvark Carlow, no lo olvides nunca, el chino Cheuk decía, hay que tener pocas cosas para que quepa más cariño en cada una de ellas, mucho cariño, Bélgica Reyes Meza, la gran puta, se estrelló con su dodgecito modelo 1917 en el lugar de Choclos Duros al otro lado de la frontera, los alacranes se comieron el cadáver, no dejaron más que la hebilla del cinturón, pasó la noche sobre el tiempo de los dolores, sobre el tiempo entero de la amargura, el hambre y la calamidad y ahora toca hablar de otro muerto, nadie puede contar los muertos porque su número es infinito, en el diario *La Tribuna* se publicó la esquela mortuoria del señor Pomposo Sentinela, le llamaban Tragabalazos y Pinga de Oro porque fue siempre bravo y jodedor, era tío de la tetona Lupe Sentinela, la esposa del filatélico Pepito el del abarrote, Tragabalazos se quitó la existencia bebiéndose tres pintas de lejía con bastante pólvora y más de cien cabezas de cerillas machacadas, murió entre horribles dolores, la esquela decía así, primero la cruz y después queridos amigos, falleció el papá, subió a los cielos en la madrugada del miércoles dejando escrita una carta de arrepentimiento en la que pedía perdón a Dios Nuestro Señor, quiso irse sin despedidas y sin darnos tiempo a enterarnos, nuestro papá Pomposo Sentinela, de Comercial Gilbert y del Rotary Club, nos legó toda una vida de trabajo y amor dedicada a los demás con entrega, sencillez y ternura, requiescat in pace amén Jesús, unos mueren de voluntad y otros a contrapelo y pataleando, a Bob Hannagan no le dejaron ni hablar, lo ahorcaron sin dejarle abrir la boca más que para sacar la lengua, ¿cómo sabe usted que el tren de Augustus Jonatás iba repleto de indios moribundos, colmado de indios podridos?, pues mire yo no lo vi pero me lo contaron hombres muy verdaderos, algunos ricos californianos llegan hasta el paraje que dice banco de los Húngaros para perseguir a tiros al borrego cimarrón, su caza es emocionante porque el animal sangra mucho, va todo lleno de sangre que se derrama, los hombres y las mujeres se ponen verriondos, muy temblones y lujuriosos, las mujeres aguardan en la cantina de Nabor Guevara, se entretienen en palpaciones, magreos y toqueteos recíprocos, en contarse porquerías unas a otras y en matar palomos aplastándoles la cabeza, también estrangulan gallos sujetándolos entre los muslos, da mucho agradecimiento, cuando los hombres vuelven del borrego las mujeres se los comen a besos y a babas, tienen mucha saliva y humedad, no te laves amor mío, que no se te quite el olor ni la mancha de la sangre, respira fuerte y muerde como un perro, pégame amor mío, cabrón, pégame con el cinto, márcame en la fierra del catre amor mío, unos hombres pegan más que otros y algunos ni pegan, a éstos se les prepara el café con menos servidumbre, el cazadero está a unas ocho leguas de San Luis Río Colorado, la ciudad que fundó Blas Yocupicio aún no hace mucho, hacia 1905 o 1906, Blas Yocupicio era hermanastro de Chuchita Continental la mujer de Fidel Lucero Johnson el que bebía whiskey por la nariz, el banco de los Húngaros es nombre nuevo, se le puso porque los primeros en cruzar el desierto en auto fueron unos húngaros que trabajaban con animales amaestrados, eran muy peludos y renegridos y los chiquillos los tomaban por el demonio, esto se lo dijo don Oscar a don Valdemar que fue quien me lo contó a mí, la chola Micaela se acuerda bien del difunto John Caernarvon, era gracioso pero tenía mal carácter y no aguantaba las bromas con calma ni serenidad, también se emborrachaba con frecuencia y entonces era peleón y amargo, él no quiso nunca que en Queen Creek hubiese cementerio, no hace falta ninguna y además es un nido de ratas y culebras, lo mejor sería comerse los muertos, que Dios me perdone, depende de la edad y del fuego del horno, también se pueden guardar en sal y manteca de cerdo, que Dios me perdone, los muertos no tienen infecciones ni tampoco padecen dolor alguno ni lepras ni reumatismos, la letanía de Nuestra Señora es la coraza que nos preserva del pecado, yo digo mater salvatoris virgo prudentissima y tú dices ora pro nobis dos veces, la cosa no tiene engaño y es como un juego de pulso, un juego de habilidad, gana siempre el más listo, la gente no lo cree pero eso pasa también en la lotería, Cam Coyote Gonsales enseñó a mi madre el corrido de don Pedrito Jaramillo, todavía lo recuerda, adiós hermano Pedrito de la ciencia espiritual, aquí nos quedamos tristes, sabe Dios si volverás, y el otro corrido, el que dicen *Andándome yo paseando*, le gustaba mucho al droguero Marco Saragosa, también le llamaron Guillermo Bacalao Sunspot, en esto hubo siempre algo de confusión, todavía lo recuerdo, andándome yo paseando me encontré una mujer sola, me dijo ¡cómo me gustan los tiros de tu pistola!, entonces échate atrás cinco o seis pasos para tener alguna perspectiva, a don Juancito Castor le decían Bolas de Fierro porque era capaz de matar a un león con las manos, tenía tanto valor y tanta fuerza como el que más y puede que más que nadie y bien lo demostró cuando lo de la revuelta del arroyo de Batamote donde hizo prisioneros a seis huertistas armados, don Juancito Castor sabía mucho de yerbas y otros vegetales y tanto curaba los organismos de los azotes que les mandaba la naturaleza como hacía engranes de cualquiera de los tres palos del desierto, los trabajaba a la navaja y con paciencia, paloverde, palofierro, palochino, para que pudiera seguir caminando su cadillac que era muy tragón de agua y rodaba siempre con calentura y jadeos, Euphemia Escabosa la tuerta de Santa Acacia murió particular, se quedó sin habla mientras se le iba la sangre por el suelo, sólo suspiros, y el caporal Steven Campanita no llegó a saber nunca si la negra gozaba o agonizaba, puede que las dos cosas al mismo tiempo, Euphemia Escabosa estuvo siempre dispuesta para el amor, en su vida hizo ninguna más cosa que amar y acercarse a la muerte, pero murió de la desgracia, es bien cierto, murió azotada por la mala estrella, también lo es que murió amando y dejándose resbalar por la muerte con todo el cuerpo estremecido por el manso buen deseo de vivir disfrutando, la vida es injusta con quienes mueren sin haber sido amados siquiera un poco, aunque no sea casi nada, nadie debe morir sin haber recibido algo de amor, la muerte también es injusta con quienes viven con las celdillas del amor vacías, siempre secas y vacías, Ana Abanda calcetó una funda de lana, un punto al derecho y otro al revés, esto ya se dijo cuando lo de la explicación, para que Oso Hormiguero se abrigara su único testículo, los cazadores suelen mascar tabaco Bulky Bull que huele

hondo y sabe caliente, la saliva se vuelve como el café
con miel, la ley de Dios no es serena sino caprichosa,
los hombres fueron cambiando la ley de Dios sin que
nadie se enterase, nadie debe morir sin que le hayan querido cerrando los ojos y suspirando, bueno, aunque sea
con los ojos abiertos y sin suspirar, las obras de misericordia son más de las que vienen apuntadas en el catecismo, Ana Abanda lavó y amortajó con esmero el cadáver de Zuro Millor el cholo de la mierda, quizá en ese
momento fue cuando el sacristán Lucianito Rutter empezó a enamorarse de ella, en el confesionario el joven
Paul le cuenta al P. Roscommon que su tía Alejandra le
da más gusto que su esposa Betty, es más cariñosa,
padre, más dulce tanto en la cama como en el paseo,
tía Alejandra guarda mucho amor en el corazón y en
todo el cuerpo, Betty está casada por quinta vez y tiene
nueve hijos, ninguno mío, todos viven en casa, Betty
lleva ya algún tiempo muy seca y agobiada, tiene mal
carácter y está siempre triste y mandona, a Corinne Mc-
Alister no le dan miedo las broncas, si no hay demasiada
sangre hasta le gustan, Corinne McAlister tiene buenos
sentimientos y no cobra a los tontos, esto lo sabe bien
el albino Andy Canelo Cameron que a veces, cuando ya
se desahoga, se queda dormido mamándole una teta a
la mujer, mi madre, Corinne McAlister, la que sea, ahora
se van a decir unas palabras que no rigen para los tontos, son las siguientes, los hombres y las mujeres sólo
dejan de odiarse y de despreciarse mientras se acuestan
juntos, no llega a la media hora, mientras se dan gusto
y se cobran gusto, después se odian y se desprecian,
tampoco tienen nada que hablar, aquí termina lo que
no rige para los tontos, cada cual tiene su código, los
tontos son distraídos y tampoco atienden demasiado pero
distinguen las caricias de los latigazos y también los diferentes brillos de la mirada, brillo manso brillo bravo,
brillo caliente brillo frío, brillo dulce brillo amargo, etc.,
los tres hermanos Earp y John Doc Holliday gastaban
bigote, Billy Clanton y Tom McLaury iban afeitados y
el otro Clanton, Ike Clanton, y el otro McLaury, Frank

McLaury, lucían bigote y perilla, Ana Abanda siempre pensó que a los caballeros deben sudarles las partes, los cuatro evangelistas y el paladín Amadís de Gaula llevaron siempre las partes sudadas, Carlomagno también, lo del hipnotismo en las partes es otra cosa, Jessica se fue a vivir con Steven Campanita después de la muerte de la tuerta de Santa Acacia, antes estuvo con Chester Iona el que envenenó a la mujer, los tontos del hospicio eran de cuatro colores, no había ningún chino, Harry es negro, Paco y Luisín son mestizos, Walter es mulato y Ernie y Max son blancos, la hermana Clementina no los duerme a todos de la misma manera, no les da gusto a todos de la misma manera, tampoco con igual entusiasmo y amor, se ríe porque no quiere evitarlo aunque le remuerda la conciencia, le pasa lo que a Chester Iona el que envenenó a la mujer, Tachito Smith se encabronó cuando empezó a ver que Jovita se le descarriaba y entonces puso la diligencia, bueno, el ómnibus de balde, los ómnibus cargan diez pasajeros de primera o sea sentados y cinco o seis de bandera o sea colgados, a Tachito Smith le costó mucho dinero la chulería, a Columbus también, el lego Timothy Melrose no les hace daño a todos los tontos por igual, se ríe porque no quiere evitarlo aunque le remuerda la conciencia, le pasa como a Chester Iona, unos niños le caen más simpáticos, claro, siempre hay culos que apetecen más, ésta es una ley de la creación, el lego Timothy Melrose tiene la pinga dura y agresiva y cada tonto llora cuando se la mete sujetándole de los hombros, la llave se llama doble Nelson y no hay defensa, mi hermano Bill tiene mi estatura sobre poco más o menos, corre mucho, baila muy bien y es algo bizco, bastante bizco, su vida fue siempre muy confusa y discreta, es terrible la maraña que puede anidar en la cabeza del hombre, también es magnífica y dolorosa, la pelirroja Abby es diez años mayor que Corinne, que también es pelirroja, y fuma puros habanos extrafinos marca Flor de Allones, andan algo escasos pero a ella se los guardan siempre en el abarrote de Arteaga, en Agua Prieta, el pueblo de donde vino la clarividente madame Angelina, la que se encuentra con Sam W. Lindo en Sahuarita en casa del güero García y le hipnotiza las partes para darle gusto, a Fermín Arteaga le agradan los finos modales de Abby McAlister, es una verdadera dama hasta sentada en la bacinilla, ya casi no quedan mujeres tan bien educadas, cada vez se le da menor importancia a los buenos modales, Blonde Marie también era muy educada, Blonde Marie fue la madame del prostíbulo más distinguido de Tomistón, una casa blanca y grande en la calle Sexta, muy higiénica y elegante que no tenía bar y no admitía peleas ni borrachos, todas las pupilas eran francesas y el Conde se las cambiaba con frecuencia para que la clientela no se cansase ni ellas se enamorasen, el Conde era uno de los jefes del sindicato francés que explotaba estos prostíbulos, venía todos los años a dar órdenes, remozar el personal y llevarse los cuartos, Blonde Marie no fue puta nunca, era una encargada muy profesional que no confundió nunca los terrenos, el padre de Abby y de Corinne fue un gran señor que se arruinó jugando al bacarrá, era dueño de dos fábricas una de tejidos y otra de cerveza y criaba caballos de carreras pero se arruinó jugando al bacarrá, también perdió la salud y empezó a padecer del corazón, de la próstata y de los bronquios, lo más probable es que le hicieran trampas e incluso que lo aojaran con alguna hechicería, si no no tiene explicación, a Irving McAlister le vino la mansedumbre al llegar a pobre y enfermo, antes, mientras era rico y saludable, nada frenaba su voluntad ni su soberbia, cuando se emborracha Abby cuenta que su padre una vez mandó cocer a un cochero negro porque le olía el aliento, lo ataron bien de pies y manos, lo metieron en un enorme perol lleno de agua dejándole la cabeza fuera y lo pusieron al fuego, como el agua estaba fría el cochero tardó algo en cocerse y se pasó el tiempo dando voces estentóreas, incluso blasfemias, Irving McAlister se moría de risa, Abby bebe con frecuencia y entonces es poco discreta y habla lo que debía callar, conviene decir que en la casa de Blonde Marie no todas eran francesas, había una china muy melodiosa y una española, una condesa española, Beatriz N. N., no pongo el apellido porque era prima de mi padre, salió de España detrás de un cura rebotado, Paracelso Martínez el Pútrido, que le robó las joyas que había heredado de su madre, los sábados nos abrían la puerta del taller a las siete y entonces brincábamos como mulas desbocadas y hacíamos, yo y Gerard Ospino, las siete maniobras siguientes, escupir desde la ventana del primer piso, yo solía llegar más lejos y eso que ni fui misionero ni cacé ballenas, lavarnos las manos y el chucumite con mucho jabón de olor por si la noche pinta chingona, que puede que sí, a los insectos los ahuyenta el jabón de olor de pastilla, también a los microbios, peinarnos con la raya al medio, antes los sábados y los domingos nos peinábamos con la raya al lado derecho y los demás días de la semana al lado izquierdo, enjuagarnos la boca con perborato o con elixir marca Kind of Iris, apartar algún dinero, por lo menos un dólar, mandar recado a mi madre y mearle la puerta al chino teniendo en cuenta que more than two shakes and you're a wanker, lo malo es morir con una mueca de estupor en el semblante, a muchos héroes se les perdió el respeto porque su gesto de difunto no guardaba la compostura debida, a lo mejor sacaban la lengua o guiñaban un poco un ojo o tenían el pelo pegado por el sudor, lo que más desorienta de los muertos es que a veces dan risa, el niño conocido por Juanito Preguntón apareció en Durango, Colorado, en el camino de Hermosa, su papá retribuyó con diez dólares a madame Angelina que fue quien acertó a encontrarlo estudiando con mucho detenimiento las convulsiones de la agonía de una víbora de cuernitos, primero se le maja bien la cabeza, debe usarse un cristal de piedra ciega turquesa bien lavado en agua de piedra divina, y después se observa si en los estertores pinta líneas mixtas o quebradas, la orientación y la distancia se saben por el rumbo de la huella y su profundidad, el cantante Heriberto Espinosa fue dadivoso porque pensaba que un hijo no tenía precio, al sargento Lagares o sea el P. Octavio Lagares el del Hospitium of St. Bartholomew le gustaban mucho esas palabras y así lo decía siempre, Periwinkle es muy sentimental y se acuerda casi a diario de Maggie Cedarvale la vecinita que de niño le tocaba el pipí, se lo acariciaba con mucha delicadeza y también se lo chupaba, después murió tísica, es doloroso este juego de la vida y la muerte, los padres de Periwinkle estaban en buena posición y en su casa tenían una bañera de zinc honda y sólida y de bien dibujada y noble traza, Periwinkle se bañaba todos los sábados en agua caliente, su abuela le preparaba el baño con mucho cariño, cuando se quedaba solo Periwinkle abría el tubito de cristal en el que guardaba cuatro o cinco moscas, las mojaba hasta dejarlas medio ahogadas, les arrancaba las alas y las ponía a pasear por la cabeza de la pinga que le descapullaba muy bien, le daba gusto y acababa siempre meneándosela, el abuelo de Periwinkle tenía un negro disecado sentadito en su mecedora, fue un esclavo muy sumiso y respetuoso al que tuvo siempre verdadero cariño, Miguel Tajitos el lego de la misión de San Xavier fue quien me dijo que el caimán domado de mi padre se llamaba Jefferson, a Miguel Tajitos le decían Fundillo Bravo porque no permitía licencias a los sarasas, siempre hubo muchos sobre todo alrededor de las misiones pero ahora parece como si se notasen más, Arturito Richard Stoneman el hijo querido de la señora Hanna Stoneman actuó profesionalmente como intérprete del baile español y como pitcher del Bee Ridge White Sox pero el pobre murió ahogado en un lago de Miami yendo de pesca, esto se pudo leer en *El Diario de Sarasota*, Jesusito Huevón Mochila era un malvado que sentía gusto por la desgracia, la letanía de Nuestra Señora es la coraza que nos preserva del pecado, yo digo virgo veneranda virgo praedicanda y tú dices ora pro nobis dos veces, a lo mejor es al revés y es Cristo quien quiere meter pleito a Arizona y al fin del mundo, Cristo tiene que estar muy harto de los pecadores porque le hicieron siempre muchas maldades, Cristo es Dios y a Dios no se le puede poner pleito porque es infinito y todopoderoso, es capaz de dar y quitar la vida y hasta de cambiar el camino del sol, Dios tiene una fuerza que no usa porque le sujeta su bondad que no conoce principio ni fin, Mustang Tonalea piensa que el padre de todos los hombres duerme en el aire del cielo, se traslada de país a país en la tormenta, navega los mares en la galerna y cruza los desiertos empujado por el vendaval, los rayos le alumbran y los truenos le marcan el compás de la marcha, enseña su ira en los volcanes y los terremotos, llora en la lluvia, seca su llanto al sol, se enamora en el arco iris, canta a la luz de la luna y fecunda la tierra cuando brotan los primeros botones de las flores, la tierra es el elemento del que nace la vida y por eso el hombre ha de caminar descalzo para que la fuerza le entre por los pies y se le confunda con la sangre, a Donovan Chato Jones lo mataron en el paso del Antílope, su prometida Remedios Hurley le guardó luto y después se dio a Atelcio Dunken, el hombre que se conoce la frontera como la palma de la mano, cada cual vive de su oficio pero pocos se ganan la vida con el oficio que quieren sino con el que pueden, no es lo mismo ser vaquero que cura de las misiones ni hortelano que matarife ni tañedor de flauta que verdugo ni cantinero que enterrador, los fonderos y dulceros son rancho aparte y algunos hasta alquilan cuartos a las parejas, ya se sabe que todos hemos de morir pero mientras llega la hora de comparecer ante Dios Nuestro Señor conviene hacer examen de conciencia y reparar en que unos viven de la vida y otros de la muerte, esto fue siempre así desde que el mundo es mundo y nadie hizo nunca nada por evitarlo, luego están los que viven de hablar y gesticular, las putas, los jugadores de cartas, los cómicos, los diputados y los frailes, Euphemia Escabosa murió de manera muy desgraciada, Steven Campanita no la mató queriendo pero cuando la negra empezó a gritar a voces y a vaciarse de sangre él no pudo evitar que le diese la risa, fue sólo como un relámpago porque después se asustó muy verdaderamente, la tuerta de Santa Acacia tuvo un fin poco acostumbrado, el barrio de Casa Grande en Tucsón está entre los ríos Santa Cruz y Rillito que tiene mucho renombre por sus ranas robustas y cantarinas, la negra Euphemia Escabosa vivió algún tiempo en el barrio de Casa Grande, después conoció a Steven y se fue con él a Wickenburg, en la cárcel es costumbre capar a los violadores de niños, los alivian retorciéndoles la bolsa porque no suelen disponer de machete, es de mucha emoción la venganza, de mucho acaloramiento, y el carcelero prueba a cerrar los ojos para que los hombres procedan, el águila come animales vivos y saludables y el buitre animales muertos y podridos en los que ya no late más cosa que el hedor, la frontera tiene más surcos que releges el camino pero Atelcio Dunken se la sabe de memoria, podría caminarla a ciegas, Sonoyta queda frente a Lukeville y San Luis Río Colorado frente a Gadsden, el desierto tiene por lo menos ciento cincuenta millas de frontera, don Valdemar sabe muchos nombres del lado de Méjico, a mí me lo presentó don Roberto Napoleón Morales, alias Good Year, un sanluisino con quien tuve un negocio de exportación de neumáticos e importación de anís, don Roberto Napoleón murió arruinado pero con mucha dignidad, en el arroyo del Dos de Abril fue donde el gasolinero Grano Menéndez se perdió con su chevroletito, la novia se le murió de sed y Menéndez tuvo que quemar el cadáver para que no se lo comieran los zopilotes, pegarle fuego a los restos de la mujer amada da reparo pero que se lo traguen los pájaros da aún más, el negro Gus Coral Kendall toca muy bien el saxofón y saluda siempre con cortesía, tuvo que irse de Baton Rouge porque su señora se escapó con más de doce dólares y metió a todos los de la orquesta en un lío, en la laguna del Chango, un poco más adelante y en el otro dominio nacional, se pone el terreno muy atascoso cuando pega la llovida fuerte, un miércoles de ceniza se le quebró el eje a la diligencia de Rito Melgarín Domínguez, transportaba siete artistas de variétés muy coquetonas que estaban como mangos y pedían pelea pero se quedó tirado para siempre porque aunque largaron una expedición al mando del sargento Horacio Estrada el Francés no pudieron encontrarlos vivos, a Rito Melgarín le gustaban mucho las mujeres y tuvo la muerte adecuada porque se piensa que falleció chingando, las siete muertas estaban con las faldas levantadas y sin pantalones, con el mondongo lleno de moscas y los ojos abiertos, daba un no sé qué verlas, al enamorado Donovan Chato Jones lo balearon en el paso del Antílope pero murió en el camino de Lordsburg, no llegó vivo a Lordsburg sino muerto y desangrado, del boquete del tiro le manó semejante sangrería que daba miedo y claro se le vaciaron las venas y murió sin que pudieran auxiliarlo, cuando los cuerpos se descomponen de última ruina ya no los levanta ni un milagro, bueno un milagro puede que sí, lo que pasa es que Dios ya casi no hace milagros, poco a poco los hombres han ido escarmentando a Dios a pesar de su infinita paciencia y suma sabiduría, Donovan se le apareció una noche a Remedios mientras estaba en la cama con Atelcio, habían acabado ya y estaban los dos dormidos y mirando uno para cada lado, el fantasma le habló a la mujer de esta manera, vengo a decirte que éste es un gandallón y un vagabundo que lo que quiere es tener una mujer de balde y robarte el dinero, yo habito ahora en un túnel lleno de oscuridad pero también de rositas y otras flores variadas y refulgentes que termina en una escalera en la que alumbra la luz de la eternidad bienaventurada, sólo vengo a decírtelo y ahora me voy al cielo otra vez a gozar de la contemplación de Dios, siguiendo la raya mejicana viene la temible brecha de Dos Hermanos, la verdad es que los hermanos fueron cuatro, viajaba también una jovencita como de algunos quince años que era la esposa de uno de ellos y el chofer Gutiérrez con su señor papá de nombre Edelmiro, el indio Balbino Pitoikam tiene barba y bigote como un portugués y su loro también sabe cantar el corrido *Los sediciosos*, decía Teodoro Fuentes decía con su risita, echen balazos muchachos, ¡qué trifulca tan bonita!, los corridos fueron siempre muy valerosos para el baile agarrado, en Sonoyta al auto de Gutiérrez se le jodió el motor de arranque y entonces se fueron todos agachados porque el presidente municipal

no les daba licencia para ponerse en camino, Rodrigo
Aires el indio que robó la máquina de escribir que adornaba la sepultura de D. H. Lawrence era muy inquieto y
no se sosegaba en ningún lado, de la reserva de San Carlos no hacía más que entrar y salir, el dodge de Gutiérrez llegó no más que hasta la brecha, allí se averió grave
y sin remedio y los viajeros tuvieron que seguir a pie y
pasando calamidad, dos se voltearon el auto, se sentaron a esperar la muerte y murieron cuando Dios se la
mandó, el nombre de la brecha viene de ahí, de que eran
dos hermanos, la joven llegó hasta unas casas de la
curva de la sierra del Viejo y cayó muerta de sed, llevaba una hija recién nacida colgada de los pechos, la niñi-
ta y uno de los hermanos fueron los sobrevivientes, de
los otros viajeros nunca más se supo, por la parte de
Méjico siguen los nombres de cada rincón, al arroyo del
Batamote lo nombran también de los Alacranes, después
viene el paraje de Doña Victoria, el arroyo del Zumba-
dor, el Studebaker, el Cadillac, el Caballo y al final San
Luis Río Colorado, por aquí hubo siempre mucho dra-
matismo porque la corriente del agua manda con mucha
fuerza y desprecio, una noche se ahogaron más de veinte jindos que no pudieron nadar bastante, los jindos son
los indios de la India no los de por aquí, a las dos semanas Lázaro Peña se encontró un jindo flotando y con
el vientre hinchado como tambora, si llega a reventar lo
envenena por el olfato y mismo de la repugnancia, en la
bolsa cargaba cien dólares de plata, don Margarito Sal-
cedo me contó que por estas veredas del desierto el
Queno Molina enterraba damajuanas de agua de beber,
el Queno Molina sabía dónde quedaba cada una, la doctora Cavacreek trabaja en los laboratorios Norman and
Huntington, sabe mucho de la química de las serpientes, Babby Cavacreek permite a Cam Coyote Gonsales
que le palpe las partes tapadas, los muslos, las tetas,
las nalgas, la papaya no, eso no es para el dedo a la
mera distracción y los hombres jamás deben ser impa-
cientes, el contable Kenneth Tennessee Vernon se desnuda pero se deja la camiseta puesta, entonces se mete

debajo de la cama y rompe a maullar hasta que la mujer lo calla a latigazos, si lo callan echándole agua se cabrea y después llora como una criatura y se mea por encima, Babby Cavacreek no disimula el desprecio que siente por el contable, es un desgraciado que se quedó así de meneársela de niño, un pobre hombre que no sirve más que para llevar las cuentas en la oficina, yo no me iría con él ni aunque fuera el último hombre sobre la tierra, Atelcio Dunken y el muerto Donovan Chato Jones se movían más por el lado del norte, en las rancherías de Headquarters y de Quito Baquito se pueden hacer preguntas acerca del terreno y buscar un guía, los indios de por aquí son baquianos expertos, a veces se asustan algo pero conocen bien todos los caminos, los pozos Pápago y García son buenos para dar de beber a la caballada y descansar el cuerpo, trepado en un palofierro el hombre evita la víbora, algo más allá de Tinajas Altas Spring fue donde la culebra mató a Vinton Pritchett, un antiguo minero que era medio pariente de Corazón Leonarda, Vinton tenía un fordcito de pedales repintado de verde, antes era charolado, pero se le rompió, Vinton se echó al suelo para ver de arreglarlo y entonces fue cuando le picó la víbora cabrona, la víbora de cuernitos es más taimada que la cascabel y puede que incluso de peores intenciones, a Donovan Chato Jones no quería enterrarlo nadie, lo mejor será dejarlo otra vez en donde lo encontramos para que escarmienten los del rancho Florida, hay gente que grita mucho en los entierros, que no guarda la debida compostura, Cyndy la mujer de Bertie Caudaloso el beisbolero se entiende con su cuñado Nickie Marrana, también echa a pelear la carne con el tonto Cameron que es muy obediente, tú cómeme el remame y cállate que yo sabré corresponder, la obediencia suele brotar de dos chorros, la lujuria y la discreción, no es obligatorio pero sí probable, suele ser así como lo digo, los tontos son lujuriosos y discretos, a unas mujeres les gusta que las mimen y les obedezcan en la cama y a otras que las maltraten pero también obedeciendo, en la cantina de las Ánimas la mesera Remedios Hurley hace

lo que le piden los clientes, la vida es dura y Remedios
no tiene por qué malbaratar sus ahorros, una pelucona
de oro, una cadena de plata de dos vueltas y veinte dólares, Remedios es muy alegrona y bien mandada y los
oficios se tienen siempre por casualidad y aun a contrapelo de la inclinación, Atelcio Dunken es hombre de
pocas palabras y no le cuesta ningún trabajo ser discreto, esta pregunta que viene después se la hacen todas
las madres cuando ven que el hijo crece y hay que bajar-
le la bastilla de los calzones, todo tiene su orden y todo
va por sus pasos contados, ¿qué debe hacer el hombre
antes por vez primera, afeitarse la barba o acostarse con
una mujer, una primita suya, una amiga de la madre,
una vecina, una criada, una puta?, no importa la respuesta pero cuanto más tiempo pase un hombre sin
matar a otro hombre, tanto mejor, se debe respetar siempre la vieja ley que manda que sólo un hombre puede
matar a un hombre cuando los dos han perdido ya la
cuenta de los polvos y las afeitadas, no antes, en la vida
se presentan muchas ocasiones de segar la vida a los
demás pero no debe empezarse demasiado temprano,
Chuck Bingham el de doña Soledad escribe su nombre
más a lo fino que Chuck Saltamontes Davis el novio de
la morenita sucia, riñó con ella pero ahora le gustaría
volver, Chuck Bingham es diligenciero por el desierto, o
sea desiertero que transporta personal en su diligencia
y aguanta la sed más que nadie, ésa es costumbre nece-
saria en su oficio, cuando ya no se murió de sed es que
ya no se morirá de sed jamás, la sed es la mayor desgracia del hombre, su peor enemigo por estas trochas
ruines, por estos parajes arrinconados y olvidados, Chuck
Bingham cuando se pone en ruta echa al agua de beber
una meadita de gasolina y un buche de lubricante que-
mado, como sabe a demonios los pasajeros beben menos
y así no le falta agua al radiador, si se termina hay que
rebanar saguaros y biznagas por ver de chuparles la
pulpa, hay viajero que se corta las venas para beberse
la sangre, otros no se atreven y entonces se quedan sen-
taditos en la diligencia para que la muerte les pille en

postura más cómoda, esto es lo que hicieron los dos hermanos de la brecha, según unos se llamaban de apellido Orantes y según otros Pineda, Arabio y Fedro Pineda, cuando llega la muerte con su esquilita de metal ruin todo el mundo se llama lo mismo, la letanía de Nuestra Señora es la coraza que nos preserva del pecado, yo digo virgo potens virgo clemens y tú dices ora pro nobis dos veces, Cecil Lambert Espana o Span o Aspen fue mi padre pero yo tardé en saberlo, tenía varias habilidades e incluso domó un caimán que llegó a hablar inglés y español, debió nacer hacia 1865, cuando lo de Zuro Millor el cholo de la mierda mi padre tuvo que marcharse porque Sam W. Lindo estimó que era lo más prudente, entonces se embarcó en el carguero Fool's Wedding pero le dieron las viruelas y el capitán mandó tirarlo al mar al sur de Ankororoka en el océano Índico, no se sabe si los tiburones se lo comieron vivo o muerto, yo creo que se lo comieron muerto aunque no se me oculta que hubiera sido más hermoso que se lo comieran vivo, hay quien dice que el carguero en el que embarcó fue el Möre og Romsdal, sí, pero que donde lo tiraron por la borda no fue al oeste del cabo Finisterre sino en el estrecho de Hécate, en el océano Pacífico, entre la isla de la Reina Carlota y la costa del Canadá, lo del cabo Finisterre es una confusión fácil de explicar ya que mi padre, según cuentan otros, donde se enroló fue en el Bitten del capitán Delt, un barco de la matrícula de Newcastle que salió de Lisboa con cargamento de bueyes, vino y cebollas y se dio contra la peña que dicen el Centolo, las fechas me parece que no casan bien, en lo de las viruelas hay menos dudas, mi padre tenía un burro tordo que se llamaba Coronel, mi madre me contó un día que a mi padre le hubiera gustado verla fornicando con el burro pero que no pudo ser porque había mucha desproporción, el burro Coronel murió de un calambre eléctrico, a Elvira Mimbre la mandaron ahorcar por tener concúbito con Belcebú que se disfrazó de gozquecillo lamerón para mejor engañarla, el demonio a veces se mete en los animales para perder con más facilidad a las mujeres, mi padre criaba granos en el cogote y en el culo que cuando le reventaban lo ponían todo perdido de materia, Abbie Adams me dijo que a mi padre ni le dieron las viruelas ni mandaron tirarlo al mar, que todo eso era mentira, según el fotógrafo mi padre murió en tierra firme y tampoco demasiado lejos de donde había vivido siempre, él conoció a la negra que le cerró los ojos en Boothville un poblado del delta del Mississippi, la verdadera historia no llegué a conocerla nunca porque Abbie Adams no quiso decirme más, a lo mejor tampoco sabía más e incluso lo que me dijo era un invento, cuando el botánico Felice N. Orson escribió su *Memorial* no había cumplido aún los veinticinco años, Orson fue siempre un científico estudioso y aplicado y obtuvo pronto muy precoz provecho de su sabiduría, Orson dedica un capítulo entero a las cacerías de ballenas de mi amigo Gerard Ospino en la Tierra de Adelaida, el CLXXXVIII, y cuenta las aventuras de Toribio Ancud, un indio alacalufe enano y medio repugnante que se alimentaba de ostras y dormía arropándose en pingüinos, quiero decir con veinte o treinta pingüinos encima para darle calor, el libro de Orson no es difícil de encontrar, hay de él varias ediciones, a Gerard Ospino aún no le había mordido las partes la tortuga verde y tenía muy saludable y gallardo aspecto, de no haberse portado bien y con disciplina a Clem Krider lo hubiera desgraciado Lupita Tecolote sin más que tirar de la cuerda de la que lo llevaba amarrado de las pelotas, el suceso era de mucho desaire para el gringo y por fortuna no se produjeron desgracias, a Morgan Earp lo mataron mientras jugaba al billar con Bob Hatch, uno de los dueños del saloon Campbell and Hatch's, también le dieron a Geo A. Berry que estaba mirando la partida, el cadáver de Morgan fue enviado a sus padres a Colton, California, creo que se dijo antes, le acompañó su hermano Virgil que estaba ya baldado, el cortejo salió del hotel Cosmopolitan mientras en la campana tañían los solemnes compases de *Tierra a la tierra, polvo al polvo*, sus hermanos Wyatt y Warren y seis amigos escoltaron al muerto hasta Contention, el jurado dictaminó que los asesinos habían sido Frank Stilwell, Indian Charlie, Joe Doe Fries y Peter Spence, la mujer de Peter se fue de la lengua y los perdió, un día el P. Lagares no tuvo más remedio que partirle la boca al lego Timothy, al vicioso y desaprensivo lego Timothy, le hinchó un ojo, le partió el labio, le saltó media dentadura y lo tuvo echando sangre por la boca un día entero, la verdad es que le arrimó una somanta a modo, el P. Lagares no arreaba las patadas de puntera como los futbolistas sino de planta como los osos, al P. Lagares se le enronquecía la voz con el cabreo, te lo vine advirtiendo desde hace tiempo y ahora te toca cobrar, hermano, ahora te toca recibir tu merecido, me has hartado y hoy no te voy a dar un sobo sino una tunda, de ésta te voy a escarmentar, (el lego) ¡no me pegue tan fuerte, don Octavio, pégueme más si quiere pero no tan fuerte, pégueme a modo y más a compás, que así me desloma!, a veces el P. Lagares parecía medio sordo, yo no tengo la culpa de que seas un desgraciado y un muerto de hambre, eso es lo que eres tú, un desgraciado y un muerto de hambre, nadie tiene la culpa de que no entiendas otro lenguaje, el lego Timothy se ponía bizco de pavor, ¡tenga cuidado, don Octavio, que me va a alcanzar las partes!, pero el clérigo parecía como no oírle, discurres menos que el músico de la Chupadera de San Mateo que se purgaba con sirle de cabrón rebajado con arena, (el lego) ¡pare por caridad, don Octavio, pare por amor de Dios! (el P. Lagares) eres más borracho que el cochero irlandés de Mr. Gallahen que destilaba en el alambique los meados de su señora, ésa es mala combinación, Timothy, si no escarmientas no llegarás muy lejos, (el lego) ¡perdóneme, don Octavio, le juro por lo más sagrado que no volveré a tocar el culo a los residentes!, la niña Maggie Cedarvale murió tísica y no pudo tocarle el pipí a Adoro Frog Allamoore todo lo que hubiera querido, a veces también se lo chupaba sin mala intención y con mucho mimo y miramiento, le daba suave con la lengua y poniendo la boca un poco para afuera como si fuera a pronunciar la o, casi todo el mundo se muere

dejando cosas a medio hacer, al cuatrero Bob Hannagan lo ahorcaron en Pitiquito, lo descolgaron antes de
que se enfriase porque hizo falta el árbol para ahorcar
a mi abuelo, mi amigo Adoro Frog Allamoore se metía
una hormiga por la nariz y después se sonaba fuerte
para que saliese, también se tumbaba boca abajo y se
ponía un poco de miel en el ano para que las moscas le
diesen gusto, no hay derecho que los dedos de las niñas
que tocan el pipí a los niños se pudran bajo tierra, esas
niñas deberían llegar siempre a mayores para seguir po-
blando el mundo de más niños y niñas, Dios debería ser
menos justo y más caritativo, bueno, ni yo ni nadie
somos quienes para decirle a Dios lo que tiene que hacer,
para decirle nada a Dios ni para decir nada de Dios, a
mí me dio rabia que se muriese la niña Maggie Cedarvale que era muy amable y amorosa porque Periwinkle
se quedó triste y abatido, pero contra Dios no tengo
nada, yo no quiero que me manden al infierno, Gus
Coral Kendall decía muerto de risa que las almas de los
negros que tocan el saxofón no van al infierno porque
se quedan prendidas en la vegetación de los manglares
del delta del Mississippi, jamás podrían arder en el infierno porque las almas de los negros que tocan el saxofón son de agua, cuando a un hombre le hipnotizan
las partes, o sea cuando le duermen los huevos y le go-
biernan la pinga a voluntad, es como si lo trasladasen
al paraíso, que se lo pregunten al jefe de la policía, el
cielo es una misa cantada con vírgenes tocando el violín
pero el paraíso es una casa de putas con bueyes tristísimos tocando la trompeta, Gus Coral Kendall murió en
Fort Huachuca atropellado por un camión de los laboratorios, esto no lo puede asegurar nadie porque a lo
mejor es mentira, la gente dice muchas mentiras a cambio de que alguien mire con un poco de caridad al mentiroso, hay que tener buen ojo con las maldiciones de
los ahorcados, al droguero Guillermo Bacalao Sunspot,
es el droguero Marco Saragosa, se lo comieron los fero-
ces pájaros de los muertos, los voraces pájaros de la
muerte, pero antes de morir en la horca maldijo a sus

verdugos y todos se quedaron calvos, impotentes y sarnosos, a todos se les cayó el pelo y lo demás, dicen que los ahorcados se convierten en pájaros caníbales, auras, buitres, zopilotes, son todos lo mismo, para seguir comiendo ahorcados y que no se interrumpa la pereza, Sam W. Lindo venía de chinacos liberales más pobres que las ratas pero se fue situando y el personal le quiere y también le teme, las dos cosas, al otro lado de la frontera Sam W. Lindo no hubiera salido jamás de pobre, el pelo de la miseria, la crin del hambre no fue nunca fácil de lavar, Darrell Spriggs está hablando con Brad Wilkins, los dos se gastan todo el salario en beber cerveza, la costumbre de mascar tabaco pone los dientes negros, primero amarillos, después medio marrones medio verdes, después negros y después se caen, el Black Maria es peguntoso y dulzón, aromático y grasiento, a la negra Patricia la ahorcaron porque degollaba niños con fines medicinales, aunque no hubiera sido con fines medicinales, en Hilltop no había más que un árbol apropiado y a la negra tuvieron que descolgarla a toda prisa y sin dejar reposar el cadáver, lo menos que se puede tener con los difuntos es un poco de respeto, ya sé que no se debe hablar mal de los difuntos, que se deben tener todas las consideraciones con los difuntos, la doctora Cavacreek le pidió a Brad S. Redington que se acostara con ella, a ti te van a ahorcar pero yo puedo quedarme con tu recuerdo, a lo mejor me acompaña hasta que tus huesos estén ya pelados del todo, siempre soñé con que un hombre me echara el último polvo de su vida y a ti te van a ahorcar mañana por la mañana, ya sé que no se debe hablar mal de los difuntos y yo no quisiera murmurar de ti que vas a estar difunto dentro de unas horas, los muertos con granalla en el alma se hunden en el lago del infierno, en el proceloso lago de mierda en llamas, tengo permiso para estar contigo a solas toda la noche, recuerda que siempre soñé con el último polvo de un condenado a muerte, a Eleanor Dumont le llamaban Madame Moustache porque tenía bigote, también trabajaba para el Conde y aunque no tan guapa ni elegante como Blonde Marie conocía el oficio casi como ella, cuando vio que Tomistón empezaba a decaer mandó hacer los baúles a las chicas y se las llevó a San Francisco, los alimañeros y algunos indios mascan tabaco Bulky Bull que tiene un olor tan espeso que algunos vomitan, a Margarito Benavides le gusta hacer bailar maricones a latigazos, a veces los tiene una noche entera pegando brincos, no lo hace a mala idea pero aun así casi todo el mundo está de acuerdo es que es algo que no debe hacerse todos los días, algo que no es propio de personas civilizadas, entonces o sea cuando se despertó la madre del diablo Zuro Millor el cholo de la mierda le dijo a Marcellus déjame que me restriegue ya me escupirás cuando se levante el sol, a Elvira Mimbre la denunció la madre del diablo por prestarse a cometer lascivias con Belcebú, es una mujer muy puta, ella fue la que perdió a mi hijo abriéndole la curiosidad por el pecado de la carne, donde está bien es en la horca, Marcellus le permite a Zuro Millor que se restriegue y cuando se levanta el sol le escupe en los ojos, le escupe aguarrás hasta dejarlo medio ciego, justo en el momento en el que se despierta la madre del diablo a todos los hombres y a todas las mujeres se les revuelven los posos de la lujuria, son momentos de mucha confusión que algunos agonizantes aprovechan para tener el último mal pensamiento, la gente recuerda que Fermincito Guanajuato decía siempre las palabras que le había enseñado un amigo suyo, alacrán de Durango que se llamaba Encarnación, cuando una mujer pobre se queda sola o se pone a servir o se va puta o se casa o se deja ir muriendo poco a poco, es muy verdadero eso de que no se puede andar como el diablo de cabrón entre los muertos porque cuando se despierta la madre del diablo lo echa todo a rodar con su ira, el tabaco Dusky Mule es más fuerte y deja la lengua y las encías medio quemadas, es bueno para combatir la soledad y el desamparo pero esto no debe decirse, Darrell Spriggs diseca con mucha habilidad cuervos, lechuzas y otras aves grandes y pequeñas, zopilotes no porque le dan asco y prevención, son muy sucios, los zopilotes son muy sucios y despreciables, tienen el alma lastrada de carroña, antes Darrell Spriggs también disecaba cabras y coyotes, incluso pumas y jaguares, una vez hace ya muchos años disecó el cadáver de Agripino Twin, un tonto que apareció muerto en despoblado, y lo metieron en la cárcel, lo soltaron con la promesa de que no volvería jamás a disecar personas, al cadáver de Agripino Twin le habían vaciado los ojos y nadie los encontró jamás, se conoce que se los robaron, puede que antes de emborracharse a diario Darrell Spriggs lo hiciera mejor, para disecar bien hace falta paciencia, sí, pero también pulso y buena vista, Brad Wilkins le cogió mucho cariño al cuervo disecado que le regaló Darrell Spriggs, todos los sábados le sopla para que se le quite el polvo, es una lástima que no sepa cómo se llama, a mí no se me ocurre ningún nombre, los cuervos muertos no son como los perros o los caballos vivos, a mí me gustaría que se llamase Gregory, Gregory Howard o Gregory Robinson son dos hermosos nombres de beisbolero pero lo más probable es que no se llame así, la letanía de Nuestra Señora es la coraza que nos preserva del pecado, yo digo virgo fidelis speculum justitiae y tú dices ora pro nobis dos veces, en el rancho Culebrón no obedecía nadie y las cosas marchaban mal y a saltos, cuando no hay disciplina el ganado acaba aburriéndose y diezmándose, esto no es fácil de entender pero sí es verdadero, a Macario Calavera Davis le gusta insultar a las mujeres cuando las monta, las insulta en español y les llama hijas de puta y putas y cabronas, antes también les llamaba víboras y cerdas pero después se fue centrando más, Santos Dorado Gimenes llevó a casa de mi madre a las dos niñas de la güera Konskie cuando ésta se murió, del primo de don Diego Matamoros nadie volvió a saber nada jamás, parecía como si se lo hubiese tragado la tierra, dicen que en la antigüedad la tierra se abría de tanto en tanto para tragarse a los perjuros y a los comemuertos, puede ser pero yo no lo puedo asegurar porque no lo vi nunca, los zopilotes comen los muertos de la muerte, los muertos que no quiere nadie, los muertos que no se matan para comer y vivir, Ken necesita una mujer que le pegue azotes en el culo y que le escupa el amoroso y ruin vinagre del desprecio en los ojos y en la boca, nadie se explica cómo le pueden salir las cuentas, Ken llora cuando una mujer se le desnuda y se queda con las tetas al aire, cuanto más grandes son las tetas de la mujer más armonioso y desconsolado y recio es el llanto de Ken Vernon, en ese instante suspira con mucho sentimiento, con mucho remordimiento y hondura, se agarra a su pálido gusanito, se mete debajo de la cama y maúlla igual que un gato hasta que la mujer lo saca a patadas y a correazos, entonces se corre, tampoco siempre, se tapa cabeza y todo con una manta y suele quedarse dormido, el hombre ama a la tierra más por propia que por hermosa, también la defiende con las palabras, las trampas y las armas y mata y se deja matar por ella, mueren más hombres por defender su tierra que su alma, por salvar su tierra que su alma, pero nadie ha muerto jamás con la idea de haberse portado siempre bien, el creador de todos los hombres vive en el aire del cielo, a lo mejor es el aire mismo, pero el hombre nace de la tierra y está hecho de tierra, está amasado con tierra, es menos probable que haya salido del aire como su creador o del agua como su más amargo verdugo, el hombre es hermano de todos los animales que paren y maman, de los otros puede ser que sí, que también lo sea, de los pájaros, de las culebras y de los peces, pero ya no estoy tan seguro, Remedios Hurley le guardó un luto discreto a Donovan Chato Jones y después siguió viviendo, Atelcio Dunken es un hombre decente que se sabe el paisaje de memoria y esto es algo que las mujeres agradecen, a Marcellus no le importa que Zuro Millor el cholo de la mierda se restriegue la naturaleza con sus calzones por la parte más descarada y grasienta porque cuando se levanta el sol le escupe aguarrás en los ojos y en las llagas del alma, Gerard Ospino fue desacostumbrándose y desencoñándose poco a poco de mi madre, al final le daba vergüenza acostarse con ella,

Marcellus fue siempre muy caritativo con Zuro Millor, cuando un hombre está demasiado solo hay que permitirle ciertas licencias, después de todo este desgraciado no hace mal a nadie, tampoco creo que vaya a vivir muchos años, la miseria se le pinta en la mirada y tiene tan poca salud que ya no puede ni criar malos pensamientos, cuando mi madre hizo la primera comunión Búfalo Chamberino la emborrachó, la metió en la cama y le habló con mucha melodía, tú abre un poco las piernas y déjate palpar, cógeme la pinga verás qué dura se pone, a los hombres se nos pone la pinga tiesa y dura para dar gusto a las mujeres y también a las niñas, a tu papá lo ahorcaron en Pitiquito pero murió con mucha dignidad y decencia, un hombre debe ser digno y decente hasta que Dios le llame a su santo seno, tú abre un poco más las piernas, así, primero te acaricio con el dedo, respira hondo, ahora te voy a comer las tetas, ábrete un poco más y cierra los ojos, a todas las mujeres las desvirgan en un soplo, Marcellus sabe conocer a los pobres de espíritu, yo vivo porque tengo sangre de diablo pero todos estos hambrientos y sedientos respiran no más que de caridad, si te meten la varita mágica por el culo te curan la epilepsia, también es muy saludable tocar la campanilla con los ojos vendados y beber el elixir de Muhamad, el jarabe que se hace cociendo lirios cárdenos en orines de mujer preñada, Marcellus adivina la ciencia de los cincuenta mil hijos de Satán, con la mano embalsamada de la bizca Lady Anders Rose la baronesa que masturbaba al gran duque Astarot se sanan todos los caprichos y descaecimientos del alma, Tachito Smith se casó en segundas con la aguafresquera Jovita Hidalgo, su primera mujer se había puesto gorda como un barril y de muy mal humor, también olía poco delicado, vamos a ver de serenarnos y aguantar el viento, sería muy confuso que yo dijese de repente, mi nombre es Craig Teresa, Craig Tiger Teresa, antes de saber quiénes habían sido mi padre y mi madre yo me llamaba Craig Tiger Brewer, mi nombre es Craig Teresa y las páginas que siguen son mías, las escribí yo de mi puño y letra y guardando todas las reglas gramaticales, analogía, sintaxis, prosodia y ortografía, el gobernador del estado pensó prohibir el tabaco de mascar Mad Owel porque tuvo alguna denuncia de que producía alucinaciones, después no lo hizo porque pensó que las alucinaciones no iban contra la ley, ¿y contra las buenas costumbres?, eso es algo que no se sabe jamás porque las buenas costumbres se están siempre moviendo, ahora estoy hecho un buen lío porque mi mujer Clarice, yo no suelo hablar nunca de mi mujer, bueno, no demasiadas veces, la verdad es que yo no tengo mujer, casi no tengo mujer, después lo diré más claro, mi mujer Clarice me robó la documentación del ford y se fue a vivir con el chino Huang Cheng, alias Javierito y también Tres Piernas, le llamaban Tres Piernas porque tenía una pija descomunal, eso viene de comer carne de perro, el más saludable es el chow-chow, el que más hace crecer la pija, el general Chang Chun Chang se comía un chow-chow todas las semanas, el lunes los riñones, el martes los cojones, el jueves los bofes, el viernes las chuletas, el sábado los sesos y el domingo el hígado, lo que sobraba se lo daban al perro que había de morir a la semana siguiente, los miércoles el general se los pasaba a pan y agua, yo no tengo ni ford ni mujer puedo jurarlo pero sí ilusión, mucha ilusión, para conseguir mi propósito hubiera necesitado cien años más de vida, esto fue lo que le dijo Abraham a Napoleón, Abraham Lincoln a Napoleón Bonaparte una mañana que se fueron a dar un paseo por las afueras de Flagstaff, Abraham Lincoln Parsley Loreauville es otro, es el maricón de la licorería a quien cuidaba mi tío Ted, la gente a la que no pasa nunca nada es muy vengativa y rencorosa y padece de comezón al espíritu y a las arterias, usted ya me entiende, le concome la envidia y el remordimiento, la gente a la que no pasa nunca nada se venga no creyendo lo que le pasa a los demás, cuando murió la niña Maggie, murió tísica y consumida, parecía un pajarito sin plumas, mi amigo Adoro Frog Allamore se quedó sin nadie que le tocara el pipí, se quedó de repente sin nadie que le acariciara el pipí con viciosa misericordia, a los perdelones les acomete la soledad de golpe y sin avisar, Dios debería ser menos riguroso, en el cielo también hay pollos capones tocando el tambor, no tienen nombre y se deshacen de tristeza, se disuelven en la tristeza que les obliga a seguir llevando el compás, Malvinia Lopes vivió muy duro y revuelto, la verdad es que no le rodaron bien las cosas ni en Tomistón ni en ningún lado, la vida es a veces como una bola de billar pintada de negro que rueda con sobresalto, con bolas negras no puede jugar bien al billar ni Cristo, que Dios me perdone, en la calle Sexta suelen producirse situaciones algo desgraciadas, Malvinia Lopes y su novio se hartaron de no salir de pobres, es una maldición eso de no sacudirse jamás la caspa de los pobres, entonces se enguilaron con mucho amor como dos perros tristísimos y solitarios y se dejaron morir atufados por el brasero, Malvinia murió algo antes que su novio John Gibbons, el minero que le echó el último polvo de su vida o el primero de su muerte, según se mire, el último polvo en este mundo y con la carne mortal o el primero en el otro y con el alma condenada, todos vamos al paraíso después de muertos, eso lo saben hasta los más pecadores, el paraíso es lugar en el que los ángeles distinguen los capones y los bueyes que no joden ni para vivir, de los mineros y los vaqueros que son capaces de dejarse morir jodiendo, también los alimañeros y los desierteros, a John Gibbons nadie le obligó a tocar la trompeta ni el tambor en el paraíso, a John Gibbons lo dejaron estar en paz, la doctora Cavacreek distingue las tres clases de últimas voluntades de los hombres, el polvo del enfermo no es lo mismo que el del suicida o el del ahorcado, éstos no tienen agonía y pueden morir con la pinga dura y lustrosa, con la pinga adornada de serenidad y decoro, depende de la presencia de ánimo, tanto John Gibbons como Brad S. Redington supieron morir con dignidad, a Ted Gibbons, el hermano de John, lo mataron por la espalda en el saguaral de don Julio, le tiraron con postas y le reventaron la nuca, también le astillaron las dos paletillas, Sam

O'Shea comía todo lo que le echaran, comía como pelón de hospicio, Sam O'Shea estaba en amores con Crazy Horse Lil que se reía mucho viéndolo masticar, a Lil la echaron de Tomistón por bronquista y se instaló en Brewery Gulch, en Bisbee, Lil y su novio el irlandés empezaron a desvalijar cabritos e incluso establecimientos y cuando vieron que el peso de la ley se les venía encima se fueron de Arizona sin dejar rastro, nadie supo por qué al cadáver de Agripino Twin le vaciaron los ojos, Darrell Spriggs jura que cuando lo encontró y empezó a disecarlo ya no tenía ojos, Agripino Twin hacía recados al capitán Dunn, Alonzo Ramrod Dunn, le llevaba cerveza, le cepillaba el caballo, le iba a comprar galletas, el capitán Dunn desapareció en las cataratas del Niágara, se tiró metido en un barril por el chorro canadiense o sea por el de la Herradura y desapareció, no le encontraron ni vivo ni muerto, unos indios iroqueses dijeron que habían visto el barril sobrenadando el recial de Whirlpool pero todo el mundo sabe que los indios iroqueses son muy embusteros, el cuervo disecado que regaló Darrell Spriggs a Brad Wilkins no habla, es cierto, pero tampoco miente, Brad le sopla un poco todos los sábados para quitarle el polvo, a veces también le saca brillo al pico dándole con un poco de esmegma, el cuervo tiene nombre, lo que pasa es que sólo lo sabemos tres personas y estamos juramentadas para no decirlo, hay secretos de los que no conviene explicar ni siquiera las causas, me llamo Craig Tiger Teresa por la misma razón que tengo los huevos bien puestos y el que no lo crea, que lo diga para que le llame hijo de la guayaba, que no me duele ofender con miramiento, Pancho Villa se la tenía jurada a don Venustiano Carranza, Pancho Villa le dijo a la tropa, no se me pongan tristes, muchachos, que todos sabemos que hay muertos que no hacen ruido y son mayores sus penas, a don Venus lo tengo ya a medios chiles, a mí me vienen guangos don Venus y su tropa, les aprovecho que no morirá en la cama y de muerte natural, Andy Canelo era un albino de mucha reverencia, lo sabe todo el mundo y el que no lo crea puede preguntárselo a Corinne McAlister, ¿te gusta, guarro?, sí Corinne, mucho, ¿gozas, guarro? sí Corinne, mucho, ¿te vienes, guarro?, sí Corinne, ya me estoy viniendo, lo que más templa a Andy Canelo Cameron es quedarse dormido con un pezón en la boca, a veces mama y a veces no, eso es según, el primo de don Diego Matamoros preñó a la güera Konskie y después desapareció sin dejar señal, parecía como si se lo hubiera tragado la tierra, en Sayula no llueve pero se crían jotos y si esto no es verdad san Judas manda que se le caiga la lengua al mentiroso, que se le llene de bubas la lengua y después se le caiga, san Judas siempre distinguió al peón Macario Calavera Davis regalándole mujeres, estoy con la menstruación pero por mí puedes seguir resbalándome que sé ser agradecida y tan puta como la gran chingada que te parió, lo que te digo es que si no me matas pierdes la partida, a Pancho Villa lo asesinaron de orden de don Plutarco, a Zuro Millor el cholo de la mierda que hacía porquerías con la muñeca hinchable no le picaban los mosquitos ni las arañas, sólo las moscas del ganado las moscas color azul eléctrico verde eléctrico dorado eléctrico que son capaces de matar a una mula, la tuerta de Santa Acacia o sea la negra Euphemia Escabosa criaba tanto pelo en el sobaco que el agua no le calaba jamás hasta la piel, al amigo Cam Fernandez lo que más le gusta es meterme la cara en el sobaco y respirar hondo, a Euphemia Escabosa le complace contar las cochinadas, le brilla la mirada y se le llena el bozo de gotitas de sudor, también babea pausado y pegajoso, la mujer a la que se le vació la sangre habló siempre con muy agresivo descaro, la jarocha Martinita Bavispe cantaba con primor y comedimiento el valsecito *Los enemigos de México,* pa el general Obregón los tres enemigos son la bebida la partida y la infame religión, Tragabalazos se quitó la vida con mucha pompa y solemnidad, incluso demasiada, se quitó la vida bebiéndose un explosivo capaz de purgar al diablo, la tetona Lupe Sentinela estaba casada con Pepito el del abarrote y era sobrina de don Pomposo, muchos le decían Tragabalazos y otros Pinga de Oro por bravero y rebanador, don Pomposo murió de voluntad y en cambio a Bob Hannagan lo ahorcaron a patadas y sin dejarle hablar, sus verdugos estaban muertos de risa, Fidel Lucero Johnson bebía el whiskey por la nariz, su mujer Chuchita Continental era hermanastra de Blas Yocupicio el fundador de San Luis Río Colorado, Gerard Ospino tenía mucha fuerza pero no demasiada decisión, esto lo sabía todo el mundo y las mujeres también, a Pancho Villa lo mataron a tiros en Parral, iba al volante de un automóvil cargado de amigos, el general Medrano, el coronel Trillo y tres más, todos murieron, Pancho Villa llamó siempre maldita trampa para hombres al automóvil, en la autopsia le sacaron trece balas del cuerpo, sus asesinos eran doce, se conoce que uno hizo doblete, el caimán amaestrado de mi padre, bueno, el caimán domado, sabía historias muy peregrinas y misteriosas pero cada vez tenía la voz más ronca y se le entendía peor, la letanía de Nuestra Señora es la coraza que nos preserva del pecado, yo digo sedes sapientiae causa nostrae laetitiae y tú dices ora pro nobis dos veces, Pedrito Jaramillo o sea el hermano Pedrito de la ciencia espiritual no volvió nunca y su madre se quedó muy triste, Cam Coyote Gonsales trató siempre de consolarla, Pedrito Jaramillo debe estar en la gloria gozando de la presencia de Dios Nuestro Señor, tu verás, está mejor que nadie, Pedrito Jaramillo siempre supo arrimarse al mando, en los laboratorios Norman and Huntington había un vigilante nocturno, Frank Banana Hibbard, que se pasaba las guardias meneándosela a un perro lobo que tenía, el animalito casi no podía tenerse en pie, a Frank Banana le daban asco las mujeres y con los hombres no se atrevía, a lo mejor también le daban asco, Frank Banana tenía el pipí pequeño y color morado y prefería no andar enseñándolo por ahí adelante, al coronel Lara lo ascendieron a general y le dieron cincuenta mil pesos por las muertes, la de Pancho a veinticinco mil y las otras a cinco mil cada una, el servicio estuvo bien hecho y bien pagado, aquí no puede quejarse nadie, don Juancito Castor conocía todas las yerbas menos la resucitadora, tiene que haberla, lo que pasa es que debe ser muy dura de encontrar, a lo mejor está en una montaña a la que no llegó jamás el hombre, no se trata de restablecer la justicia sino de fundar la paz, nadie debe tener mayores dudas sobre la bondad de la raza blanca, también sobre su razón, Francine llegó a estar hecha una ruina, Tachito hizo bien en mandarla a la mierda porque hay cosas que no pueden consentirse, Francine era medio pariente de Clarice, esa mujer que no tengo, es algo que no le importa a nadie, el calvo Fidel era bravo pero no podía sujetar a Chuchita, el cuatrero que se escapó de la cárcel de Safford se llamaba Bill Hiena Quijotoa y también llevaba la rosa de hierro de mi padre marcada en el culo, dicen que se cambió el nombre y se puso Mike San Pedro o Mike Juchipila Compton, cuando uno va de huida se llama como puede, Mike se pasa los días y las semanas bastardiando con la india Mimí Chapita, la hija de Chabela Paradise, la que le cosió el párpado a Taco Lopes o Mendes, ahora te toca a ti encima, ahora de lado, ahora te estás quieta y te callas porque quiero dormir, después mi hermano se borra y desaparece sin que nadie le acierte el rastro, la india Mimí Chapita es tierna en la cama y dispuesta fuera de la cama, da gusto con ella, Mimí Chapita lleva ya algún tiempo sin hablar de Bill Hiena, es mujer discreta y está acostumbrada a gozar y a sufrir sin abrir la boca, Bill Hiena se peleó a hostia limpia con Fidel Lucero porque le sacó a bailar a la mujer, se dieron recio pero quien más llevó fue Bill Hiena, la oficina de la cárcel de Safford ardió una noche, se quemaron todos los papeles y también murieron tres presos, no ardieron pero se asfixiaron, viene a ser lo mismo, el cuatrero Elmer Beerston y los vagabundos Graham Spruceton y Ross Caniche Willow, la verdad es que eran tres muertos de hambre, para algunos el incendio no fue casual pero tampoco tenemos por qué andar pregonándolo, el abarrote de Ken Courtland era pobre y además estaba mal guardado, Ken Courtland no sabía ni defender lo suyo y así le fueron las cosas, Bill

Hiena es algo bizco pero como es simpático hasta queda gracioso, al alimañero Pantaleo Clinton no le dieron la soga con la que ahorcaron a Guillermo Bacalao Sunspot, la ley es la ley y debe ser cumplida por todos, el alimañero Pantaleo Clinton es muy alto y tropieza al pasar las puertas, en la cárcel de Swift Current ahorcaron al negro Tony Clints con su flor en el ojal y su sonrisa, de muerto estaba de color azul marino sin brillo, la silueta de su fantasma ahorcado era muy desgarbada y triste, nadie rezó una oración por su alma porque tampoco merecía la pena eso es verdad, el negro Tony Clints era tan pobre que a lo mejor no tenía ni alma, desde varias semanas atrás, estando aún vivo y sin que todavía le hubieran puesto la cuerda al cuello, a Tony Clints ya no le quedaban sino los últimos alientos porque se le había borrado la esperanza, se le borró justo al oír la voz del juez, ¿cuántas veces me bombeará aún el corazón?, pueden contarse, ¿cuántas veces seguiré soñando con Carlota desnuda?, también pueden contarse, ¿cuántas patadas pegaré al aire cuando me cuelguen?, no lo sé, esto no puede saberse nunca, es muy fácil condenar a un negro a la horca por matar a una blanca, lo que nadie tiene en cuenta es si acertó a darle gusto o no, esto no se considera, los abogados de oficio tampoco tienen por qué perder el tiempo, a lo mejor a Carlota le gustó que la matasen con la almohada, es muy difícil señalar la frontera que separa el gusto del espanto y de la calamidad, ahora es todo seguido como si fuera la cuesta abajo, los hombres se matan cuando caen por la cuesta abajo demasiado deprisa, se estrellan y les revienta la cabeza en mil pedazos de formas irregulares, a usted que le gustan las historias románticas le quiero explicar que la señorita Luisita no estaba preñada de Pancho Villa como decía la gente sino de don Rubén Fierro el cura de Satevo, cuando Pancho Villa supo la patraña se fue un domingo a la iglesia, entró con mucho respeto o sea descubierto y dejando el revólver colgado del picaporte, interrumpió la misa y se subió al púlpito, esto fue lo que dijo, ¡hermanos de raza!, yo no pequé con la hermosa señorita Luisita aquí presente, quien la deshonró y la preñó con su naturaleza fue el señor cura don Rubén, ¿es esto verdad, don Rubén?, el cura estaba muerto de miedo y con lágrimas en los ojos confesó su pecado, sí, sí, fue un servidor a quien Dios Nuestro Señor perdone, bueno, le dijo Pancho, pues ahora se casa usted con la muchacha, no puedo, respondió el sacerdote, la iglesia me manda el celibato, bueno, le replicó Pancho, pues yo le digo que o se casa ahora mismo o lo afusilo aquí mismo, le doy a elegir entre la vida o el sacramento, en St. David hay muchos mormones, son de costumbres honestas y sacrificadas y yacen con sus mujeres a oscuras y pasando frío, el deleite carnal es propio de animales irracionales porque los hijos de los servidores de Dios se engendran con el espíritu, el reverendo estaba transido de emoción y visitado por la gracia, ahora en mi pequeñez me encuentro miserable y atado de pies y manos pero doy gracias al Sumo Hacedor que me permite seguir consagrado a su divino servicio, todos mis sueños mundanales fueron barridos por el viento y me entrego a la voluntad del Señor que dispone siempre todo con suma prudencia, le debo toda mi beatífica paz a los padres franciscanos, son católicos pero también sirven a Dios, si no hubiera pellizcado en el trasero a la rubita Marinne a la salida de la misión de San Xavier a estas horas bien pudiera ser que no hubiera escuchado aún la voz que lleva a la vida verdadera, aquel honesto tocamiento, aquel toqueteo sin malicia fue quien la puso en mi existencia y lo que me hizo caminar por la senda del bien, el gringo que le regaló Margarito Benavides a Lupita Tecolote demostró siempre buen comportamiento, eso de que le lleven a uno amarrado de los cojones frena mucho, Clem Krider sabe jugar al billar pero para mí que es más bien culebro, tiene unos andares muy comprometidos, a ti no te va a servir de mucho, Lupita, no creo que tenga a punto las predisposiciones pero repara en que es siempre chistoso llevar un gringo amarrado de los cojones, cuando Lupita le soltó el nudo y le devolvió la libertad Clem Krider salió al galope y pegando saltos de gozo, corría como un caballo y gritaba con un entusiasmo desmedido, Clem Krider anduvo una temporada cabroneando por la frontera pero tampoco se comportó criminalmente, Honest John Montgomery el dueño del corral O.K., tenía las facciones angulosas y el aire sereno, Honest John iba siempre bien afeitado, la pelea duró medio minuto escaso y de sus protagonistas no se dejó de hablar desde entonces ni un solo día, algo ya se contó pero tampoco es malo repetir los renglones que no se acaban jamás de saber del todo, el tiempo no está confundido pero sí revuelto y esto hace que la gente pase por la vida tropezando, cuando tu padre se desabrochaba la bragueta para sacar el pájaro no se sabía nunca si iban a saltar chispas, tu padre me montaba calzado con espuela de plata, ya te lo conté cien veces, a mí me parece que todos los hombres han muerto y que a las mujeres ya no nos queda más que dejarnos morder por la culebra, al general Emilianito Nafarrate le olía a cuervo el aliento, eso no es buena señal pero aún es peor criar gusanos de los muertos en las ingles alrededor de las partes, los Earp eran tres hermanos, Wyatt y Morgan con bigote a la rusa y Virgil con bigote a la prusiana, con ellos iba John Henry Doc Holliday que gastaba bigote a la portuguesa, marchaban por la calle Fremont hacia el corral O.K. y cuando doblaron la esquina de la calle Cuarta vieron a los vaqueros, el sheriff Johnny Behan tenía la frente cumplida y la cara aniñada y le dijo a Virgil Earp, he desarmado a estos hombres, aquí no queremos líos, Virgil le preguntó, ¿los has arrestado?, y Johnny dio la siguiente respuesta, no hay razón para arrestarlos, entonces Virgil lo apartó ¡quítate de en medio!, los hermanos Earp y su amigo Holliday quedaron a diez pasos de los vaqueros, Wyatt les habló así, ¿andáis buscando pelea?, ¡pues aquí la tenéis!, los vaqueros eran también cuatro, los hermanos Ike y Billy Clanton, aquél con barba y pinta noble y deportiva y este otro con bigote recortado en forma, y los hermanos Frank y Tom McLaury, aquél con perilla de mosquetero y este otro afeitado como un reverendo,

Billy quiso ganar tiempo, ¡no dispares!, ¡nosotros no queremos pelea!, y Virgil les ordenó a los otros, ¡arriba las manos!, ¡estáis todos arrestados!, entonces fue cuando se armó, en el otro mundo está borrada la lascivia, es orden del Padre Eterno, a Fermincito Guanajuato le acertaron bien y lo enfriaron de súbito y allí fue donde la puerca torció el rabo porque a todas las putas de Tomistón se les volteó la suerte, en Chiapas todo el mundo sabe que la mosca del café primero deja ciego al hombre y después lo mata, los cristeros y los agraristas defendían cada uno lo suyo, Martinita Bavispe sabía otro valsecito que era así, el general Obregón harto ya de hacer el mal a la santa religión murió a manos de Toral y la madre Concepción, Toral era un delineante al que condenaron a muerte, a la madre Concepción Acevedo la superiora del convento del Espíritu Santo le salieron veinte años de cárcel porque las mujeres libran de la pena de muerte, los primeros en disparar fueron Wyatt que le dio en el estómago a Frank y Billy que marró el tiro, Holliday le acertó a Billy en el pecho pero éste aún pudo seguir luchando, Tom quiso hacerse con el rifle que llevaba su hermano Frank en la silla del caballo y Holliday le metió dos cargas de postas en las costillas, las postas son criminales porque el plomo como es blando se aplasta y desgarra, Ike cogió de un brazo a Wyatt y éste no disparó sino que le dijo, ¡pelea o lárgate!, Ike salió corriendo y Holliday lo cazó, Billy le dio un tiro en una pierna a Virgil, Frank le metió una bala a Holliday también en una pierna, le agujereó además la pistolera, ahora la guarda de recuerdo el coronel Charles W. Maverick en su casa de Phoenix, Billy disparó contra Morgan Earp y la bala le atravesó la espalda, Holliday y Wyatt y Morgan Earp tiraron al tiempo sobre Frank McLaury y lo abatieron como a un pájaro, Virgil Earp le dio en el pecho a Billy Clanton y lo derrumbó, éste fue el final de la sanguinaria reyerta del corral O.K., medio minuto, la tángana en la que bailó la muerte su siniestro cancán con desahogo, estas historias de peleas son siempre inventadas o al menos lo parecen porque el orden de cada instante no puede saberlo nadie y menos aún recordarlo, la pelea del corral O.K. suele explicarse según la contaba Wyatt Earp, el León de Tomistón, que fue el último en morir y nadie podía llevarle la contraria, a mí me parece que a veces añadía algo de su cosecha o se imaginaba detalles, quien me hablaba siempre de este suceso era la mulata Jane Kolb la hija de Black Jane, la perla negra del prostíbulo de Dutch Annie, lo contaba con verdadero deleite y dándole la debida entonación a cada frase, lo recitaba con monotonía y solemnidad como los cuentos infantiles, la mulata Jane Kolb estaba siempre medio bebida pero tenía buenos sentimientos y no era ladrona ni murmuradora, no era más que puta, a los tres cadáveres los vistieron con ropas nuevas muy lucidas, de vivos y con el corazón latiéndoles en el pecho aquellos hombres jamás estuvieron tan elegantes y aseados, todo lo demás ya se fue contando, también se dijeron a su tiempo las muertes de los otros cinco, la letanía de Nuestra Señora es la coraza que nos preserva del pecado, yo digo vas spirituale vas honorabile y tú dices ora pro nobis dos veces, cuando Lupita le soltó el nudo a Clem Krider el hombre anduvo cabroneando por la frontera durante algún tiempo, esto no es ningún secreto y lo sabe todo el mundo, hay un Nogales en Arizona y otro igual en Sonora, los saguaros son los mismos y los coyotes ululan en su lengua sin importarles la lengua que hablan los hombres, cuando están hambrientos y verriondos los coyotes aúllan blasfemias, quizá fuera mejor decir que hay un Nogales cortado en dos por la frontera, a la gente le pasa como a los saguaros y a los coyotes y cada cual se las arregla como puede y habla como le da la gana, a Sásabe y a San Luis les sucede lo mismo, hay uno al norte y otro al sur, los polleros trabajan por esta latitud cruzando chuecos desgraciados, David Duke y sus amigos del Ku Klux Klan los reciben a balazos o los dejan pasar según sobren o falten peones para el campo o la industria, a veces en vez de matarlos a tiros los queman o los ahorcan o los enfrían a palos, también atándoles las manos a la espalda y metiéndoles la cabeza en una bolsa de cuero, a Clem Krider le gusta que le almidonen la solitaria o sea que le ronquen la nuca, cuando un pújiro sale pújiro verdadero ni siquiera las piensa, Clem Krider conoció a Graham Spruceton en Sahuarita, en la carretera de Nogales a Tucsón, más allá de Green Valley, estaba sentado a la puerta de una cantina rascándose los piojos, por la calle pasó una mujer restallante y Clem bajó la vista para no ofender a nadie, Graham no anda muy bien de la cabeza, además de vago es triste y está muy delgadito, puede que también esté enfermo de los pulmones, tose mucho y no mastica casi nunca nada caliente, parece norteado y como medio desguangüilado, Graham fue el primero que se atufó en la cárcel de Safford, se conoce que tenía menos resistencia que los otros dos, Elmer Beerston era lo contrario, estaba preso por cuatrero pero con unos dólares en el bolsillo hubiera podido triunfar en la vida, tenía algunos vicios en el carácter pero no tantos como para que la gente le escapase, Elmer era guapo y sabía sonreír con sus dientes todos iguales, Elmer anduvo padroteando por la capital y otros lugares hasta que tuvo que salir corriendo para que no lo matase cualquier cornudo resabiado, Chuchita Continental tocaba la guitarra y el acordeón, no sabía solfeo pero tenía buen oído y buena disposición y sentimiento, le hubiera gustado tocar el saxo pero se lo prohibió el marido, ese instrumento no es propio de mujeres, eso es como andar eructando, tú no tienes por qué poner boca de mamona delante de la gente, bueno amor mío tú mandas, Tachito Smith se quedó con la onza de oro del rey de España que tenía el indio Abel, a cambio le dio el revólver que ahora lleva siempre su viuda la rubia Irma colgado del cinturón, no se lo quita sino para dormir y entonces lo pone debajo de la almohada, Noelia Chunda era más puta que Corazón Leonarda y que Mandy Mesilla, Noelia Chunda era más puta que nadie, la verdad es que no es posible ser más puta que Noelia Chunda, el cristiano Teodulfo Zapata era un pardillo al que no acompañó la fortuna en esta vida, la rubia Irma le dio a beber el elixir de entiesar y eso fue su ruina porque empalmó a modo y dejó desfondadas a las tres mujeres, las dejó con agujetas en las ingles y el remame escocido, después lo asesinaron y le cercenaron las vergüenzas para reírse de él, Lady Gay había sido amiga de mi madre, Lady Gay estuvo casada con Murray Bull Garfield, un buscador de oro que se metió en los montes del Dragón y jamás volvió a saberse de él, los montes del Dragón estaban infestados de apaches, se ve que le dieron muerte para quedarse con el caballo, en la lengua de los indios zuñi apache quiere decir enemigo, los apaches no son amigos de nadie, es probable que los cinco niños tontos con los que coincidí en el Hospitium of St. Bartholomew se hayan ido muriendo, no recuerdo ya cómo se llamaban, uno Paco y otro Luisín, estos niños no suelen llegar a hombres, el lego Timothy Melrose les daba por el culo, si no se dejaban hacer con sumisión les arreaba unos palos para amansarlos, la verdad es que tampoco enseñaban mayor bravura, la hermana Clementina en cambio era muy misericordiosa y les meneaba la chuchería con mucha paciencia, también con mucha delicadeza cuando no se quedaban dormiditos, Pancho Villa fue enterrado en el cementerio de Parral, tres años después profanaron su tumba y dejaron una nota escrita en inglés con letra de palo, nos llevamos la calavera de Pancho Villa a los Estados Unidos, hay quien dice que la compró Hearst por cinco mil dólares, Big Minnie fue la puta más gorda de Tomistón, seis pies de estatura y doscientas treinta libras de amor en unos muslos de color de rosa, ¡aquéllas eran mujeres!, ¡por entonces aún quedaban hembras capaces de descremar a un regimiento de caballería!, Big Minnie estaba casada con Joe Bignon el director del Bird Cage Theatre, era muy recia y valerosa y si había que poner orden entre bronquistas en la casa de putas o entre alborotadores en el teatro intervenía para restablecer la paz a golpes y a zurriagazos, Big sabía cuidar sus intereses y con ella no eran posibles los embarques porque pegaba duro, cuando Big Minnie y su marido llegaron a Tomistón el dueño del teatro, Billy Hutchinson, les dio trabajo y cuando éste se fue de la ciudad los Bignon le compraron el teatro en buenas condiciones, Tomistón empezó a morirse siendo mi madre todavía joven, Big Minnie y su marido vendieron el Bird Cage y compraron el Crystal Palace, cuando se encontró oro en Pearce liquidaron todo lo que tenían en Tomistón y se trasladaron a la nueva Jauja donde abrieron el Joe Bignon's Palace, por aquí se muere todo el mundo tarde o temprano, Tomistón es un pueblo demasiado duro para morir y lo mejor es morirse pronto, esto quizá no se entienda a una primera vista pero es así, pasó el tiempo y al final también se murieron Big y Joe Bignon, sus restos mortales descansan desde hace ya años en el cementerio de Pierce que es hoy un pueblo fantasma, un pueblo habitado tan sólo por sombras, cuando se acabó el oro la gente se fue a otros lados dejándole a sus muertos la custodia de los recuerdos que se van borrando poco a poco, todos los que tienen cara de muerto son traidores esto se ve bien en las fotografías, afusilen el boticario Sandoval que tiene cara de muerto, el coronel Horacio Rivera C. no descabalga más que para la necesidad o para bastardiar, dicen que hasta duerme a caballo, la chunda del coronel Rivera tiene por nombre Adelaida y es un forrazo de mujer, mi padre se llamaba Cecil Lambert Espana o Span o Aspen y criaba granos como tunas, yo creo que fue bastante feliz, por lo menos tanto como el indio Abel Tumacácori que se murió sin ver jamás el mar, al droguero Guillermo Bacalao Sunspot y al negro Tony Clints también les llegó la muerte sin que vieran jamás el mar, todo da siempre diez vueltas, cien vueltas, mil vueltas, un millón de vueltas, es igual la vida que la muerte, el aburrimiento que la diversión, la esperanza que la agonía, el caso es tener una copa en la mano, el coronel McDeming, el coronel Maverick y el coronel Rivera se entretienen en perseguir negros y chinos, da gusto correr negros con perros o colgar chinos de la coleta para tirar al blanco, la puntería hay que tenerla siempre muy entrenada y rápida, a veces no hay ni siquiera que colgarlos de la coleta, digo a los chinos, tengo un mitigüison nuevo, ¿quieres ver cómo lo manejo de bien?, ¿ves aquel chino?, llámalo, cuando levante la cabeza le doy mismo en la nuez o en el entrecejo según pidas, también da gusto ahorcar cuatreros y vagabundos y acostarse con las polacas, son las mujeres más putas que se conocen y no se cansan jamás de que las brinquen y les den zurriagazos con el cinto, Elmer Beerston nunca le meó la puerta a un chino porque solía trabajar en campo abierto igual que el jabalí, Ross Caniche Willow no pedía limosna pero tampoco la rechazaba y Graham Spruceton fue siempre por la vida arrastrando los pies y mirando para el suelo muy humildemente, los tres se asfixiaron en el incendio de la cárcel de Safford, al general Emilianito Nafarrate no le olía el aliento a cuervo sino a aliento de cuervo, Babbs Bellflower la cojita de Vicksburg lo sabía muy bien, cuando Jeronio Pelota Wellton montó su pimpampum de tontos, Sam W. Lindo lo llevó preso porque esa maniobra está prohibida por la ley, madame Belinda o sea la coima de Jeronio era mujer violenta y un día descalabró al P. Lagares de un botellazo en la taberna El Gavilán de Oro, el suceso fue muy comentado, cuando Bill Hiena Quijotoa (recuérdese que llevaba la rosa de hierro de mi padre marcada en el culo) se escapó de la cárcel de Safford se escondió en la cabaña que tenía Monty Maicena el trampero de Aripine al norte de la meseta del Mogollón, al acordeonista Adelino Biendicho le arrancaron una oreja por tocar mal el instrumento, a los músicos no debe pasárseles nada porque en seguida se confían y abusan, Adelino Biendicho tocaba desafinado y rascón, Arnoldo C. Troncoso lo decía siempre, los de las bandas aún bueno pero los que tocan solos son todos taralailas, Arnoldo Calderón Troncoso fue quien le desgració la oreja a Adelino, en la taberna de Erskine Carlow hay una urna de cristal muy grande con una cascabel dentro, se llama Dorothy en recuerdo de la fallecida esposa del amo, este dato no es muy preciso, y está siempre medio adormilada, el fondo es de arena con unas piedras para que Dorothy pueda esconderse y dormir, Erskine Carlow la alimenta con ratones vivos, mete en la urna dos o tres ratones vivos y espera a que la culebra tenga hambre, mientras no le da el hambre no pasa nada y los ratones van de un lado para otro como si tal y saltan y juegan pero cuando la culebra siente que le falta alimento arrincona a un ratón y lo engulle entero, se lo traga estirando el tubo que le va de la boca al estómago, se ve muy bien cómo le va bajando, al ratón casi no le da tiempo ni de temblar ni de chillar y los otros ratones no demuestran demasiado interés, se conoce que no sienten la curiosidad o la solidaridad, los clientes del Oso Hormiguero no suelen atender a lo que pasa en la urna porque ya están acostumbrados al espectáculo que es siempre el mismo, Ronnie V. Dexter murió en Topock mordido por una cascabel, ésta de la taberna de Erskine ni mata siquiera a los ratones que se come, se le asfixian en la tripa, la carne de la serpiente cascabel es delicada y gustosa, la cascabel frita sabe como las ranas quizá algo más fuerte, también puede asarse teniendo cuidado de que no se queme, la letanía de Nuestra Señora es la coraza que nos preserva del pecado, yo digo vas insigniae devotionis rosa mystica y tú dices ora pro nobis dos veces, a Tucsón llegó el invierno pasado una mujer espléndida, parecía un injerto de rifle y mango de Manila, dicen que es la mujer más cojonuda que se ha visto en el mundo incluidos todos los países pero nadie supo nunca su nombre, la trajo un comerciante que la tenía encerrada con llave y no la sacaba más que por las noches a respirar un poco y eso no siempre, antes solía ser costumbre que un hombre se sentase en el suelo y empezara a narrar historias y cuentos de amor o leyendas de tierras lejanas y de aventuras, algunos tocaban antes la corneta para llamar la atención y que la gente se fuera reuniendo, he aquí lo que contaba el húngaro Lorenzo que tenía siete muelas de oro y la más descomunal pinga de todo el oeste, distinguido público, respetables señoras y señores, ahora se verá lo que quería el duque de Aquitania don Rainulfo de Poitiers para sus hijos según los que fueran y las vueltas que va dando el mundo, ¡que salte la mona, que baile el oso, que pase el perro por el aro de fuego y que suba la cabra a lo alto de la escalera!, el duque de Aquitania se alzó el yelmo de hierro y exclamó, si fuera padre de un millón de hijos les daría licencia para ser guerreros, el yelmo de hierro del duque de Aquitania era de oro, el caimán domado de mi padre sabe imitar el relincho del caballo y recitar poesías, también habla inglés y español, todos los que tienen pelambrera de poeta son confidentes del enemigo, esto se ve bien en los retratos, afusilen al licenciado Mendoza que tiene pelambrera de poeta, el coronel le dijo al comerciante, tú no seas lujurioso y no provoques con esa murciélaga porque te va la vida, a otros los bajé del caballo por menos y tú vas a pie porque te escuece el culo, sigue el duque de Aquitania, si fuera padre de mil hijos los haría cazadores o pastores, cazadores de aves del paraíso o pastores de lobos, a la muñeca hinchable Jacqueline jamás se le encontró ni un piojo ni una pulga, es limpísima y de sencillo carácter, el difunto John Caernarvon no quería que en Queen Creek hubiese cementerio, a los muertos se les acaban las enfermedades y el dolor, las preocupaciones, los sinsabores y los desaires, lo mejor sería comérselos o conservarlos en sal, sigue el duque de Aquitania, si fuera padre de cien hijos les enseñaría a cultivar la vid y a criar el vino, hubiera sido mejor que todos los indios del tren de Augustus Jonatás además de estar enfermos estuvieran borrachos, Darrell Spriggs disecó una vez un tonto que apareció muerto en mitad del campo y fue a la cárcel, eso también está prohibido, lo que no disecó nunca fueron indios, él conocía la ley y la respetaba, sigue el duque de Aquitania, después de don Rainulfo vino don Guillermo Cabeza de Estopa, si no fuera padre más que de diez hijos los adiestraría en las artes de la navegación y les animaría a perseguir ballenas, todo el mundo sabe que las ballenas contagian el sentimiento a quienes las azotan, en esto son como mujeres o pájaros tristes y muertos de frío, en semejantes y otras consideraciones se extiende el botánico Orson en su *Me-*

*morial,* el húngaro Lorenzo le robó la mujer al comerciante a quien había amenazado el coronel y se escapó con ella, como el húngaro era hombre organizado no tuvo que dejarse ni la mona ni el oso ni el perro ni la cabra, dicen que fueron muy felices y que la mujer llegó a vieja con satisfacción, al comerciante le fue mermando la simpatía y al final se ahorcó de un poste de telégrafos dejando todos sus bienes a la ciudad a cambio de que nadie repitiera jamás su nombre, Gertie era una mujer pequeña y brava, de mucho temple, muy apasionada y amorosa, tenía las tetas duras y de su tamaño y el mirar brillante, vestía siempre de rojo y gastaba ropa interior lujosa con puntillas encañonadas y pasacintas de seda, le decían Gold Dollar por su tamaño y porque era rubia como el oro, Gertie trabajaba en el Crystal Palace, el dólar de oro es más pequeño que la moneda de diez centavos, que el dime de cobre, el paloverde tiene el tronco verde y en el ocotillal de McDowell crecen las flores de color de sangre en las ásperas varas del ocotillo, el indio Nepomuceno Senorita no hablaba sino en el invierno cuando las serpientes duermen, todo lo que va usted escuchando se lo puedo decir porque es invierno y las serpientes duermen y no pueden ir con sus murmuraciones a los dioses, con sus denuncias y habladurías, cuando se despiertan yo me callo como coyote baleado porque no quiero que me castigue nadie y menos aún los dioses, en la iglesia del Milagro no crucificamos al prójimo o sea a los semejantes pero nosotros podemos ser crucificados por dos relámpagos, el pecado y la falta de respeto, Gertie estaba enamorada del tahúr Billy Milgreen, un hombre que ponía en sazón a las mujeres mordiéndoles en el sobaco y en la nuca, y sólo vivo para darle gusto y para que me abrace apretándome contra los pelos del pecho y me muerda como un perro en el sobaco y la nuca, este hombre es mío y sólo mío y si una mujer le pone una mano encima la mato, bien sabe Dios que la mato, nada me importan ni la ley ni el fuego del infierno, ya sé que los hombres pueden ser compartidos, eso lo sabemos todas las mujeres, pero a mí no me da la gana, el ocotillo vale para cercar y techar y es tan duro que prende siempre, prende hasta sin raíz, Margarita está enterrada en Boothill el cementerio en el que reposan los huesos de los muertos de la pelea del corral O.K., como ha pasado algún tiempo ya se puede decir la frase metiendo las palabras que tanto gustaban al P. Lagares, quedaría así, el cementerio en el que reposan los huesos ya mondos y lirondos de los muertos, etc., Brendie McDowell el dueño del ocotillal se está quedando ciego de tanto mirar para el sibiri, un cactus negro y peludo que tiene unas espinas que no se dejan mirar y saltan a la vista del mirón como si fuesen gatos monteses, el indio Gerónimo hablaba la castilla, Cochise también, muchos indios apaches hablan la castilla, el idioma español, de Castilla se dice de lo bueno frente a lo borde, rosa de Castilla, nogal de Castilla, la mejicana Margarita Almada era muy buena moza, la mejicana Margarita era morena y alta y tenía la melena lustrosa, ensortijada y tupida, cuando la mejicana Margarita vio a Billy Milgreen se dijo, este hombre es para mí, Billy Milgreen estaba jugando unas manos de póker en el Bird Cage y la mejicana Margarita se le sentó en las rodillas y empezó a besarlo en la boca, Gertie Gold Dollar entró en la sala gritando y arrastró a la mejicana Margarita de la cabellera, la derribó sobre una mesa, sacó una navaja de la liga y le dio dos puñaladas en el costado, le acertó el corazón con las dos, cuando llegó el médico la mejicana Margarita ya estaba muerta, en la sangre derramada por el suelo tuvieron que echar un saco de serrín, nadie hizo nada contra Gold Dollar, nadie movió ni un dedo contra Gertie pero ella pronto desapareció de Tomistón llevándose a Billy Milgreen consigo para que le siguiera mordiendo en el sobaco y la nuca, para que le siguiera mordiendo como un perro ciego y loco en el sobaco y en la nuca, no se debe acosar nunca al hermano, esto se lee en la Biblia y en la Constitución, y Gertie era de la misma piel que quienes hubieran podido pedirle cuentas, a la mejicana Margarita la llamaban Cheesecake y Screw, la enterraron con todas sus joyas, tampoco eran muchas ni valiosas, tres sortijas de oro y un collar y unos pendientes de turquesas, y su sepultura fue desvalijada la primera noche, casi ni le dieron tiempo a enfriarse, se supone que el ladrón fue Ross Caniche pero no se le pudo probar, la mejicana Margarita fue en vida una mujer muy caraja a la que no se le ponía nada por delante hasta que se le cruzó Gold Dollar con su hierro afilado, una tarde el cuatrero Elmer Beerston entró en la cantina de Violet en La Zorrillera y le dijo, quiero que me hagas un precio de pariente, ¿cuánto whiskey me das por un níquel?, una copa, ¿y por un dime?, dos copas, ¿y por un cuarto?, cinco copas y una de regalo, ¿y por un dólar?, Violet le miró a los ojos, tu boca es la medida, puedes empezar cuando quieras, los indios yaquis parecen chinos y rezan a san Martín de Porres, tienen el carácter fuerte y cuando se cabrean pueden ser peligrosos porque manejan el machete con rapidez y sin caridad, el licor los hace aún más peleones y crispados, más sordos y venteados, a Sandra la mujer de Nickie Marrana también le huele el aliento y no se le quita el mal olor ni con desinfectantes, la peste no se puede combatir con medicinas o con aguarrás, a Sandra no le huele el aliento a aliento de cuervo como al general Emilianito Nafarrate sino que le hiede a zullón de mofeta que es mismo un pedo para vomitar, algo que despide un tufo dulce que se pega a la respiración y revuelve el organismo, la gente se ríe de su desgracia, la verdad es que da bastante risa, Sandra llora con desconsuelo y dice que se quiere morir, a esto no le hace caso nadie porque se ve que es mentira, Tucsón es palabra pápaga que quiere decir tronco ardiendo, árbol en llamas, los coyotes y los jabalíes se meten en Tucsón por las noches a comer en los cubos de la basura, a veces se comen poesías y cartas de amor o preservativos usados, también huesos de puerco y restos de confitura, hay canciones muy dolorosas y comprometidas, cuando las cosas no marchan la voz suena sentimental y amarga, Ursulita cantaba con escarmiento y buena entonación, vengan jilgueros pajarillos a estos prados a entonar nues-

tros cantos de placer pues comprendo que el gusto se
me ha acabado y en este mundo sólo encuentro padecer,
Mabel Dodge fue pronto olvidada y de nada le valieron
sus millones ni su juventud porque la providencia castiga muy despiadadamente los caprichos, madame Angelina y Sam W. Lindo se encontraban en casa del güero
Bart García porque siempre es mejor guardar las formas,
hay quien dice que hasta se goza más, mi nombre es
Wendell Liverpool Espana o Span o Aspen, se debe confesar sin miedo el apellido aunque no se conozca bien,
cuando florecen los saguaros con sus flores de oro el desierto se ilumina, el indio que robó la máquina de escribir de Lawrence en el cementerio de Taos se llamaba
Rodrigo Aires y cojeaba un poco, una vez hace ya tiempo, algún tiempo, Margarito Benavides encerró a tres maricones en un corral y los purgó con jalapa, ¡qué risa
daba verlos bajándose los calzones mientras se escaga-
rruciaban por la pierna abajo!, cada uno es dueño de
hacer del culo de los demás un papalote y empinarlo con
la reata que más convenga, eso es verdad pero a la acción de Margarito Benavides casi nadie le encontró disculpa, el ser humano tiene que entretenerse compréndalo-
lo usted, a mí me parece que es peor matar indios que
purgar maricones, tampoco se deben matar chinos o negros, da rabia que anden por ahí los domingos con su
ropa limpia y su peinado a raya pero la civilización exige
que no se les balee, los respetos humanos, los derechos
humanos, antes había otras costumbres e incluso mayor
tolerancia, también se moría más gente de hambre, antes
los indios, los negros y los chinos no estaban contados,
ahora sí, no del todo pero cada vez más, de eso no hay
duda, Frank Banana tiene la pinga como un gusanito
triste y de color morado, en las guardias, como no le
dejan dormir, el reglamento no le deja dormir, se entre-
tiene meneándosela a su perro lobo Vulture que cada día
está más débil y vicioso, más sometido y miserable, parece un lego que jamás hubiera comido caliente, un lego
con ladillas escuálidas y frioleras en los siete pliegues
del alma, la guarida de cada uno de los siete pecados

les, tres se borran con la tintura que pronto se
Frank Banana le daban asco las mujeres, las encontraba pegajosas, a Frank Banana lo emplearon en los
laboratorios Norman and Huntington porque iba reco-
mendado por el Prof. Terrell, Donovan B. Terrell, de la
Wayne State University, profesor de química orgánica y
también aficionado a lujuriar con bestias sumisas, a las
cabras y a las ovejas las bombea de a tiro y las deja
como recién casadas, el Prof. Terrell estuvo propuesto
para el premio Musselshell de genética comparada, las
mujeres se pintan las cejas con semillas de jojoba, tues-
tan las semillas que son medio aceitosas y se pintan las
cejas, también tienen propiedades medicinales y los indios las llevan siempre consigo, la letanía de Nuestra Señora es la coraza que nos preserva del pecado, yo digo
turris davidica turris eburnea y tú dices ora pro nobis
dos veces, Cyndy la mujer del beisbolero Bertie Caudaloso se acuesta ahora con su cuñado Nickie Marrana y
con el tonto Cameron, hacen el número ciento cinco y
ciento seis, ella tiene todos los nombres apuntados en el
libro de misa, apuntados en clave, con la letanía es fácil
llevar la cuenta y también recordar los nombres de los
galanes, Cyndy no empieza el alfabeto en la a como todo
el mundo sino en la h y después ya va todo seguido, las
letanías son sesenta y una y cada una de ellas corresponde a un hombre con el que se haya acostado por lo
menos tres veces, menos puede ser descuido o aburrimiento, ahora ya va por la segunda vuelta de la letanía,
Nickie corresponde a salus infirmorum 2 y el tonto Cameron a refugium pecatorum 2, Andy Canelo Cameron
es de esa clase de tontos que se parecen todos entre sí,
con su carita de pájaro y la boca siempre entreabierta,
Cyndy se distrae a veces repasando su letanía y reme-
morando recuerdos y deleites, la añoranza es sentimiento reconfortador y que en las gordas vale como carmi-
nativo, nadie dice que Cyndy sea gorda, Cyndy es delgadita y con las piernas huesudas, eso es señal de afición
a los deleites de la carne, Cyndy salió más puta que la
culebra chirrionera que también pega latigazos, el cam-

bio se hizo a gusto de ambos y los dos ganaron, la caprichosa Mabel Dodge se llevó el manuscrito de *Hijos y amantes*, Miriam es la contrafigura de Jessie Chambers, la mujer que fue barrida del corazón de Lawrence por Frieda Weekley, y Lawrence se quedó con el rancho San Cristóbal, la polaca María prohijó al negrito Andrew, le daba a beber una pinta diaria de chicote, le apretaba la nariz para que abriese la boca, al agua de cocer un chicote de cuerda de ixtle se le pone alcohol de caña y sale el aguardiente que dicen chicote, la polaca María cuando ya tuvo al negrito Andrew tonto del todo, tonto espiritual y gemidor, le obligaba a comerse sus propios excrementos, la cosa era chistosa aunque también daba algo de asco, la polaca María era pálida y gorda y llevaba una bata de color verde muy desceñida y llena de lamparones, con las enormes tetas bailándole, las nalgas de la polaca María eran también enormes pero poderosas y no le bailaban sino que pisaban firme, el negrito Andrew casi no hablaba y al final se murió una noche mientras dormía, vomitó el chicote y se ahogó con una flema, a cualquiera le puede pasar lo mismo, la polaca María tardó más de una semana en enterrarlo, se murió un miércoles y lo enterraron un viernes, y el cadáver del negrito Andrew como lo dejaron al sol acabó comido por las moscas y apestando, el Rvdo. Scottsdale es un plantel de microbios, a lo mejor tiene aún más todavía que el negrito Andrew ya muerto, a Jesusito Huevón Mochila le advirtió el cuarterón Hernando, a ti te van a matar sin darte ni tiempo a morir sereno, a ti te van a matar sin aviso igual que a una cachora dormida, te van a negar hasta el tiempo de ver venir la muerte, tú vas sembrando dolor y eso se paga, Jesusito vivió algún tiempo con la polaca María, es cierto que le daba gusto pero la encontraba un poco asquerosa, la polaca María no tenía principios, era como un jabalí medio borracho de cerveza, como una cerda sudorosa que fumaba tabaco de picadura, Jesusito Huevón la mandó a la mierda una mañana y siguió capando animales de balde, perros, gatos, chivos, gorrinos, potros, para capar niños le faltaba valor, siguió capando animales por diversión y confortamiento, acompaña el ánimo acariciarle los cojones poco a poco a un macho confiado y cuando más agradecido y sereno está retorcérselos fuerte y rápido y sanarlo para siempre, a veces el animal queda rencajo pero eso no importa, nadie se muere de tener un huevo no muerto del todo, tampoco a nadie se la cambia la intención y el apetito, la voz muda menos de lo que la gente supone, la voz queda justo como estaba y ni envejece ni se enronca más, Jesusito le robó a la polaca María un dije de plata con un rizo de pelo blanco dentro, era un rizo de la madre muerta hace ya muchos años, se lo cortó con sumo cuidado antes de que la metieran en el ataúd, Jesusito Huevón lo tiro en medio del campo porque no lo quería para nada, le bastaba con que no lo tuviese la polaca, Cristo gobierna la marcha del mundo y manda las vidas y las muertes pero no calza espuelas, va descalzo y destocado para que la fuerza de la tierra le entre por los pies y la fuerza del cielo por la cabeza, por la raíz del pelo y por los ojos, los oídos, la nariz y la boca, Cristo camina siempre descalzo, su madre o sea la Virgen María solía decirle tú nunca te apures para que dures, a la jediondilla le llaman también yerba gobernadora, lo repito siempre y puede que en este cuento lo haya puesto ya otra vez, en el jediondillar de Tom J. Jones, el jediondillar de la Puta Turca, se cría la culebra sorda de San Genaro que es de color verde con pintas rojas y azules y no muerde a los indios ópatas por orden del emperador Maximiliano, frita en sebo de carnero la jediondilla se usa contra el sarampión, la viruela y hasta la lepra, hay que estar cuarenta días sin lavarse para que la carne no se engarrafe, la polaca María entró una noche a robar yerba en el jediondillar de la Puta Turca y la sacaron medio desmayada porque le dio el vapor, no es verdad que a Cristo le metieran pleito en Arizona, tampoco al revés, a Cristo no se le puede meter pleito porque es Dios y no conoce la derrota, ni siquiera acepta la pelea y todo lo hace según voluntad, Zach Dusteen aprendió el latín en Fort

Dodge, Iowa, y se hizo amigo de Plinius Secundus el naturalista, forum versus, hacia el foro, y de Titus Livius el historiador, versus aedem Quirini, hacia el templo de Quirino, Cristo va hacia Arizona y hacia todo el mundo, Cristo no va en contra de nadie porque es poderoso y humilde, ninguno de los cinco hijos de Zach Dusteen sabe latín, son todavía pequeños pero tampoco se les ve facilidad, Dios tiene tres personas, padre, hijo y espíritu santo, se puede poner la inicial mayúscula, Padre, Hijo y Espíritu Santo, no son tres partes porque cada una es completa, los misterios no se entienden pero ya se sabe que esto es así, de no haber dado licencia la primera persona o sea el padre la segunda persona o sea el hijo no hubiera muerto en la cruz y a la tercera persona o sea el espíritu santo lo confundirían con cualquier pájaro ahogado en el diluvio universal, una paloma por ejemplo e incluso un águila, Dios hace todos los milagros que quiere y a la cascabel puede borrarle el veneno y darle la voz de una avecica de melodioso cantar, Dios se alimenta de recuerdos porque es la recién nacida primera memoria que nadie sabe siquiera dónde empieza, Dios es la misma venganza que se perdona siempre porque prefiere hacer el bien y no el mal, Dios pinta las almas que quiere distinguir con un brochazo de desinfectante espiritual, la tintura de violeta de genciana salva de tres de los siete pecados mortales y por eso se vende a la puerta del paraíso, don Venustiano Carranza dejó pasar tropa de los vecinos del norte para que le mataran a Pancho Villa, la jarocha Martinita Bavispe es algo putifarra, es cierto, pero conserva las proporciones y la buena voz, Martinita sabe un corrido muy singular e histórico que canta a veces, don Venus dejó pasar americanos, diez mil soldados y seiscientos aeroplanos buscando a Villa queriéndolo matar, Martinita pedía más refresco para limpiar la garganta, ¡que le den más refresco a Martinita!, cuando llegaron a Méjico estos gringos buscaban pan y galletas con jamón y la raza que estaba muy enojada lo que les dieron fueron balas de cañón, pobrecitos los americanos pues a sollozos comienzan a llorar, con dos horas que tenían de combate a su país ya querían regresar, ¡más refresco para Martinita!, toda la gente de Ciudad Juárez asombrada y pasmada se quedó de ver tantos soldados americanos que Pancho Villa en los postes colgó, en los postes de telégrafos y en los de la luz, si Cristo quiere y ésa es su voluntad al mestizo Eddie se le quita el temblor y hasta crece cinco o seis dedos, lo que pasa es que Cristo no se va a pasar la vida haciendo milagros, quiere decirse la vida de los demás porque Cristo resucitó y ahora es eterno, el mestizo Eddie Capellán tiembla porque tiene los huesos comidos por la tuberculosis, los sábados yo y Gerard Ospino guardábamos la herramienta a las siete y entonces hacíamos las siete maniobras que se pasa a decir, desesperarnos y pensar y hablar mal de la providencia, jurar innecesariamente y por viciosa costumbre, no renunciar a pasar el domingo en distracciones frívolas y mundanas, embriagarnos hasta perder la razón y la responsabilidad, mearle la puerta al chino, frecuentar compañías peligrosas y gozar con su trato concupiscente, criar malos pensamientos deleitosos, el pelón Fidel Lucero Johnson pega rápido y duro, siempre pegó en el instante mismo de avisar, medio segundo después, en las peleas a eso se llama cortesía, a Bill Hiena le partió la boca cuando le sacó a bailar a Chuchita Continental que era un poco ligera de cascos, con las mujeres que tocan la guitarra los hombres son muy decididos y no se andan con mayores ceremonias, yo y Gerard Ospino sabemos que nuestra conducta es pecadora y que no tenemos perdón de Dios pero confiamos en que Dios acierte a perdonarnos, acertar sí acierta si quiere, yo y Gerard Ospino confiamos en que Dios quiera perdonarnos, al este de la calle Sexta las mujeres viven de amar y dejarse amar, Toby S. Townsend no lleva ni un solo centavo encima, sus últimos cinco dólares se los había dejado en la timba del cojo Sam Webb, algunas mujeres tienen el corazón bondadoso y saben hacer delicadas filigranas con el sentimiento, Irish Mag tenía el corazón bondadoso y sabía hacer sutiles virguerías con la lascivia del cuerpo y la emoción del alma, Irish Mag dio de comer, de beber y de amar al forastero Townsend, también le dio dinero, Townsend le había dicho, ya me diste gusto y aún me darás más porque no me voy a poner los pantalones hasta que amanezca, sé dónde hay oro y pienso encontrarlo y hacerme rico, sólo me falta algún dinero para no morirme de hambre durante las prospecciones, y la mujer le contestó, tú también me diste gusto y me darás más porque hasta el amanecer aún falta mucho tiempo y yo no me pienso vestir mientras no salga el sol, llévate esos dólares, ya me los devolverás si puedes, yo sé ganarme la vida desnuda, te juro que no es difícil, lo único que hace falta es cerrar los ojos y dejar que los hombres disfruten, al final se dan gusto solos porque pierden la memoria, Irish Mag estuvo sin saber nada de Toby Townsend hasta pasados tres años que llegó a Tomistón muy bien vestido y la buscó para decirle, estás todavía guapa y quiero acostarme contigo otra vez, Toby Townsend sonrió y siguió hablando, a lo mejor es la última vez, en la Wells Fargo hay medio millón de dólares a tu nombre, ya no tendrás que ganarte la vida desnuda, ya no tendrás que cerrar los ojos y esperar a que los hombres pierdan el entendimiento, Irish Mag que no tenía más que veintidós años cobró su dinero, regresó a Belfast, se casó con un fabricante de cerveza y de ladrillos refractarios que se llamaba Sean V. O'Tralee y fue muy feliz, el matrimonio tuvo cinco hijos, el mayor Pat O'Tralee fue boxeador de cierto renombre, peso welter, la Wells Fargo está en la calle Quinta donde estuvo el banco Safford-Hudson hasta que quebró, ahora está el Red Marie's y antes la armería Spangenver's Gun Shop que tenía los mejores revólveres y los más precisos rifles de Arizona, cuando Toby Townsend volvió a Tomistón llevaba mucho oro encima, reloj, leontina con cinco monedas colgando y una sortija de sello en el dedo meñique de la mano izquierda, también llevaba todos los dientes de oro muy bien puestos y revólver con las cachas y las iniciales de oro, el botánico Orson en su *Memorial* cuenta las curiosas costumbres de las ballenas y otros grandes mamíferos marinos, la foca, la morsa, el manatí y otros también misteriosos y grasientos, la letanía de Nuestra Señora es la coraza que nos preserva del pecado, yo digo domus aurea foederis arca y tú dices ora pro nobis dos veces, madame Cloe Le Deau discurría con la cabeza, discurría con serenidad y muy sabia eficacia, encelaba a los hombres con el escote y la silueta, también con el ritmo que sabía darle a las caderas al andar y funcionaba con la entrepierna y otros encantos, cuando dejó escuchar el latido del corazón salió escaldada porque Pierre Duval la escarmentó muy duro y para siempre, fue Budy Black quien dijo que prefería la horca al desierto, a mí me parece una muerte más limpia y a la gente también, a las personas normales y sanas les gusta más ahorcar que abandonar o matar a pedradas que con veneno, es mejor y se ve todo más claro, es más higiénico y menos comprometido, las preferencias también cambian según la clase social, el oficio, la raza, la religión, etc., la duda no es nunca saludable y la confusión tampoco porque nubla la conveniencia, a la pelirroja Annie Richfield le llamaban Pumice Stone porque tenía el coño como la piedra pómez, eso es señal de mal carácter y de padecer del hígado, a las mujeres en esa situación les suele salir bigote y además cambian la voz, cuando a las mujeres se les pone el coño áspero y monótono o sea como la piedra pómez, lo mejor es matarlas a disgustos que se nota menos o envenenándolas con matahormigas mezclado con miel y untado en pan, no importa que lo mojen en café porque no se le quitan las virtudes, a Franklin Richfield lo metieron preso en la cárcel de Chiparus porque mató a Annie a disgustos, le daba uno cada día y le duró menos de un año, al final estaba tan flaca y pálida que parecía un fantasma, Zach Dusteen sabe conservar cadáveres, se bañan con sumo cuidado, se envuelven en una sábana de lino, se les deja en reposo una semana justa a partir de la muerte y después se les embadurna bien con el ungüento del rey Salomón y la reina de Saba al principio todos los días y después un día sí y otro no, el ungüento se hace amasando cera de abejas con aceite de almendras dulces, esperma de jaguar que haya comido carne humana, esto es difícil y por lo tanto no es obligatorio, esencia de benjuí y agua de rosas todo en la proporción de la pirámide, el hecho de que Franklin Richfield no prestara atención ya no es culpa mía ni de nadie, Cloe Le Deau fue a los mejores colegios de señoritas de Boston y descubrió desde bien niña que lo que más le gustaba era meterse en la cama con un hombre, incluso más que jugar al croquet o recitar poesías, no hay nada mejor para una niña que meterse en la cama con un hombre y abrazarse bien, encierra mucho deleite y da una paz infinita a la piel y a la carne, Satán va hacia el oeste detrás de los campamentos mineros donde hay más hombres que mujeres, donde hay muchos hombres y casi ninguna mujer, Cloe Le Deau iba abriendo y cerrando vetas de mineral y casas de putas, en Virginia City, Nevada, se enamoró de Pierre que se le fue con el oro, con los ahorros de toda su vida que había cambiado en oro para su más fácil manejo, esto de que el amante se escape con los bolsillos llenos es algo que suele pasar pero las mujeres no escarmientan, no aprenden, todas están seguras de que ellas van a ser la excepción y esto no es cierto, Pierre era delicado y de finos modales y jugaba con ventaja, Pierre se peinaba con gomina, se daba agua de colonia después de afeitarse, tenía seis u ocho chalecos de moaré y hablaba con una voz grave y pastosa de mucho efecto, a veces tartamudeaba un poco o se le escapaba un ligero gallo muy distinguido, a Cloe le gustaba que Pierre le oliese el coño poniendo los ojos en blanco, es curioso señalar que ese detalle también le gustaba mucho a la güera Marinne la esposa del pastor mormón de St. David, las mujeres son todas iguales cuando aciertan a domar el rijo con sosiego y un punto de vicio medio misterioso y medio adivinado, Pierre dejó en la miseria a Cloe pero ésta se salvó porque era una mujer dura que supo no tener compasión de sí misma y seguir trabajando con ahínco y atesorando con avaricia, cuando levantó cabeza se fue a Tomistón detrás de la prosperidad y construyó una casa de tres pisos en Loma de Platas, encima de la puerta puso un letrero que decía Mme. Le Deau's The Establishment, 30 beautiful girls, ni Macario Davis ni Santos Dorado Gimenes ni Jesusito Huevón Mochila tenían buenos sentimientos, los tres eran peleones y pisaban sanguinario al estilo del general Fierros, se dice entre gandallones que al que va de león bravero por la vida al final lo entierran de balde, Jesusito era el más irreverente de los tres, el más irrespetuoso y descarado, también el más vengativo y de peores inclinaciones, con ese nombre de tan poco recato y medio hereje poco bueno podía esperarse de él, Jesusito no se quería casar porque era pobre, las talegas ya las voy vaciando donde me dejan y usted sabe que es triste llamar talayotes a los huevos, yo sigo bien solterito y no compometido, usted ha oído lo que se dice, casamiento de pobres fábrica de limosneros, Martinita canta la copla del muerto de hambre, el cabrón siempre es cabrón, el chivo hasta cierto punto, el cordero es agachón y el pobre lo es todo junto, chivo, cordero y cabrón, la jarocha Martinita tiene la voz sentimental pero no más que medio alegre, el muerto que iba en el globo que fue a caer entre Jeddito y Keams Canyon, allá donde rindió viaje el tren de Augustus Jonatás con su cargamento de indios difuntos, no era el bucanero Jack Todd ni el jefe Caballo Loco, para mí que era Tatanka Yotanka, el jefe Toro Sentado, también sioux, nadie se atreve a decirlo por temor a que lo capen y le dejen mudo los espíritus vengativos, Toro Sentado nunca comió verduras ni bebió leche porque no quería tener sino hijos varones bien dispuestos para la guerra, Toro Sentado no comió en toda su vida más que carne con mucha sal y amó siempre a las mujeres clavándoles la pinga hasta lo más hondo, metiéndosela bien profunda, cuando uno se queda por los bordes sólo se escupe la semilla de las hijas, hay que subir trece peldaños para que le cuelguen a uno en la horca de Tomistón, la escalera tiene doce pasos cuesta arriba y el rellano donde se ahorca hace el número trece, la escalera va entre dos barandales de tabla, los condenados a muerte no pueden apoyarse porque los llevan con las manos atadas a la espalda, los goznes de la trampilla están oxidados pero todavía funcionan, Macario Calavera Davis siempre dice que a las mujeres hay que saber llevarlas cachondas como puercas y domadas como mulas y también que hay que montarlas hablándoles en su idioma para que no desconfíen y se escurran, las mujeres recelan siempre del forastero por temor a que les muevan la raza, las negras a veces hacen excepción, algunas negras quieren blanquear los hijos, el oficio de aguafresquera da alegría a la lujuria y también espanta los granos y los barrillos, acariciándole las tetas a una aguafresquera se quitan las arrugas y se borran las canas y si no que se lo digan a Columbus el del ómnibus de la competencia, Jovita canta en el coro de la misión y se ponde verrionda como una gata con sólo cerrar los ojos y adivinar, Higinio de Anda estuvo en presidio con Chato Bernabé, el negro Frank murió en una celda del once y a Udilio lo mataron a traición, mirándolo a la cara hubiera sido más difícil, la voz del remordimiento también pone cachonda a Jovita y el que no lo crea que se lo pregunte a Tachito Smith o a Al Columbus Tacciogli, yo pertenezco a la banda del viejo automóvil gris me llamo Higinio de Anda y he paseado por París por Roma San Petersburgo por Atenas y Madrid, el ama Deena Dexter echó del rancho a Jesusito Huevón y le dijo, si no te vas más allá de los montes te mando ahorcar donde te encuentre y además no te entierro, al caporal Clotildo Nutrioso también lo amenazaron con dejar sus restos para los zopilotes, para el aurero que devora la muerte, el chino Wong no sabía hacer empanadillas más que con niños muertos, los hombres tienen la carne dura y amarga y valen poco, los hombres muertos, claro, Bonifatius Branson cuando se hartó de matar indios y bestias del monte empezó a predicar la hermandad y a preparar pócimas, *No me abandones nunca vida mía* y *No me seas infiel corazón mío* las dos de color azul turquesa y *Sin ti me muero* y *Aparta de mis labios la flor del desamor* las dos de color de rosa, todos aquellos que olvidaron el decálogo de Telésforo Babybuttock, que olvidaron su letra o que olvidaron cumplirla, es lo mismo, acabaron muriendo malamente el primero Teodulfo Zapata que pensó que podía reírse de las mujeres, la bisabuela de Bonifatius Branson todavía no reencarnó en nadie, se conoce que aún no le llegó la hora, cuando reencarne en alguien ya se dirá, es igual la cara y el nombre, el cholo de la mierda Zuro Millor que era un muerto de hambre quiso dar por detrás a la muñeca hinchable Jaqueline y tuvo que pedirle a Tachito Smith, el dueño del Smith's Motor Service, que le pusiera un parche, a ti te va a castigar Dios por hacer porquerías, Cloe Le Deau cuidaba mucho el lujo, los muebles, las alfombras y la ropa de cama de The Establishment eran elegantes y de calidad y los criados quedaban respetuosos y serviciales, Cloe reclutó su cuadra de putas a lo largo de toda la frontera, habló con más de trescientas jóvenes para poder elegir bien, a las mujeres las obligaba a bañarse todos los días y a estar siempre arregladas y perfumadas, Isabelo Florence el lego de la misión Santísima Trinidad sabe que el pújiro Pato Macario va de flor de fuego en el culo pero se lo calla para que no le chacalie el resuello, para que no le asesinen los remordimientos de conciencia, estoy fijo que a mi madre no le hubiera gustado saber que tenía un hijo culebro, a mi padre se le murió el burro Coronel porque le dio el remangue de la electricidad que tiene mal aguante, el cuatrero Bill Hiena Quijotoa también lucía el hierro de la flor, todo pasa siempre al mismo tiempo, digamos nueve cosas y el último que escape a tiempo para librar de la muerte, a Vicky Farley la deshonró su tío Ben Abbot en la escuela parroquial, el pendejo Obdulio Tularosa mató a Fermincito Guanajuato de un tiro en la garganta, Ana Abanda tejió una bolsa de lana para que el chiclán Erskine Carlow llevase abrigado el huevo, ya van tres, Zach Dusteen echó en cara a Ken Vernon las cochinadas que hacía con Corinne McAlister, la india Mimí Chapita no habla jamás de Bill Hiena Quijotoa que ahora se llama Mike San Pedro, nadie sabe que por el carnaval se disfraza de forastera, la valerosa Corazón Leonarda era más puta que Mandy Mesilla pero menos que Noelia Chunda, todas las mujeres son menos putas que Noelia Chunda, en el Viejo Testamento también había mujeres muy putas y fuertes, ya van seis sucesos, el lego Timothy Melrose tenía un tonto guardado en un baúl, lo metieron en la cárcel por eso, Adelino Orogrande y Arabela Spindle se hicieron novios en Carrizoso y mire usted por dónde a Colonio Pisinimo no lo mató la serpiente que lo mató el rayo, ya van nueve y Colonio Pisinimo no pudo huir oportuno y falleció, todo pasa siempre al mismo tiempo y a veces el sol y la luna brillan juntos, Taco Lopes y mi padre tenían a medias el caimán domado, otros le dicen Taco Mendes, después mi padre le compró su parte a Taco Peres y éste se gastó el dinero en comprar ropa usada de mujer, ropa de mujer muerta, la letanía de Nuestra Señora es la coraza que nos preserva del pecado, yo digo janua caeli stella matutina y tú dices otra pro nobis dos veces, un 4 de julio Maxine se pintó el cuerpo de blanco, rojo y azul, Maxine estaba especializada en amantes viejos, sabía consolarlos con mucha delicadeza, los trataba con miramiento y consideración y les daba gusto suavemente y sin sobresaltos, los viejos aguantan mejor la lengua que el coño sobre todo si la mujer no tiene la saliva demasiado ácida, Mme. Cloe tuvo que echar a Maxine de The Establishment por ladrona, a Joe Drexel le robó la navaja y Joe Drexel se la quitó y le marcó la cara para siempre, la chinó de abajo arriba que es más seguro y cogiendo el arma por la hoja para no desgarrar más de lo preciso, ahora me dice mi amigo Sandy Hartford que la mujer que se pintó el cuerpo entero con los colores de la bandera no fue Maxine Magpie Scranton sino Wendy White Lily Andrews, es posible, Carol Dahlia Lostine se tiñó el pelo de verde el día de San Patricio, tenía una melena muy bonita pero a poco más se queda calva, Jerome Doc Goodfellow le salvó la cabellera dándole fricciones con un cocimiento de corteza de tésota, este árbol tiene la madera parecida a la del palofierro pero no tan dura, el palofierro es el granadillo de los españoles y el opo de los indios ópatas, Maxine empezó a rodar por la cuesta abajo y acabó desapareciendo, seguramente murió pobre porque si no se hubiera sabido de ella, los pobres suelen morir olvidados y se quedan con los ojos abiertos casi siempre, Stanley Guaquero Walsh hizo un dibujo a la plumilla del saguaro enfermo que hay en el camino de Port Stefano, la holandesita Brigitte le dijo que era muy bonito y entonces Stanley se le quedó mirando fijo para las tetas y cuando ya tenía nublada la vista se le echó encima y la violó, tuvo que pegarle para que obedeciese, no tuvo que pegarle demasiado, el saguaro enfermo parece una vieja encorvada, los mestizos de la misión se santiguan al pasar y también miran para el suelo con humildad, casi todo el mundo es muy respetuoso con las decisiones del destino y los mandatos de la providencia, nadie se atreve a rebelarse y todos acatamos la fatalidad porque es la ley de Dios, el saguaro enfermo, el indio loco, el noruego jiboso, el turco tísico, el mejicano tuerto, el francés ladrón, el negro que sabe tocar el banjo, el español presumido, el irlandés que quiere pelearse con alguien, el polaco que mata por la espalda, el griego que se pinta las mejillas, todo esto ya se sabe, la holandesita Brigitte anda siempre detrás de Stanley para decirle que dibuja muy bien a la plumilla, ¿quieres que me saque una teta por el escote?, ¿quieres verme mear?, ¿quieres que me tumbe panza arriba con las faldas remangadas?, en el camino de Port Stefano hace tanto calor como en el infierno quizá más y la víbora de cuernitos acecha detrás de cualquier piedra, de cualquier yerba pegajosa, no Brigitte a mí me basta con que digas que te gustan mucho mis dibujos, con que me lo digas a mí y a los demás, Brigitte bajó los ojos muy incitadoramente, ¿por qué no me pegas otra vez con la hebilla del cinto?, el saguaro lleva ya muchos años enfermo pero no acaba de morirse, la enfermedad le crece cada vez más porque se alimenta del aire, ¿tienes malos pensamientos Stanley?, sí Brigitte tengo malos pensamientos cada vez que te miro, ¿verdad que son muy bonitos mis dibujos a la plumilla?, ¿tú has oído hablar de Maxine la puta ladrona?, casi todo el mundo ha oído hablar de ella, le llamaban Magpie y acabaron echándola de Tomistón, estas mujeres mueren siempre en despoblado, cuando se hace de día y llegan las auras ya se las han comido los coyotes, es como una maldición, primero los ojos y la lengua después la garganta después las tetas y el vientre, a Brigitte también le gustaba mear en los hormigueros, ¿quieres ver cómo meo en un hormiguero y guío el chorro con la mano?, da gusto ver huir a las hormigas despavoridas y escaldadas, también se les puede pisar con el pie y tapar con tierra, todo vale para que a Stanley se le nuble la vista y te acabe pegando con la hebilla del cinto hasta que te mueras de gusto y aúlles como una cerda jodiendo como una cerda mientras la degüellan, es casi lo mismo, la india Tocina se ahorcó en el paloverde que hay a la entrada del rancho Siete Carneros, queda mismo en el portón de hierro, la india Tocina era muy desgraciada porque se le morían todos los hijos uno detrás de otro, Sam W. Lindo mandó enterrar el cadáver, no es necesario que le hagan la autopsia, basta con que el médico ponga lo que quiera en el papel porque nadie ha de decir nada, hubiera sido mejor que la india se ahorcara dentro de la reserva pero tampoco fue un contratiempo lo que hizo, el derecho procesal debe supeditarse siempre al sentido común sobre todo cuando nadie protesta, el viento mueve a los ahorcados con mucha majestuosidad y parsimonia, algunos parece que están bailando un vals de señores, otros no, otros son más villanos y patean el aire sin ningún recato, la india Tocina debía tener unos veinticinco años cuando se quitó la vida, quizá menos, veintidós o veintitrés, la mata de pelo le llegaba hasta la cintura, su marido le dio lo menos cien palos al cadáver antes de descolgarlo, los muertos no pueden arrepentirse de nada pero esto es algo que los vivos olvidan, puede que no llegaran a saberlo nunca, el arrepentimiento no se cría lozano y saludable sino en el corazón de quienes temen la derrota y el castigo que suele darse al derrotado, los que van ganando no se arrepienten jamás de nada porque no tienen tiempo, los ganadores van siempre con la lengua fuera y no pueden mirar para los lados ni distraerse, la india Tocina se pasó la vida perdiendo y eso se nota, la india Tocina no ganó nunca y colgada de la garganta casi daba risa, los pies le quedaban a un palmo del suelo y Stanley no llegó a meárselos porque sujetó la intención, Stanley le hizo un dibujo a la plumilla y se lo enseñó a Brigitte, ya sé que te gusta pero lo voy a quemar porque trae mala suerte dibujar ahorcados, bueno, guardar dibujos de ahorcados, la comadrona Margaret hace las autopsias y las firma Willy Doc Kevin que tiene un ojo de cristal, además le apesta el aliento, le huele a carburo, la nariz le hiede a podre y los sobacos y los pies a pan agrio, a la comadrona Margaret también le gusta pegar a Brigitte, cuando la gente se conoce no se desperdicia nada y se dan gusto unos a otros, cada vez que la comadrona Margaret le pega a Brigitte se lo cuenta a Stanley y éste se masturba con disimulo metiéndose la mano en el bolsillo del pantalón, se le nota porque saca un poco la lengua, a Búfalo Chamberino siempre le gustó putear niñas, cuando pase algún tiempo ya putearán solas y sin ayuda de nadie, es como un instinto, es la regla, a mi madre le pagó la primera comunión y cuando estaba ya medio borrachita la metió en la cama, mi madre tenía diez años y era obediente, tú respira hondo y abre un poco las piernas, a mi madre le gustaba obedecer y sentir las manos de Búfalo Chamberino abriéndole un poco las piernas, a Harry Longabaugh le llaman Sundance Kid el niño que baila al sol, también puede ser pero no es el chivo que baila al sol, y a Robert L. Parker le dicen Butch Cassidy, el sanguinario Cassidy, los dos van de bombín, como Bill Carver, Ben Kilpatrick y Harry Logan llamado Kid Curry, los cinco hombres de The Wild Bunch salen de su cuartel de Robber's Roost y asaltan trenes, atracan bancos y roban ganado pero no se quitan el sombrero hongo más que para dormir, el peón Francis Paco Nogales perdió el ojo de cristal que llevaba envuelto en un pañuelo de yerbas, Francis Paco Nogales puso el revólver sobre la mesa y dijo mirando para el suelo y poniendo la voz hueca, me han robado el ojo y alguien va a lamentar que no aparezca, el chino Weng Fu tenía un metrónomo y un calidoscopio, nadie supo nunca de dónde los había sacado, dónde los había robado, era un chino muy ladrón, Ben Kilpatrick tiene un aspecto deportivo muy elegante y camina erguido y con distinción y armonía, Ben lleva el pájaro del trueno tatuado en el pecho, para los navajos es el símbolo de la inmensa felicidad, de la felicidad sin límite, pero no es cierto, el jefe Gayetenito también lo llevaba y acabó rindiéndose en Fort Wingate, al jefe de guerra Manuelito se le volvió la suerte de espaldas y todo terminó mal y ahogado en dolor, la negra Patricia hacía elixires milagrosos con la sangre aún caliente de los niños recién degollados, a mi abuelo materno lo ahorcaron en Pitiquito o en Caborca, unos dicen en un sitio y otros en otro y no se ponen de acuerdo, mi madre no conoció a su padre, no es nunca necesario, la verdad es que tampoco es costumbre demasiado obligatoria, en la cantina de Violet en La Zorrillera, en Tintón escrito Thintown, es un barrio de Bisbee, se compran y venden caballos con la palabra, el dinero viene después y quien no cumple tiene que rezar para que no lo encuentren ni a un lado ni al otro de la frontera, Augustus Jonatás no supo nunca que era rico, se murió sin saberlo, Violet es bonita y valerosa, hace algún tiempo pasó por aquí el gallego Casimiro que la llamó linda y brava, Casimiro no era mero gallego porque tenía la mitad de inglés y según dicen durmieron juntos una luna entera, la costumbre es que las mujeres no se dejen preñar por vagabundos, como Violet no quería faltar a la costumbre cuando terminaba de gozar con el gallego Casimiro se metía una aspirina y se lavaba bien enchufándose un sifón y apretando con fuerza, Violet tenía una cicatriz en el nacimiento de las tetas, fue un mordisco de su marido el maquinista Augustus Jonatás, le arrancó algo de carne y le herida tardó en cerrar cerca de dos meses, ¿qué es esa mancha?, ¿y a ti qué te importa?, Sundance Kid también tuvo algo que ver con Violet pero ésta es una historia medio confusa, en la cantina hay una flor de cactus pintada en la pared, todo tiene siempre su significado pero hay cosas que no es necesario decirlas, los hombres y las mujeres se persiguen, se aman, se muerden y se desprecian pero esto no le importa a nadie, tiene razón Violet, ¿y a ti qué te importa?, Sundance Kid va de corbata de seda y alfiler de perla, para bailar al sol debe irse muy bien vestido, lo primero que hacía mi madre cuando se acostaba con algún joven era mirarle el culo buscando la marca de la rosa, el ferrocarril de Winkelmann a Tortilla Flat corre por un país duro y medio desierto, él no lo quiere reconocer pero al caporal Clotildo Nutrioso le pegó las purgaciones su señora que estuvo toda la vida de mal humor, Sundance Kid no llevaba la flor marcada en el culo, no era hermano mío, Butch Cassidy es el más sonriente de los cinco hombres de la banda, los hijos de la chola Azotea estaban tan flacos y descoloridos como lagartos hambrientos, como cachoras en mal año, a veces pasan mucha hambre, Bill Carver sólo mira de frente cuando el fotógrafo se lo manda, los hombres que se cagan por encima jamás miran de frente si no se lo mandan, éste no es el caso de Bill Carver pero nadie debe ser nunca demasiado soberbio para no desatar la ira de Dios Nuestro Señor, Kid Curry parece un escribiente, es duro pero parece el doméstico escribiente de un juzgado, en algunos lugares los capan para mayor y más respetuoso lucimiento, ahora ya casi no se hace, Graham Spruceton se asfixió en la cárcel de Safford, tampoco supo resistir con dignidad, el licenciado Rosario Orozco llegó a Arizona cuando lo de las revueltas de la religión, vino huyendo del plomo de los locos, el licenciado aprovechó para escapar también de su señora una gorda maldita Restituta se llamaba Veracruz González que padecía de flatos, regüeldos, ventosidades, hipos y suspiros profundos, es mejor morir a manos de los cristeros, asimismo sufría de agriura y flojera de vientre, a poco de llegar el licenciado Rosario Orozco se fue a vivir con

Betty Pink Casey, la conoció en The Establishment y antes del año la retiró, nadie sabe dónde se pone la linde entre el amor y el encoñamiento, tampoco nadie lo supo nunca, todo vale cuando las cosas ruedan bien y sin sobresaltos, Betty era muy amable y servicial parecía japonesa, su fama se había extendido por todo el territorio y los hombres se hacían lenguas de sus encantos, los hombres sin excepción ninguna, en el territorio entero es la mujer que sabe dar más gusto, en la cama tiene mucha sabiduría y buena educación, Betty es de Florence, Carolina del Sur, donde sus padres son dueños de una funeraria y una fabriquita de gaseosas, Betty tiene estudios de enfermera y es menuda de cuerpo y muy movediza y cimbreante, le gusta que la tomen estilo perro y hablándole sin parar porque la voz entona, el licenciado Orozco le dice cosas muy dulces y leales durante el acto y Betty Pink sonríe agradecida, la letanía de Nuestra Señora es la coraza que nos preserva del pecado, yo digo salus infirmorum refugium peccatorum y tú dices ora pro nobis dos veces, la india Ardilla Veloz anda en amores con Pantaleo Clinton que tiene las piernas largas y es de naturaleza formal, la mejor arma de Pantaleo Clinton es el olfato, huele con tanta finura y precisión como un coyote y no se le escapa ninguna circunstancia, Ardilla Veloz es tan puta que no parece india, parece blanca o negra, puede que el licenciado Orozco haya tenido algo que ver con ella cuando se encontraron en Kingman cerca ya de Nevada, él no se supo nunca lo que fue a hacer tan lejos y ella se había acercado bajando por el valle de Hualapai a encontrarse con Pantaleo Clinton, es todo confuso pero quizá cierto, calumnia que algo queda, alaba que algo queda, roba al poderoso que algo queda, socorre al menesteroso que algo queda, recuerda los momentos amargos y felices que algo queda, olvida que algo queda, este buen comienzo se le había ocurrido a Zach Dusteen pero después no supo seguir, las cosas se hacen difíciles de golpe y los caminos se tuercen en el suspiro más inesperado, el capitán del carguero Möre og Romsdal tenía los ojos de color azul

celeste y la barba de oro, se llamaba Laars Korvald y
mandó tirar a mi padre por la borda antes de que se
muriese del todo, la viruela es muy contagiosa y la obligación hay que cumplirla siempre, Cyndy se emborracha con anís y lleva tres años acostándose con Nickie
Marrana, ya están empezando a aburrirse y a entrar en
la monotonía y la costumbre, la mujer de Nickie Marrana se llama Sandra y huele a mierda, es la esposa,
Cyndy es la mujer de Bertie Caudaloso y huele a pachu-
lí, es la esposa, en la cabaña de Cy Wilson en Lower
Eagles Creek, el parsimonioso Cam Coyote Gonsales enseñó a mi madre el corrido de Rito García, bien sabe la
providencia qué es lo que siento en mi pecho, que voy a
la penitencia por defender mi derecho, mi madre antes
de llamarse Matilda se llamó Mariana que suena a extranjero y también Sheila le decían Cissie y Mildred le
decían Millie, puede ser doloroso no llamarse siempre
lo mismo desde el nacimiento hasta la muerte, a los
niños se les cura la alferecía metiéndoles la varita magnética por el prieto y ceñido ojo del culo, conviene en-
volverles la cabeza con un lienzo mojado en agua de
cocer la flor de la biznaga, es mejor la blanca que la
amarilla, Burt Winger hace pruebas decapitando animales, pájaros, gallinas, pavos, gatos, ratas, perros, ovejas,
cabras, con unas tijeras de podar grandes o un hacha, a
veces con un cuchillo de hoja ancha y pesada, tiene que
ser una maniobra seca, un gesto rápido para que la cabeza se separe del tronco limpiamente y sin dudas, el
cuerpo cae dando tumbos y disparando la sangre por el
tajo hasta que se derrumba todavía pegando patadas, a
los animales de pelo se les agarrota la mueca y se les
nubla el mirar que se queda helado y riguroso, para mí
tengo que los animales de pluma sufren menos, quizá
sea que se expresan peor, a Burt Winger le hubiera gustado probar con personas pero no tuvo ocasión, está pe-
nado por la ley y tampoco merece la pena enfrentarse
con la ley por capricho, la ley es dura como una pelota
de béisbol y cada vez permite menos licencias espirituales y deportivas, el caso de Brendan Rimouski el presti-

digitador es bien claro, a las personas las defiende la ley a unas más y a otras menos pero no se les puede decapitar para hacer pruebas porque de inmediato se pone en marcha la máquina de la justicia, en sus viajes por todo el mundo usted habrá oído hablar de la máquina de la justicia, de la inexorable y puntual máquina de la justicia, a Burt Winger también le gusta degollar, asfixiar, sofocar y estrangular pero no es lo mismo, tampoco es lo mismo matar a una mujer a disgustos o a golpes que ver cómo se muere tísica y mansa y suave o borracha y de un cólico en caliente, los hambrientos mueren más bravos que los hartos, la gente cree que es al revés pero se equivoca, Burt Winger tiene el pelo ralo y sin demasiada fuerza ni brillo, también le falta aliciente y aroma, el pelo de Burt Winger carece de cualidades, Burt Winger colecciona los cromos del chocolate Creole, caballos, perros de raza, flores, locomotoras, y se gasta todos sus ahorros en comprar animales a los que decapita, degüella, asfixia, sofoca o estrangula, un golpe seco, una cuchillada serena, las manos valen para cortar la respiración, asfixia, sofocación, estrangulamiento, los franceses y los turcos saben distinguir mejor que los navajos y los apaches, hay animales que no hace falta comprarlos, pájaros, gatos, ratas, alacranes, Burt Winger también se gasta el dinero en acostarse con Corinne, le gusta chuparle los pezones y escupirle en el diente de oro, a mí no me cuentes porquerías y termina pronto, termina cuanto antes, ¿por qué no se la metes a una gallina que te sale más barato?, oh glorioso apóstol Judas Tadeo virgen y mártir, siervo fiel y amigo de Jesús, al acordeonista Adelino Biendicho le arrancaron una oreja por desafinar, en eso hicieron correcto porque desafinaba demasiado, ave María Purísima la gente se reía pero él se quedó sin oreja para siempre jamás, cuando murió tuvo que presentarse en el infierno sin oreja, ¿qué les habrá dicho a los otros sufridores del fuego eterno?, los músicos suelen vivir apegados a la costumbre, dos eran las cosas que gustaban al comisionado Lowell Leetsdale sobre todas las demás, la música de viento y las pelu-

queras, Corinne es áspera con los débiles, le gusta verlos carnales, toriondos y derrotados, ¿por qué no se la
metes a una gallina y le retuerces el pescuezo para que
te dé gusto?, Burt Winger tomó aliento y se echó saliva
en la mano, es como un rito y va todo más suave, Arnoldo Calderón Troncoso fue quien desorejó a Adelino,
los que andan tocando el acordeón son todos coatato-
nes y les encanta la enchilada con cold cream, los de
las bandas aún pueden pasar pero los solitarios no, a
veces libran los que tocan el saxo, el nombre del traidor
que arde en los infiernos fue la causa de que te olvida-
sen muchos, ¿por qué no se la metes a una gallina que
es más estrecha que yo?, pero la Santa Madre Iglesia te
invoca como patrón de situaciones desesperadas, en la
urna de cristal donde se aburre y cría malos pensamientos la serpiente Dorothy entró un pajarillo sin querer, lo
encerraron queriendo y aún duró tres o cuatro días re-
voloteando y dándose contra las paredes, ¿por qué no
se la metes a una gallina muerta y la paseas de un lado
para otro colgada de la pinga?, yo sé de sobras que no
lo haces porque está fría, yo imploro tu intercesión oh
glorioso y bienaventurado para aliviar todos mis sufri-
mientos particularmente para que Corinne no me humi-
lle con sus desaires y asperezas, Babbs Bellflower la cojita de Castle Shannon digo de Vicksburg sabía distinguir los siete olores de los malos alientos a saber, cuervo
(muchos escoceses), aliento de cuervo (el general Emilianito Nafarrate), leche digerida (madame Rachel la de
la cantina La Flor de Pascagoula), coyote viejo (Monty
Maicena el trampero de Aripine), negro que toca el saxo
(cualquiera), muerto (Zuro Millor el cholo de la mierda)
y sudor de tonto (Jeronio Pelota Wellton el del pimpampum), Randolph Grant le dijo a Annabelle a través del
espejo o sea viéndola en el espejo como si fuera una
muerta, esta última temporada me cundió poco el trabajo porque no estuve de bastante mal humor, Randolph
fabricaba flores de papel rizado de colores y velas de
cera de filigrana con crucifijos y entrantes y salientes, a
mí el mal humor me da muy detallista y minucioso, se

conoce que es el sistema nervioso sujetando la sangre, Lester Moore está enterrado en Boothill, en el cementerio de Boothill en Tomistón, aquí yace Lester Moore cuatro balas de un 44 ni más ni menos, a los cinco ahorcados los sepultaron juntos, Dan Dowd, Red Sample, Tex Hovard, Bill Delaney, Dan Kelly, ahorcados legalmente el 8 de marzo de 1884, no todos mueren con la ley adornándoles la cabeza que va a sacar la lengua, John Heath fue sacado de la cárcel por los de Bisbee, por la gente de Bisbee y ahorcado el 22 de febrero de 1884, se conoce que a todos se les partió el cordón de plata que une al hombre con Dios y con los santos y sus obligatorios designios y así no hay forma de llevar una vida digna de respeto, la gran montaña augura la presencia de bienes materiales y espirituales, próvida cosecha, paz y salud, es cierto que mascar tabaco da mucho sosiego al alma, también lo da el amor y el ejercicio de la caza en la llanura que no tiene fin más al norte pasado el Gran Cañón y el río San Juan, la sabiduría va de la mano de la desconfianza, por eso los sacerdotes y las serpientes caminan sin parpadear y con la mirada fija en un punto que jamás se precisa, nadie pudo llevar la cuenta de los chinos que mató el coronel Horacio Rivera sin mala intención, no más que por entretenerse, es tentador ver a un chino cultivando su huerta y darle justo en la nuez, hay cosas que no pueden evitarse, Dios tuvo sus razones para decidir el color de la gente y el genio de los animales, el coronel no sabe quién deshonró a Dolores, cuando perdió el virgo empezó a llamarse Adelaida, ella dice que fue un forastero al que ahorcaron en Altar entre Santa Ana y Pitiquito, a los de Santa Ana les llaman cagarrieles desde que les pusieron tren porque como no tenían retrete iban a hacer sus necesidades a la vía, a veces Adelaida se inventa otras historias que tampoco cree el coronel Rivera, los hombres no tienen ni por qué bajarse del caballo ni por qué escuchar a las mujeres, el coronel McDeming conoció a Adelaida de niña pero picada y ya no entera, Adelaida no quiso nunca hablar de ciertas cosas que le acontecieron cuando se llamaba Dolores y algunos hombres tampoco preguntan demasiado, las mujeres decentes se saben todo de memoria y las que son putas se olvidan todo de memoria, eso sucede porque el azar echó siempre de menos a la monotonía, nada sucede nunca sin motivo y la memoria de la mujer no es una montaña de piedra durísima, Adelaida es de Imuris más allá de Nogales pero dice que es de Jerome al norte de Tucsón, Jerome tuvo minas de plata y de cobre pero hoy es un pueblo fantasma, es cómodo ser natural de un pueblo fantasma, también reconforta el ánimo y evita el compromiso y las explicaciones muy historiadas, el tiempo desdibuja los pueblos de los que el hombre huye, por aquí el tiempo borró hasta el recuerdo de la única batalla de la guerra de Secesión que hubo en Arizona, no fue más que una escaramuza, la ganaron los yanquis y no hubo casi muertos, el abuelo de Adelaida no murió en la batalla del Picacho pero ella dice que sí, que fue muy valiente y murió defendiendo el paso del Indio en el camino de Wymola, a la Caridad del Cobre hay que ponerle miel de abeja en una vasija alta para que así como la endulzan endulce ella a todos los hombres que van a implorar su favor, James, Lee, Murray, Cliff, Jacinto, nunca se le pone agua porque pueden volverse los efectos y producirse la muerte donde debiera haberse asentado la vida, el agua es para la Virgen de la Regla porque sus trabajos hay que hacerlos en el mar que no conoce las orillas, los navegantes hablan de ballenas cornudas y vomitadoras de fuego y de misteriosos barcos de vela tripulados por muertos con la calavera atravesada por un balazo, los hombres de Pearce, Tomistón y Bisbee no han visto el mar, casi ninguno ha visto el mar, el indio Gerónimo tenía razón pero se murió sin que se la dieran, la tropa mejicana se portó mal con los apaches y el indio Gerónimo luchó hasta que no pudo más, la letanía de Nuestra Señora es la coraza que nos preserva del pecado, yo digo consolatrix afflictorum auxilium christianorum y tú dices ora pro nobis dos veces, Doug Rochester fue pretendiente de Lupe Sentinela, le gustaba porque tenía las tetas grandes y duras, el indio Cornelio le robó la máquina de escribir, se la robó de muerto y enterrado ya que de vivo no se hubiera atrevido jamás y durante varios años, lo menos quince años, el fantasma de Bob Oasis se le estuvo apareciendo por las noches para asustarlo y hacer que le remordiese la conciencia como un enfermo, en Mayo Manso no había más que un árbol que sirviese para ahorcar y a la negra Patricia tuvieron que descolgarla para colgar a Marco Saragosa Toyahvale el droguero ambulante al que algunos llamaban Guillermo Bacalao, casi todos le llamaban así, Margarito Benavides gustaba mucho a las mujeres y de su fama pudo nacer la confusión, no es cierto o no es del todo cierto que fuera él quien anduviera oliendo a Marinne cuando se encontraron en la fonda de Sophie, lo diré a su tiempo y algo más adelante pero la verdad es que tampoco podría jurarlo, hay quien supone que el que olió a la rubita fue el caporal Clotildo Nutrioso y no falta quien atribuya el lance al funerario Grau, estos asuntos no quedan claros nunca porque la gente revuelve todo a propósito, mezcla todo hasta sin darse cuenta, quizá haga bien porque la historia es traidora y vengativa como la arena que el viento cambia de sitio para confundir a los enamorados y a los guardias de la frontera, el león Bang, el oso Fing y el ratón Deng huían ante la sola sombra de la muerte, los animales tienen la vida muy inmediata y a flor de piel, muy superficial y ligera, en el agua de la Virgen de la Regla deben disolverse unos papelitos de añil para que los pecados se ahoguen y desaparezcan, mi esposa Clarice me robó la documentación del automóvil y se fue a vivir con el chino Tres Piernas no más que porque tenía una pija enorme, desaforada y orgullosa, una pija descomunal, ella se sentía muy pagada de la pija de su chino, se le puso de semejante tamaño de comer carne de perro, a lo mejor tiene razón pero yo no debo dársela porque sería tanto como perdonarla y no estoy dispuesto ni a perdonar ni a olvidar, yo no sé si la carne de perro produce esos efectos y no tengo por qué meterme a recordar situaciones dolorosas, la gente se ríe y me pregunta que por qué no como carne de perro pero la situación es dolorosa, en estos casos el único que no se ríe es el hombre al que se le escapa la mujer porque tiene la pija cativa y morcillona en lugar de noble y recia, para que la carne de perro aproveche bien conviene comerla todos los días y por el orden que ya se dijo menos los miércoles que se debe ayunar a pan y agua, me humilla que mi esposa Clarice me haya abandonado por tener la pija pequeña, eso no se hace más que con los profesores de idiomas, a Darrell Spriggs lo metieron en la cárcel porque disecó a un tonto que apareció muerto en despoblado, la ley federal no permite disecar muertos sin pedir permiso y no dice nada especial de los tontos ni hace excepción de ellos, la ley es para que la cumplan todos los ciudadanos y Agripino Twin aun sin conocimiento y sin ojos no queda fuera de la ley, Toro Sentado fue el jefe militar de los Corazones Fuertes, Darrell Spriggs disecó un cuervo y se lo regaló a Brad Wilkins quien lo tenía en mucha estima y le soplaba de vez en cuando para quitarle el polvo, Toro Sentado supo desde el primer momento que el oro que apareció en su territorio acabaría siendo la causa de su ruina, mi amigo Adoro Frog Allamoore notó un vacío inmenso cuando murió tísica la niña Maggie Cedarvale y ya no tuvo quien le tocase el pipí con dedos suavísimos ni quien se lo chupara poniendo la boquita para afuera, Toro Sentado soñó con una nube de guerreros cayendo sobre el campo como una plaga de langostas y después derrotó al Séptimo de Caballería, cuando las cosas le rodaron mal se metió a cómico y actuó en el espectáculo Wild West Show de Búfalo Bill, tenía mucho éxito porque alentaba los malos instintos de los blancos, lo peor de la derrota es que suma abyección y vileza, no hay nada más abyecto y vil que un derrotado, Tachito Smith devolvió a Francine a sus papás porque engordó como una vaca, no es cierto que Sidewinder Jim mordiera a madame Cloe Le Deau en las posaderas, todo el mundo lo dijo pero era mentira porque Sidewinder Jim no tenía ni un solo diente en la boca, los blancos asesinaron a Toro Sentado tras los sucesos de Wounded Knee, el vigilante Frank Banana se la menea a su perro lobo porque las mujeres le dan asco y los hombres miedo, ¿alguien quiere saber el verdadero nombre de la puta que se pintó el cuerpo de rojo, blanco y azul?, estoy dispuesto a decírselo, fue Wendy White Lily y no Maxine Magpie como supusieron algunos, mi amigo Sandy Hartford tiene muchos motivos para saberlo, la india Mimí Chapita es tan cariñosa en la cama como fuera de ella, la india Mimí Chapita se pasa los días revolcándose con Bill Hiena que ahora se llama Mike Juchipila Compton o Mike San Pedro según lo que no hace la india Mimí Chapita es hablar de él porque es discreta y tiene la boca cerrada, los veinte jindos que se ahogaron en San Luis flotaban todos panza abajo con el vientre a reventar y los ojos comidos por los peces siempre es así, es una costumbre que cumplen todos, nadie se libra de flotar panza abajo se conoce que para no ofender ni al sol ni al cielo y con los ojos comidos por los peces, el contable Kenneth Tennessee Vernon no se desnuda nunca del todo, se mete debajo de la cama a maullar hasta que la mujer, la que sea, lo calla a latigazos y patadas, la doctora Cavacreek lo desprecia sin mayor disimulo, es como un niño, es igual que un cerdo o una mujer gorda revolcándose como un cerdo, Francine se revolcaba como un cerdo, como una cerda, es como un niño masturbándose ante una fotografía de la madre, le da vergüenza y remordimiento y por eso maúlla, Kenneth quedó huérfano muy niño y su tía Nan le desvió las inclinaciones haciéndole oler alcanfor cada vez que lo encontraba toqueteándose las partes, también le daba café con aceite de ricino y no le dejaba beber agua ni tomar el sol, el turco Jeelani decía siempre que un padre puede atender diez hijos pero diez hijos no pueden atender un padre, yo sé que he de morirme solo y en tierra ajena pero también sé que alguien me llorará al menos un instante, el Dios de los cristianos no es tan duro como los cristianos y dispone las cosas de forma que alguien llore siempre a los muertos al menos un instante, Pancho Villa mandó a don Rubén Fierro el cura de Satevo que se casara con la señorita Luisita, el celibato o sea el voto de castidad se lo pasa usted por la entrepierna, padre cura, todo su pecado empezó por la entrepierna, o se casa usted con la señorita Luisita o lo afusilo ahora mismo y en este lugar, Gerard Ospino viajó hace ya algunos años hacia el norte, llegó hasta la reserva de los indios paiutes en la meseta de Kaibab o de la Montaña Acostada más allá del Gran Cañón donde tenía una medio novia que se llamaba Carlos, ése no es nombre de mujer todos los sabemos pero la medio novia de Gerard Ospino se llamaba Carlos, es el mes de febrero y el viento que sopla sobre los montes de Wickenburg está limpio y frío, don Pedro del Real el cantinero de La Patacona, antes de echarse a caminar el desierto en su limousine y antes de que ella se metiera monja, claro, había sido novio de la madre Concepción Acevedo la superiora del convento del Espíritu Santo, algunos dicen que fue al revés, don Pedro del Real despertaba al vecindario tocando la corneta y tenía la voz tonante el vientre prominente y el empaque digno, entonces se subió a una silla y dijo, hermanos de raza, compatriotas, día llegará en que los gringos no contentos con habernos robado la calavera de Pancho Villa, nos llevamos la calavera de Pancho Villa nos dijeron, bueno, sí, que se la lleven, día llegará les digo en que le levanten una estatua ecuestre o sea montado en un caballo pero sin cojones y llevando las riendas con la mano derecha como si fuera un lego de la misión, hace tres noches, el viernes de la semana pasada, se me apareció san Pancracio con su ramito de olivo y me ordenó que no consintiésemos pero guardó silencio antes de explicarme lo que teníamos que hacer, mi amigo Gerard Ospino fue siempre un viajero infatigable, fue misionero baptista en Port Tiritianne y según el botánico Orson también anduvo a la caza de la ballena por la Tierra de Adelaida, su socio el australiano Bruce Crookton se cayó al mar y su cadáver no apareció pese a que lo estuvieron buscando un día entero, el maquinista Gregg Inspiration que tenía los dedos de las manos pegados como los de los patos aseguraba que Bruce se había caído al mar empujado por Gerard Ospino, delante del juez no se atrevió a repetir su grave acusación, poco antes del cañón del Oak Creek y del cañón Negro desaparecen los saguaros y poco después empieza a enseñarse la nieve, primero lejos y en seguida a la misma cuneta del camino, Casa Grande es el pueblo de Joe McGuthrie el verdugo que sentó en la silla eléctrica al cuatrero Jim Jim Lavender, le dio unas palmaditas y le dijo, es sólo un momento, Jim Jim Lavender le llamó hijo de puta y sonrió, el río Gila va medio seco por los tapones y el río Salado también, la negra Vicky Farley se entendía bastante bien en español, no lo hablaba seguido pero casi lo entendía del todo, en Guadalupe cerca ya de Phoenix se ven las barracas de los indios yaquis y en Mesa trabajan aplicadamente los mormones, después se sigue siempre al norte, en el Big Apple de Phoenix se desayuna nutritivo, a Taco Lopes o Gomes o Mendes le partieron la cara porque se propasó con una camarera, quiso tocarle el pelo pero ella no estaba en su momento, los indios paiutes son pobres y viven de la caza del alce y del venado, también hay osos y jabalíes pero hace años que ya no quedan bisontes, en Wickenburg vivieron el caporal Steven Campanita y Euphemia Escabosa la tuerta de Santa Acacia la negra peluda cuyo triste fin ya se conoce, los pinos crecen por Valle Verde y Campo Verde, el río Verde lleva algo de agua, Verde lo ponen en español no en inglés, Big Nose Kate fue la puta más dura y valiente de Tomistón, mi madre me contaba historias muy emocionantes de Big Nose Kate, el vaquero ahorcado, el buscador de oro que era capaz de complacer a nueve mujeres en una noche, el sordomudo que se dejaba pegar, el alguacil que escuchaba subido en un armario, etc., los sioux fueron derrotados por los blancos en Wounded Knee, las heroicas andanzas del jefe Pequeño Gran Hombre no tuvieron nada que ver con la película, las arrugas de la frente le pintaron el signo de la derrota o sea la luna reflejándose en los ojos del hechicero y la fortuna le volvió la espalda, a Gerard Ospino le picó en los testículos la tortuga de la desgracia y se los dejó como un higo seco, peor que un higo seco, en el cañón Woods ya se pisa la nieve y en los cañones Munds y Kelly también, a Gerard Ospino no le gusta la nieve aunque está acostumbrado a caminarla, el P. Roscommon supone que hay que ser de algún lado y quedarse también en algún lado, no es bueno ser siempre forastero, más de la mitad de los ahorcados son forasteros, don Pedro del Real después de su discurso se cayó de la silla porque estaba algo bebido, se conoce que estaba algo bebido, se caía casi todas las noches, el chino Wu era muy decente y servicial, muy respetuoso y trabajador, nadie podía decir de él nada que no fuese bueno, las almorranas se las curó el licenciado Concho Buenaventura dándole con el ungüento tabeguache de sangre de dragón aprendido del profeta José hijo del profeta Israel hijo del profeta Malaquías que hablaba en nombre de Dios Poderoso y servido del macho verdadero Cristo Dios humilde pero fuerte amén, el chino Wu se hizo cristiano cuando sanó, la verdadera religión no siempre espanta los alifafes y las quiebras del cuerpo pero da ánimo para combatirlos y resignación para sufrirlos en silencio, al Gran Cañón se puede bajar en mula por la senda del Ángel Luminoso, el camino es largo pero seguro, la mula es animal que anda con mucho tiento y no suele haber desgracias, el color cambia porque no todos los metales refulgen lo mismo, desde la atalaya del desierto View la tierra es de color oro sucio y desde la punta Hopi la tierra es de color plata limpia, el desgraciado Teodulfo Zapata distinguía los brillos y los colores de cada rincón, dicen que mascar tabaco Mad Owl produce alucinaciones pero yo pregunto si las alucinaciones van contra la ley nadie supo responderme, desde la punta Mojave la tierra es de color de hierro con orín, todo cambia siempre con fundamento, con mucho respeto y sin resquicio alguno para la casualidad, los granjeros vomitan con el tabaco Bulky Bull, se les mezcla la bilis con el jugo del estómago y vomitan como preñadas, sólo lo pueden mascar los vaqueros, los buscadores de oro, los jugadores de ventaja y alguna puta valiente, Big Nose Kate y quizá Josephine Ross la escandalosa Josephine Ross que era poetisa, he aquí los versos que dedicó a un sobrino muerto en la guerra, moriste como bueno con hambre y sed deslumbrado por la metralla, atormentado por el ideal de no rendir la bandera en batalla desigual, en las barranqueras del Gran Cañón aún quedan cuatro puntas cada una con su color, punta Pina casi verde esmeralda, punta Mather con el amarillo brillante de algunos escarabajos, punta Moran que tira a delicado violeta y punta Lipan de color cobre con soplos de cardenillo, debe silenciarse la forma de combatir la soledad mascando tabaco Dusky Mule, también se llega a olvidar el desamparo sólo a cambio de quemarse la lengua y las encías, a madame Cloe Le Deau le gusta notar cómo le crece en la boca la pinga del hombre, esa salchicha agradecida que se endereza y engorda con sólo mirarla, yo supongo que a la güerita Marinne le pasa lo mismo pero esto no puedo asegurarlo claro es, lo que sí digo es que a los mormones no les agradan estas porquerías sino que les repugnan, Bat Masterson fue uno de los de Boothill, de él se cuenta y no se acaba nunca, Meal Brown era tan malo como Bat Masterson y también gastaba el gesto cínico y frío, ¿usted cree que era pariente de Marinne?, no, me parece que no, los apellidos coinciden muchas veces, la boca de la muñeca hinchable Jacqueline estaba siempre cerrada y poco importa que tuviera gesto de californiana viciosa, la profesora Licencia Margarita también se la mamaba a los hombres y lo sabía todo el mundo, a Wyatt Earp le llamaban el León de Tomistón, libró la vida en la pelea del corral O.K. y murió al cabo de los años, la mulata Jane Kolb sabe bien todos los detalles de aquel baño de sangre, Wyatt Earp trabajó como pistolero a las órdenes de la comisión de paz de Dodge City, todos iban de mostacho salvo Charlie Bassett que tenía carita de cura, Charlie era gordo y blanco pero mataba con mucha serenidad y aplomo sin dejar de sonreír, la letanía de Nuestra Señora es la coraza que nos preserva del pecado, yo digo regina angelorum regina patriarcharum y tú dices ora pro nobis dos veces, la profesora Licencia Margarita anduvo en amores con Luke Short, el que mató de un tiro por la espalda al peón Larry Riley y después mandó ahorcar el cadáver, la manera de que no pateen los ahorcados es ahorcarlos muertos, mira Riley qué compostura, el río baja por la garganta de Mármol y se hunde en la tierra después de haber andado algo más de una milla, los españoles le llamaron Colorado porque iba teñido con el color de la sangre de la tierra, los indios navajos piensan que el Gran Cañón se formó con el Diluvio Universal del que los hombres libraron convirtiéndose en peces huidizos y brillantes como los rayos de la luna, yo me propongo no mentir y digo, la muñeca hinchable Jacqueline recuerda a Mary Rimmy con su boquita de piñón, a Mary Dilkon y su gesto sumiso, a Mary Sawmill y sus dos senos breves y saltarines, o bien, si un hombre y una mujer interrumpen sus caricias más envenenadas y silenciosas y le pegan una paliza cruel a un niño que no puede defenderse porque está atado de pies y manos y no puede gritar porque le metieron una toalla en la boca, lo más caritativo es mirar para el horizonte e incluso sonreír, los navajos no comen peces para no devorar a sus abuelos, a Colonio Pisinimo lo mató un rayo y no la serpiente, nadie sabe nada del último instante ni siquiera los que se quitan la vida, W. H. Harris otro de los pistoleros de Boothill reencarnó en un macho de ciervo mula y según dicen vaga por la meseta de Coconino asustando solteras y escapando de los cazadores, también hay cabras monteses, onagros forasteros y mil pájaros distintos, Toqui Naachai la hechicera navajosa convirtió a Lee McLean en murciélago, rezó unas oraciones, frotó el dije en forma de media luna con las cuentas de plata de su collar y lo convirtió en murciélago, la cuadrilla de Boothill se acabó cuando empezó a volar el murciélago que fue Lee McLean el hombre que tenía más de treinta muescas en las cachas de su revólver, Stanley Guaquero el que dibujaba a la plumilla tuvo que pegarle a la holandesita para que se tumbase y obedeciese, no tuvo que pegarle mucho, el alimañero Pantaleo Clinton no se atrevió a robar la soga de la que ahorcaron a Sunspot, al droguero Sunspot, yo no quiero morir en la horca y robar al estado es un crimen que se castiga con mucho rigor como debe ser, a mí me gustaría llevarme la soga del ahorcado a casa pero ya veo que no es posible, madame Angelina no se cansa de hipnotizarle las partes a Sam W. Lindo, son muy generosas, no se hartan jamás y eso es una bendición para las mujeres, madame Angelina piensa que como está bien una mujer es con un hombre encima con un hombre clavado, las mujeres con agujetas en las ingles de abrirse y abrirse tienen el corazón oreado y la conciencia serena, nadie supo nunca quiénes habían sido las tres Marys a las que se parecía la muñeca hinchable Jacqueline, yo sí lo sé porque me lo dijo Reggie Frazer el novio de Betty Rimmy que era hermana de Mary y de Charlene y la más descarada, Sam W. Lindo puede satisfacer a diez mujeres y seguir manteniendo el orden en la ciudad, Sam W. Lindo tiene mucho sentido del deber y sabe distinguir lo que más conviene a la ciudad en cada momento, los navajos cazaban bisontes y ahora pastorean cabras y los hopis eran guerreros y ahora cultivan la tierra con los ojos clavados en el suelo para que no se les vea ni la vergüenza en la sonrisa ni el odio en la mirada, la novia de Chuk Saltamontes Davis no se lava más que el sobaco y huele acre y generoso, Chuk no podría vivir sin su olor, ahora que riñó con ella ve que no puede vivir sin su olor, cerca de Oraibi cayó el globo con el muerto dentro, Oraibi es el pueblo más antiguo del país, tiene casi mil años, los indios havasupai son los del agua azul verdosa título que encierra mucho misterio, si mi nombre fuese de verdad Craig Tiger Brewer cuando aún no sabía quiénes eran mi padre y mi madre o Craig Tiger Teresa después de que lo supe todo quedaría más confuso de lo que está, lo que sí es cierto y podría jurarlo sobre el libro es que estas páginas son mías y en ellas no digo nada que no sea verdadero, casi todo tiene sus testigos y hay muchos hombres y mujeres que podrían hablar, mi primer nombre fue Wendell Liverpool Lochiel que hace ya años se cambió en Wendell Liverpool Espana o Span o Aspen, esto no lo sé bien, no lo supe nunca bien del todo, el río Grande entre Luis Lopez y San Marcial corre entre juncos altísimos en los que el viento gime sin cansancio, Daphne Harper vivía decentemente en Fort Griffin, Tejas, estaba de cocinera en casa del coronel Hamilton, el novio de Daphne se llamaba Rick Yarnell y era sargento de caballería, Daphne se lo encontró en la cama con Bernice Starks que era una puta hambrienta y los mató a los dos a puñaladas, después huyó al territorio de Arizona y se puso a trabajar en Tomistón en la calle Sexta ya se sabe de qué, ya se lo figura uno, Daphne se peinaba con los tres ricitos sobre la frente que suelen llevar las homicidas, Daphne no fue una mujer importante pero sí amable y cariñosa y muchos guardan un buen recuerdo de ella, era un poco sucia pero procuraba siempre complacer al hombre, lo más probable es que la tierra esté hueca por muchas partes, por los llanos de Malone retumba de tal manera el galopar de la caballería que la tierra parece que está hueca, suena como un tambor, los coyotes huyen despavoridos cuando la tierra suena y los osos se esconden muertos de miedo en las grutas más hondas y confusas sólo los aucas aguantan desde el palofierro el estremecimiento de la tierra que se convierte mientras pasa la caballería en un corazón arrebatado, no vale contar los muertos cuando aún está sin hacer la cuenta de los vivos, el peón Botuldio Perpetuo Socorro apareció muerto en el camino de Aripine cerca del rancho Tres Plomos, toda la historia empezó con una partida de dados, si antes de la tercera salen cinco seises te mato, te juro que te mato, los cinco seises salieron a la primera y al peón Botuldio Perpetuo Socorro lo mataron a machetazos, sobraron machetazos, las mujeres y los maricones dan siempre machetazos de más, no es una regla fija pero sí bastante aproximada, los cadáveres con los pies limpios suelen delatar pleitos amorosos, los hombres no se lavan los pies sin más ni más, el peón Botuldio Perpetuo Socorro estaba recién bañado de cuerpo entero no sólo los pies, a la víbora de cuernitos le gusta chupar la sangre mismo de la herida, Amanda Potter y Tom Macho Baldrige se suicidaron juntos cada uno con su revólver y mirando el uno para el otro, se habían pasado la noche jodiendo y cuando empezó a amanecer se vistieron, desayunaron de tenedor se sentaron en sus butacas y se pegaron el tiro sin tener un solo momento de duda, Amanda y Tom no se mataron por nada sino porque no querían dejar de ser felices, aunque se crea lo contrario el amor no dura toda la vida y hay personas que prefieren la muerte durante el amor a la vida en desamor y aburrimiento, cada cual tiene sus anhelos y también sus ascos y prevenciones, la vida por ejemplo o la muerte, todo el mundo tiene ideas propias o aprendidas, unas son ciertas y las otras no, la oraciones son juegos de palabras, Dios no las escucha porque se ríe del ingenio y hasta del significado de las palabras, también del valor de las parábolas y sus mansísimas moralejas sin sentido, con intención pero sin sentido, Dios tiene otra voz más dura y verdadera y no se deja confundir por más que le cuenten desgracias misteriosas desgracias aparatosas y elocuentes, Zach Dusteen sabe contar falacias entornando los ojos y respirando muy profundamente, también él es capaz de mentir poniendo el tono de voz adecuado, en los sermones y en los juicios es prudente hablar en falsete para dar mayor énfasis a la condena, nadie se debe librar jamás de ser insultado en público por lo menos una vez en su vida, los sacerdotes y los funcionarios cobran para insultar al pueblo que les da de comer, para amenazarle con suplicios eternos y males que no terminan, Zuro Millor el cholo de la mierda vivió siempre de mirar para el suelo, todo lo que se pierde no pasa del suelo, Zach Dusteen conoce la Biblia de memoria pero falla en determinados trances, nadie es nunca perfecto, el que va a morir en la pelea es siempre otro y cuando es uno es cuando llega la sorpresa como una mujer que se desnuda, nadie sabe lo que dice el viento cuando sopla levantando la arena o zurrando las copas de los árboles, los animales tampoco aciertan a descifrar la voz del viento, a lo mejor no dice palabras o usa unas palabras que no sabemos lo que quieren decir o una lengua desconocida para nosotros, la caza del ciervo mula del Coconino queda tan emocionante como la del borrego cimarrón a estos animales no se les acaba nunca la sangre, los hombres y sobre todo las mujeres se ponen muy temblones y rijosos con tanta sangre caliente, por aquí hace mucho más frío que por la brecha de Dos Hermanos o el banco de los Húngaros pero no importa, Abby tiene diez años más que Corinne y fuma puros habanos, las dos son pelirrojas y están bien educadas, antes se le daba mayor importancia a los buenos modales, al peón Botuldio Perpetuo Socorro le dieron más machetazos de los precisos, con menos de la mitad también lo hubieran matado, a veces se desperdician golpes y también sangre, a lo mejor Amanda Potter sabía algo del suceso pero se llevó la noticia para el otro mundo, lo mejor es que los muertos no puedan hablar porque se complicaría todo peligrosamente, es muy sabia la disposición de Dios de que los muertos guarden siempre silencio, Tom Macho Baldrige también supo cosas que no importan a nadie, es mejor que parezca que no importan a nadie aunque por desgracia esto no sea cierto, en cada palmo de tierra del rancho Tres Plomos está enterrado un misterio profundo, el patrón lleva siempre el rifle montado para que nadie escarbe, ésta es una propiedad privada y aquí no mete las narices ni Dios sin mi permiso, la ley es la ley y tiene que ser cumplida por todos, Zach Dusteen es un pobre hombre pero este tipo de gusanos también puede hacer daño al que se descuida, yo no estoy diciendo que haya que andar con el dedo en el gatillo pero pienso que tampoco debe perderse la llave del armero, cuando Dios quiere que un hombre se desnorte le regala confianza, mi padre estuvo siempre muy enamorado de mi madre, esto es lo que decía ella, y le pegaba grandes latigazos con el cinto, grandes trallazos lujuriosos, el Rvdo. Jimmy Scottsdale era un vivero de gonococos, los indios de la reserva de Tanee están muy avergonzados y se niegan a hablar, al marshall Williams E. B. Gage lo metieron en un buen lío cuando lo de la pelea del corral O.K., su ayudante Virgil Earp mató a Billy Clanton y a Tom McLaury de sendos tiros en el pecho, a Frank McLaury lo mató apuntándole a la cabeza, dándole en la cabeza, Virgil era muy seguro y sensato con el revólver y no marraba jamás, James Vizina también anduvo en esta confusión, fue mucha la gente relacionada con el suceso de manera más o menos directa, hubo tres Rosas rodando por los catres de los mineros, si se pone con minúscula hubo tres rosas rodando por los catres de los mineros parece que se quiere decir que hubo tres flores poéticas y delicadas rodando por los catres de los mineros, los vaqueros y los pistoleros pero no es así, Rosa de Tomistón, Rosa del Río y Rosa Cherokee fueron tres mujeres duras y zafias que no distinguían el bien del mal y que trabajaron su oficio en frío y de manera poco digna, es lástima no poder decir que hubo tres rosas, etc., por Clifton más allá de los montes del Peloncillo y de la gasolinera de Mike Spicer anduvo un cuatrero albino, un pelón de muy mala leche, es casi increíble que haya un cuatrero albino, que se llamaba Rolando Anicet y que libró de la horca porque se metió en Nuevo Méjico sin dejar rastro, Anicet además de robar ganado cometió un crimen, le dijo a David Allen el escribiente, si quieres llevo una botella de whiskey a tu casa y nos la bebemos juntos y nos tocamos, los dos amigos empezaron a beber y cuando se les fue la primera vergüenza se quitaron el pantalón y se acariciaron y se sobaron el uno al otro, qué gusto me das Rolando, loca, déjame acariciarte el Don Panchito, después se desnudaron del todo, Anicet en pelota daba risa porque su pija era de color morado y no tenía un solo pelo en todo el cuerpo, y tú David, tú también me das mucho gusto eres la marica más puta que conozco, restriégame el badajo por el fuchi fuchi, pellejona, Anicet se la chupó a David pero al revés no, David era muy mirado y aprensivo, Anicet y David siguieron bebiendo, se emborracharon y empezaron a romper cosas, vasos,

platos, botellas, fotografías, muebles, Anicet empujó a
su amigo al gallinero, lo arrastró hasta el gallinero y allí
se la siguió chupando hasta dejarlo casi desmayado, después lo mató de muchas cuchilladas y sin darle tiempo
ni a gritar, David mientras recibía las primeras cuchilladas no gritó porque creía que continuaba el homenaje,
después Rolando decapitó más de veinte gallinas, les
segó el cogote a cercén y adornó el cadáver del joto
David metiendo en cada cuchillada el cuello de una gallina muerta, la cabeza les quedaba colgando pero aun
así hacía gracioso, en el ojal del corazón puso la cabeza
del gallo, después se quedó dormido pero pudo despertarse y huir antes de que nadie se diese cuenta, la casa
de David Allen quedaba en las afueras y en paraje no
demasiado transitado, Benson es un pueblecito con es-
tación de ferrocarril que queda al norte de Tomistón más
allá de St. David y antes de Cascabel con su famosa taberna El León Verde que estaba toda decorada con cuernos y billetes de banco de muy remotos países, también
tenía la urna de cristal con la serpiente alimentada de
ratones y pajaritos, el alemán Wilfred Shultz hacía tatuajes muy ajustados de precio, horcas, mujeres desnu-
das, culebras, algunas anclas, en la mesa del fondo y a
la luz de un quinqué, por un dólar se esmeraba y con-
seguía verdaderos primores, por cinco dólares represen-
taba escenas enteras de las dos clases, las históricas en
la espalda, Lincoln aboliendo la esclavitud, el indio Gerónimo resistiendo el ataque de la caballería, Búfalo Bill
fumando la pipa de la paz con los jefes apaches, y las
amorosas en el pecho, medio ocultas por los pelos del
pecho, las escenas amorosas varían menos que las históricas, los mormones de St. David no se tatuan jamás,
la letanía de Nuestra Señora es la coraza que nos preserva del pecado, yo digo regina prophetarum regina
apostolorum y tú dices ora pro nobis dos veces, el miedo
que pasé cuando empezó a supurarme el borde de la flor
del culo se me quitó en cuanto el alemán de los tatuajes
me mandó lavarlo con un licor hecho con dos partes de
lejía una de whiskey y otra de leche de mujer ordeñada

en la luna nueva, Benson Annie tenía la cara redonda y el culo duro y prominente, cuando se aburrió de ser madre de familia dejó al marido y a los tres hijos y se metió a puta en Tomistón, lo único que quería era divertirse algo y ahorrar unos dólares para la vejez pero murió joven y sola en el hospital de Santa Úrsula en Bisbee, el marido enterró el cadáver y llevó a los hijos a que le pusieran unas flores, Arthur once años, Dom diez años y Bernie ocho años, todos nacemos señalados por la estrella de la fortuna o el clavo de la desgracia, esas mujeres que cuando se agachan se ponen una mano en el escote para que no se les vean las tetas o juntan las rodillas para no dejar exento el coño y mejor guardarlo y defenderlo suelen ser crueles y tener malas intenciones, también son mandonas y murmuradoras y con el paso de los años les sale bigote, prestan dinero a usura y forman en los comités municipales de beneficencia, Marion Hibbard la viuda del juez Floyd Hibbard a quien todos recordaban por su crueldad miraba a las damiselas de The Establishment con un catalejo, unos les llamaban palomas otros mariposas y otros ángeles caídos y después comentaba las novedades con las otras señoras, Gale iba medio desnuda, Bertie llevaba un traje nuevo muy escotado de color verde con toda la espalda al aire, Nannie le servía whiskeys al misionero polaco Willie Kopicki el autor del libro de poesías *Flores del Calvario,* Karen besaba en la calva al capataz Branson, Crissy montaba a caballo muerta de risa encima de Granger Simpson el redactor de *The Epitaph* que no llevaba puesto más que el chaleco y los calcetines, Janice estaba riñendo con Fay la Flaca mientras Mr. Pyson dormía completamente borracho, los ronquidos se oían desde mi casa, esta ciudad es como Sodoma y Gomorra y de nada vale la autoridad, Cloe le compró unos gemelos de teatro a cada una de sus mujeres para que le pagaran en la misma moneda a Mrs. Hibbard y ésta dejó de molestar, cuando Mrs. Hibbard murió madame Le Deau le mandó una corona de flores, a mí siempre me gustaron los tangos y la gaseosa mi madre lo recordaba siempre, a las casadas jóvenes también les gustan los tangos y la gaseosa lo que pasa es que no siempre pueden decirlo, Eddy Manuelito le dijo a su mujer, mira Judy yo quiero ir a morirme lejos de casa, lo mejor es que me prepares un par de mudas y hagas lo posible por distraerte y olvidar, incluso olvidar, los hombres cuando empiezan a salirnos bultos en la calavera lo mejor que podemos hacer es irnos a morir lejos de casa, el hombre pasa en su vida por varias etapas, la del lagarto, la del saguaro y la de la luna por lo menos, en la del lagarto todo le sale bien y su insignia es la velocidad y la agilidad, se pelea, caza, corteja y siempre cae de pie, en la del saguaro adquiere firmeza y también recelo y se defiende quedándose quieto, no hace falta esconderse ni es preciso hacer fintas a la vida, se toma como viene y se caza al acecho e incluso sentado, en el tiempo de la luna el hombre se hace nómada y sentimental y sonríe con mucha gratitud a las mujeres, el cadáver de Teodulfo Zapata apareció flotando en el río Colorado y con las partes cortadas, alguien se entretuvo en desgraciarlo, fue a enseñarse aguas abajo de Topock frente a la cabaña de los hermanos Alicio y Aguedo Ventana alimañeros que trabajaban para el constructor Kenneth Lockhart el del almacén de Henderson en el camino de Las Vegas, looking for run down houses, also 1 or 2 family lots, will pay cash, tanto la funeraria como la fábrica de gaseosas que los padres de Betty Pink Casey tienen en Florence, Carolina del Sur, son un modelo de higiene y elegancia, todo el mundo lo dice, Betty está muy bien educada parece japonesa, a Betty le gusta que la monten como a las yeguas y diciéndole muy sabrosas barbaridades a voces, puta, gorda, cerda, me tienes loco y te acabaré matando, un hombre hace gozar más a la mujer si le habla a voces y mandando, si le dice roncos denuestos y la agobia con azotadores desafueros cuando la tiene con la pija clavada y el corazón y la respiración tropezando, el licenciado Rosario Orozco vino huyendo de la pedorra Restituta, lo bueno que tienen las guerras es que permiten la huida con dignidad, el licenciado retiró a Betty Pink porque era muy correcta y complaciente tanto en la cama y a solas, era igual que estuviese la luz encendida, como en el salón, la señora de la que el licenciado escapó era todo lo contrario de Betty Pink y no sabía comportarse, la suspiradora Restituta se pasaba el tiempo deleitándose con las sonoridades del vientre y otros fuelles y goznes del organismo, hubiera sido mejor morir a manos de los cristeros, la mujer sólo acertaba con los reflejos automáticos y las reacciones físicas y químicas, crecer hasta que tuvo edad, engordar cada día un poco, respirar, eructar, ventosear, comer, beber, mear, cagar, dormir y escuchar el latido del corazón, la verdad es que tampoco lo escuchaba, el licenciado Rosario Orozco se enteró de la muerte de su señora con cinco años de retraso, por dentro le dio la risa pero por fuera procuró mantener la compostura, el P. Claude Pepperell había pasado por la universidad departamento de humanidades y se sabía de corrido el *Memorial* de Orson, el capítulo de la caza de ballenas en la Tierra de Adelaida es muy emocionante, la lavandera Soap Suds Sal ganaba poco en el oficio y se ayudaba acostándose con quien se lo pedía, espera que me seque las manos y verás qué gusto te doy, todo el mundo tiene que vivir y lo primero es poder llegar al día siguiente, Soap Suds Sal lucía grandes pendientes en las orejas, mi padre criaba granos como higos chumbos, se llamaba Cecil Lambert Espana o Span o Aspen nunca lo supe y fue bastante feliz, no hay nada más triste que un hombre con la hembra doméstica a remolque, todas son murmuradoras y quieren beber refrescos o que les compren tela para una blusa, éste no fue el caso de mi padre, me dijo Joe Bignon que mi padre había andado en amores con la habilidosa Tucson Jennie la que trabajaba en el Oriental, Big Minnie la mujer de Joe Bignon había sido amiga de Tucson Jennie pero acabaron riñendo, Jennie tenía los muslos poderosos y el trasero cumplido de proporciones y noble y duro como el pedernal, eso da mucha seguridad a las mujeres, mucho aplomo y confianza, también las hace despreciativas y orgullosas, a Milt Joyce no le importaba la conducta de Jennie fuera de su trabajo, tú dales de beber a los clientes y después haz lo que te dé la gana y regálale gusto al cuerpo si quieres gozar o ganarte unos centavos, yo en eso no me meto, Tucson Jennie se casó con el vaquero Wayne Growlez, con sus ahorros le compró el rancho Coyote Blanco en Wilcox y los dos fueron felices hasta que murieron de viejos, yo no sé si mi padre tuvo algo que ver con la habilidosa Tucson Jennie, unos dicen una cosa y otros otra, la verdad es que tampoco le importa a nadie demasiado, Rocky Kupk va todas las tardes por la cantina de Violet en La Zorrillera, la mujer le socorre con un par de tragos de tequila y también le hace la caridad de escuchar sus largas historias de vaqueros, de mineros y de indios dejándose coger una mano y mirando casi con recato para el santo suelo, a Rocky Kupk los huesos le soldaron mal y anda medio encogido y arrastrando una pierna, medio tullido y mal gobernando una pierna, Rocky Kupk se cayó del caballo en un rodeo hace ya más de medio siglo, fue en el rancho La Purísima en San Simón algo más allá del paso del Apache, le cayó el caballo encima y los huesos le soldaron mal, no quiso que nadie le tocara porque esto cura solo, yo me caí del caballo muchas veces, Violet le deja dormir algunas noches apoyado contra la pared, Rocky Kupk es pobre, su cabaña se la tiró abajo el vendaval y no tiene donde dormir, un sitio fijo y medio abrigado donde dormir, Violet también le da algún trabajo de no mucho esfuerzo para adormecer la dignidad y dos o tres cucharaditas diarias de polvos de paloncillo para combatir la melancolía, Rocky Kupk no está melancólico pero le gusta el sabor de los polvos del paloncillo, le gusta que se los dé Violet, Rocky Kupk está muy derrotado y pasa días en los que ve la vida con desesperanza, no puedo con el cadáver que llevo a cuestas, Violet, no puedo con mi propio cadáver, cuando me llegue la hora, ¿me dejarás morir apoyado contra tu pared?, tú eres joven y pronto podrás ventilar mi recuerdo, a lo mejor ya huelo a plumón de aura, ese olor con el que te entierran, en todo el territorio no había quien montase a caballo mejor que yo, Violet jugaba con su látigo mirando para el suelo ya se dijo y dejándose coger la mano por Rocky Kupk el vaquero descabalgado y cojo, da mucha pena ver a un vaquero viejo descabalgado y cojo tratado con semejante caridad, la gente no suele morirse ni a tiempo ni en su sitio, cuando vea que me llega la muerte, ¿me dejarás apoyarme en tu pared?, Rocky Kupk tiene doce dólares de oro pero nadie lo sabe, cuando vea que le llega la muerte piensa decirle a Violet que son para ella, los lleva desde antes de caerse del caballo en una bolsita cosida a la cintura del pantalón, a mi primo Luther Vermont Espana o Span o Aspen lo mataron de un latigazo en el pecho por hablar, el juez Wells Spicer puso en libertad a los hermanos Earp y a Doc Holliday a quienes el jurado había declarado culpables de la muerte de Billy Clanton y de Frank y Tom McLaury, las decisiones de los jueces deben ser acatadas por todos, Helena sólo goza con animales y niños, las decisiones de los jueces no deben ser discutidas por nadie, Helena también goza sola o con Sabrina, los hombres son sucios y viciosos, en Napoleonville vive Bonne Mère Mauricette la inventora del beso negro y el capricho de Mesalina que no describo porque no sé bien lo que es, poco antes de morir Rocky Kupk le dijo a Violet lo de los doce dólares de oro, Violet se puso el látigo debajo del brazo para poder cogerle la mano con las dos manos y escuchó sus palabras con mucha emoción, te juro que no me los gastaré nunca aunque tenga que pasar hambre, tú muérete tranquilo que los doce dólares de oro jamás se separarán de mí, Violet se desabrochó la blusa y le enseñó a Rocky Kupk el tatuaje de las flechas cruzadas de la amistad que llevaba justo en el nacimiento de la canal de las tetas, bésame aquí en las tetas Rocky Kupk, bésame las tetas y muere en paz, yo sé que llevas muchos años queriéndome besar las tetas, te juro que no las vio nadie desde la muerte de mi marido, también te juro que los doce dólares de oro jamás se separarán de mí aunque me costase la vida defenderlos, Rocky Kupk le besó las tetas a

Violet y murió, la mujer le cerró los ojos y mandó enterrarlo con decencia, ésta es la historia de Rocky Kupk el vaquero que tuvo que esperar a que le llegase la muerte para ser feliz durante unos instantes, en la misión de San Xavier sirve el lego Miguel Tajitos, abre la puerta, barre el suelo, enciende las velas, receba la pila de agua bendita, pasa el cepillo de las ánimas, ayuda a misa, le dicen Fundillo Bravo porque no se presta a las cochinadas de los anfóteros, le gustan mucho las mujeres y aquella a la que consigue apartar hasta la sacristía ya no se le escapa, la letanía de Nuestra Señora es la coraza que nos preserva del pecado, yo digo regina martyrum regina confessorum y tú dices ora pro nobis dos veces, Bob Oasis el personaje de la novela de Doug Rochester había nacido en Solomon en el condado de Graham en una familia de borrachos pobres, su padre y su madre eran dos borrachos pobres y viciosos, el güero Bart García dice que la novela de Doug Rochester es toda inventada y que Bob Oasis el llanero enamorado no existió nunca, yo no lo puedo asegurar ni negar porque no conozco bien esa parte del territorio pero la gorda Minnie, cuando regentaba el Crystal Palace, me dijo que el güero Bart García era un mentiroso y que Bob Oasis vivió algún tiempo en Tomistón arrimado a Amy Rucker la del restaurante O.K. que era medio tonta, casi se le caía la baba y tenía los ojos opacos e independientes, quiero decir que cada uno se le movía a su aire, Big Minnie también me dijo que Bob Oasis y el vaquero Wayne Growlez se jugaron a Tucson Jennie a los dados, el que ganara se llevaba a Jennie y el otro se quedaba con el corsé, yo no lo puedo asegurar ni negar porque no conozco bien el territorio, ya digo, pero a mí me parece que sí, que el güero Bart García era un mentiroso, Jennie acabó casándose con Wayne Growlez, con los dólares que tenía en el banco Safford le compró el rancho Coyote Blanco y lo tuvo siempre como un rey, Andy Canelo Cameron no discurre mucho pero cumple en la cama, a Cyndy le gusta su aplicación y lo mima para que continúe cumpliendo, tú sigue y no mires para los lados, tú dame gusto y no tendrás que volver a comer mierda ni a fumar colillas, tú trabaja que para eso te pago, Cyndy es exigente pero sabe corresponder, te voy a regalar una caja de cigarros, un par de botas y dos pañuelos, cabrón, qué gusto me das, Andy Canelo sonríe mientras se pone los pantalones, John Caernarvon jamás quiso que en Queen Creek hubiese cementerio pero la gente no le hizo caso, John Caernarvon tenía mal carácter y era borracho y bronquista, era de trato difícil y propendía a la soledad, su relación con la tuerta de Santa Acacia fue sólo pasajera o como suele decirse de circunstancias, Euphemia Escabosa y John Caernarvon sólo estuvieron juntos tres días y ninguno de los dos le dijo su nombre al otro, Jerome Doc Goodfellow curaba todo, tisis, reuma, torceduras, cólicos, curaba casi todo con un cocimiento de corteza de tésota en fricciones, inhalaciones, cataplasmas, cucharadas, según, a veces le mezclaba otros productos, ajo, alcanfor, whiskey, zumo de ortigas, a Carol Dahlia Lostine la salvó de quedarse calva cuando se tiñó el pelo de verde, Deef Woman no es sorda pero está siempre con el pensamiento en otro lado y lo parece, Deef Woman tampoco es inteligente pero acierta a sonreír con buena voluntad y agradecimiento, en las mujeres es preferible la buena voluntad a otras galas del cuerpo o del espíritu, algunos llaman alma al espíritu, Zach Dusteen sabía una oración en latín para pedir a Dios el don de la paciencia, Deus qui unigeniti tui patientia antiqui hostis contrivisti superbiam, etc., Deef Woman no se la aprendió jamás porque nunca tuvo paciencia para aprenderla, Abigail Chuapo era medio india medio corneja y decía las mentiras humildemente y con tanta naturalidad que parecían verdades, yo no me atrevo a decir lo que va a pasar porque es malo y doloroso para todos, en el camino de Topock, Arizona, a Needles, California, a la otra orilla del río Colorado, suele aparecerse el fantasma del jefe Shavano en figura de humo a Abigail Chuapo, nadie más lo ve porque se deshace en seguida en el aire, hay que estar muy atento, a Abigail no le muerden las serpientes y los coyotes le comen en la mano, de niña hasta era capaz de volar como el pájaro y de ver a través de las paredes, después fue perdiendo algunas habilidades aunque aún le quedaban muchas, Zach Dusteen quiso hacer un experimento con Abigail pero fracasó porque la mujer, que se dio cuenta, le retorció los testículos haciéndole un daño horrible, Remedios Hurley cuando le mataron a su novio Donovan Chato Jones se arrimó primero a Rudy Trevorton el alguacil de Douglas y después a Atelcio Dunken el hombre que podía andar por la frontera a ciegas, durante algunas semanas rebanó con los dos sin que ninguno de los dos lo supiera, Margarito Benavides cantaba con buena voz y respetando la melodía, adiós hermosa Marcela, adiós lucero del alba, que va a venir tu sargento antes que abra la mañana, prepara ya el camisón y lava y plancha la enagua que la tropa liberal se va para Santa Ana, cuando Lupita Tecolote soltó al gringo Clem Krider el cantor Margarito le compuso una canción para ella sola y no se la cantó nunca a nadie más, la roja flor de la pitahaya es como un corazón abierto al que nadie mira, en la sierra del Ajo más allá de Ali Ak Chin con sus cercas y sus tejados de ocotillo y de Ali Chuk con la leyenda de Marelito Morena el indio que descubría tesoros escondidos anduvo vagabundeando mi primo Luther, de nada le valió conocer siete juegos de manos diferentes y saber tocar el violín, a mi primo Luther lo mataron por irse de la lengua y olvidar que el hombre muere por la boca como el pez, lo mataron por no saber cerrar la boca mientras los demás hablan y se delatan, le dieron un trallazo en el corazón y se lo pararon de golpe, el ocotillo también tiene flores rojas y prende sin raíz y hasta sin tierra, Saturio mató a la chola Azotea enterrándola en sal más o menos a veinte o veinticinco millas al oeste, Sam W. Lindo le estuvo pegando patadas a Saturio hasta que se hartó, le daba patadas en el vientre, en la cabeza, en las bolas, en el fundillo, después lo puso fuera del territorio, tú no vuelvas hasta que pase un año, estos asuntos se olvidan pronto, la chola Azotea no merece gastar mucho en papel y escritura y tú tampoco sabes firmar, el chino Wu no se puede reír con los pedos que se tira el amo Erskine Carlow porque lo desloman a bastonazos, Ana Abanda enseñó al chino Wu a hacer calceta, a Erskine Carlow le gusta llevar siempre el cojón bien abrigado, el alcaide de la cárcel de Sacramento usa peluquín, los presos no se ríen porque el miedo tapa la falta de respeto, ya no recuerdo cómo se llama el alcaide del peluquín, cada día pierdo más memoria, no sé si lo dije alguna vez me parece que no, quizá Wallace Housey, a lo mejor no supe nunca cómo se llamaba, puede que Wallace Housey, yo le voy a llamar Wallace Housey, más completo queda Wallace Ass Housey, de alguna manera hay que nombrar a las personas, dicen que Wallace Ass Housey tocaba las partes a los presos, le gustaba palpar las vergüenzas a los presos, a los blancos, no a los sucios negros, acariciar, sobar, magrear, son los tres estados o situaciones, a puerta cerrada los hombres cambian la dignidad por el favor y dejan hacer al que manda, el encierro es causa de que los hombres se vayan convirtiendo en mujeres poco a poco, se aburren y les entra la murria venenosa que les lleva a criar hábitos de mujer, el gobierno sirve a la voluntad e incluso al capricho, uno puede ser disimulado y fingir que duerme, con el cabrito en celo y verriondo uno también puede despertarse poco a poco y sonreír, corresponder y pedir, todo es cuestión de que la puerta esté cerrada, con la pinga tiesa nadie cree en Dios y todos olvidan el reglamento, Erskine Carlow tenía tres calaveras en una jaula, una representa la fe otra la esperanza y otra la caridad, la jaula se cayó al suelo y las calaveras se desencajaron, no se rompieron pero se desencajaron, la que peor quedó fue la de la esperanza con cada diente por su lado, el chino Wu probó a pegarlas con un poco de cola pero no le quedaban del todo bien, Ronny Lupton era más rápido que nadie, con el revólver en el cinturón no había quien le ganase por la mano, dicen que lo sacaba tan sólo con la mirada y la voluntad, sin tocarlo siquiera, no más que pensando fijo y con los ojos medio entornados, Ronny Lupton se murió porque a pesar de ser un veterano bebió en un charco de agua mala, de agua podrida y venenosa, se conoce que tenía mucha sed, de nada le valió ver los cinco esqueletos de adorno, cuando el agua espesa y se templa y la vuelan moscas azules y verdes y de color de oro avisa que no se puede beber, Ronny Lupton no hizo caso y ya no pudo subirse al caballo, le faltaron las fuerzas y se derrumbó a los pocos instantes, la suya no fue una muerte adecuada, en los montes de Agua Dulce hay charcos con moscas azules y verdes y de color de oro, también crían unos lirios silvestres muy aromáticos de color marfil, por la frontera les dicen plomillos y canelitos de Santa Nicolasa, los caballos son más listos que los hombres y no beben jamás las aguas malditas, mi padre era enemigo de la muerte, su voz sonaba muy melodiosa cuando decía, no merece la pena matar a nadie ni tampoco morir, no merece la pena casi nada, a Zuro Millor el cholo de la mierda que echaba sangre por la boca, dormía con la muñeca hinchable Jacqueline y se la meneaba en todas partes mi padre lo mató porque no tuvo más remedio, él no hubiera querido matarlo pero tampoco tuvo más remedio, Eloy está algo al norte, más allá de Wymola y del paso del Picacho, en terreno llano y caluroso, las casas se hunden poco a poco por la humedad, Marinne Brown la esposa del pastor de St. David se aburre en el pueblo, no lo dice pero se aburre demasiado, Marinne es aún joven para sacarle el gusto a la monotonía, esto se aprende después, Marinne hizo un viaje a Eloy a visitar a la familia del marido y se encontró con Margarito Benavides en la fonda de Sophie Madera en Red Rock, con su bigote y sus ojos de chino Margarito Benavides gustaba mucho a las mujeres, he aquí la conversación que tuvieron cuando ambos se quedaron solos y se dieron cuenta de la ocasión, ¿por qué no me huele?, ¿que le huela qué?, usted verá, lo que quiera, la piel, el sobaco, ¿y usted qué va a hacer?, nada, estarme quieta, usted huela con confianza que yo me estaré quieta, la escena fue rápida, estas escenas son siempre rápidas y en cuanto se fue la luz Margarito Benavides olió a la rubita Marinne toda entera, la piel, la nuca, el sobaco, el arranque de las tetas, el pelo, ¿le gusta?, mucho, me gusta mucho, me vuelve loca, Marinne tuvo que seguir viaje y sus amores con Margarito Benavides se acabaron en el mejor momento, Marinne y Margarito Benavides no se volvieron a ver jamás, ella a veces cierra los ojos y se acaricia con el pensamiento puesto en él oliéndola, se acaricia los pezones, la piel del vientre, por aquí se pellizca y se palpa primero con suavidad y después casi con fiereza, la boca, los muslos, las historias románticas no suelen durar mucho tiempo, terminan pronto y mal, con envenenamientos, abortos, celos y escenas nerviosas y demasiado solemnes, amor mío, vida mía, ¡así te mueras!, Marinne aprendió poco a poco a dejarse oler, sus largas conversaciones con su prima Libby Schuchk acabaron por educarle la sensibilidad, Libby era cachonda y virtuosa que es la mejor combinación, no hay otra que se le iguale, el 20 de setiembre de 1917, a lo mejor esta fecha está equivocada, mi madre me explicó que la flor que llevo en el culo me la marcó mi padre con un hierro al rojo para celebrar el nuevo siglo, esperó a que tuviese cinco años porque antes no se suele tener memoria, Ken Vernon decía a todo el mundo que a Elvira Mimbre la habían ahorcado en Mayo Manso pero no es cierto, la ahorcaron en Eagle Flat, hicieron bien porque estaba endemoniada, se dejaba poseer por Belcebú y además gozaba como una puerca, lo que es aún mayor pecado, la carne de la mujer que no quiere ni vaciarse ni colmarse no se aplaca más que en la horca, colgada de la garganta con los pies a tres palmos del suelo, con la falda remangada y el coño al aire y en el coño un chivo degollado y sangrando para que la gente se ría, el contable Ken Vernon era un mierda desgraciado, al chino Javierito le llamaban Tres Piernas porque tenía un pijo descomunal, un pijo valiente y siempre dispuesto a la pelea, los chinos que no comen carne de perro o no comen la bastante tienen la picha más o menos como todo el mundo pero a los chinos que comen mucha carne de perro todos los días les crece siempre, les crece como los árboles y no para de crecer hasta que se muere, el general Chang Chun Chang se comía un chow-chow a la semana, Higinio de Anda también se llama Arcadio, la gente unas veces se cambia el nombre por conveniencia y otras por aburrimiento, Arcadio de Anda conoció a Chato Bernabé en el presidio de Alcatraz, a Udilio lo mataron por la espalda y el negro Frank murió en su celda del nueve (del once), al que me mire lo mato de un tiro en el corazón para eso me llamo Chato y he de morir en prisión, y el otro dice acompañándose a la guitarra, yo soy miembro de la banda del studebaker gris me llamo Higinio de Anda y hasta el fin he de seguir, a veces varía, yo soy socio numerario de la tropa de San Luis me llaman de nombre Arcadio y matando he de morir, los presos se entretienen en ver pasar la vida y en cantar canciones, los duros dan por detrás a los jovencitos y éstos tragan en silencio para que no los maltraten, al poco tiempo le cogen afición y entonces va ya todo mejor y por sus pasos, los presos se entretienen con el recuerdo y algunos cantan canciones, you're a lucky bastard, mejor para mí pero aún me quedan quince años, don Pedro del Real tuvo una cuñada coja y tetona que se peía al dar el paso, tas tas tas tas, era incansable, don Pedro la tenía de criada en La Patacona, se llamaba Regina y era mujer de mucho temperamento que no se saciaba nunca, se casó con el gringo James Lodner que era tornero y se fue a vivir a Walsenburg, Colorado, Regina era partera y bien dispuesta para el trabajo y como quedaba simpática y servicial la gente acabó acostumbrándose a su cojera y a sus ventosidades, Black Jane follaba a brincos y lamentos a veces parecía que ladraba de gusto, Dutch Annie estaba muy orgullosa de su pupila, Black Jane era la única puta de color de la calle Sexta y los hombres se la rifaban, todos los seres vivos deben descansar en la tierra con holgura cuando se les va la vida, los hombres las mujeres y los animales, a los perros hay que enterrarlos sin que se les doble el rabo porque nadie es quien para enmendar la obra de Dios, Cristo es Dios y no se le puede corregir, la costumbre de no enterrar a los perros y dejarlos que se pudran al aire y las moscas puede ser causa de muchos males, la clave de la letanía del libro de misa de Cyndy no es difícil pero hay que saberla y ella no se la dice a nadie, Cyndy no es reservada más que para algunas cosas para otras no merece la pena, al capitán Jeremías le era lo mismo darle a Clarita Gavilán que a su esposo el mestizo Diego Diego, la costumbre que gobierna los acontecimientos es que el que manda manda y si yerra grita y vuelve a mandar, todos los agujeros valen si se saben poner y se acierta, el ómnibus de Tachito Smith va de Tucsón a Nogales 10 centavos cualquier trayecto, 65 millas, en Xavier vive Noreen Seligman la viuda que a veces baña con jabón de olor al cojo Reginaldo Fairbank a quien es muy difícil quitarle las ladillas, si Noreen Seligman no estuviera tan enamorada no lo bañaría con jabón de olor, Sahuarita es el pueblo en el que madame Angelina le hipnotiza las partes a Sam W. Lindo, en Continental fue donde Hud Pandale se dio cuenta de que Deena Dexter tenía las tetas duras, tardó aún algún tiempo en poder palpárselas pero se dio cuenta en seguida, en Amado apareció una vez un hombre muerto vestido con ropa de mujer, dicen que Telésforo Babybuttock Polvadera tuvo que ver con el suceso pero esto no puede asegurarlo nadie que no lo haya visto, en Carmen puso una cantina Esmeralda Rawhide cuando se fue de Tomistón harta de ordeñar mineros, en el piso de arriba tenía una alcoba con muebles bastante dignos en la que socorría por poco dinero a los viajeros en apuros lujuriosos, los calentones son malsanos, un hombre no debe darse un calentón si no está seguro de que ha de vaciarse como es debido, a Esmeralda le ayudaba miss Evie una maestrita de aire distinguido que se entregaba con los ojos cerrados y agarrándose con las dos manos a los hierros de la cabecera de la cama, por soltarse cobraba 50 centavos más, después de Carmen a menos de veinte millas aparece Nogales que es medio gringo y medio mejicano, cuando el negro disecado del abuelo de Adoro Frog Allamoore o sea Periwinkle empezó a apolillarse tuvieron que darle con amoniaco para evitar que se echase a perder, hubiera sido una pena que perdiera el lustre y se deteriorase porque la familia de Periwinkle le tenía mucho cariño, el negro se llamaba Joe y había sido un esclavo muy obediente y respetuoso, el abuelo de Periwinkle jamás tuvo que pegarle un latigazo, la letanía de Nuestra Señora es la coraza que nos preserva del pecado, yo digo regina virginum regina sanctorum omnium y tú dices ora pro nobis dos veces, al sanluisino don Roberto Napoleón Morales le llamaban Good Year porque anduvo comprando y vendiendo neumáticos hasta que le arruinó su afición al naipe, don Roberto murió en la miseria pero sin perder la dignidad, antes los hombres eran más mirados y elegantes, tenían más principios y mayor aplomo y sabían morir con decencia, Cabeza de Cobre se llama Cathy Pastora Sheldon, todo lo yanqui es malo, el azul de la Unión representa todo lo que se debe aborrecer, le dicen Copperhead por el color y el olor también porque nació en Douglas entre hornos de fundir cobre y mariachis de Agua Prieta y Fronteras, Cathy Pastora no tiene buen carácter y a veces se ve envuelta en pleitos que le perjudican, sus amores con el beisbolero Claude Sunnyside acabaron a tiros y de la peor manera, no hubo muertos de milagro, Cathy Pastora es sudista de corazón, al final se casó con un ranchero, me dijeron su nombre pero se me olvidó, ahora vive cerca de San Manuel y hace muchas obras de caridad, muy amplias y variadas, yo pido que no se publiquen estos papeles hasta que no hayan muerto el último y la última, Brad, Wallace, Corazón del Cielo, Reggie, Winfred, Manuelito, David, John, Craig, Wayne, Clyde, Angelo o bien Theresa, Vicky, Trudy, Jeannette, Dora, Hattie, Babbs, Flor de María del Milagro, Cynthia, Mariposa de Cien Colores, Ady, Winnifred, la escritura puede hacer mucho daño a las personas y más de uno fue aplastado por la ley por culpa de ella, detrás de la horca hay siempre un papel escrito, quede claro que aquí no está nadie contra nadie, los judíos, los hispanos, los indios, los negros, aquí nos empujamos es cierto pero cabemos todos, cabemos mal pero cabemos por ahora nadie se cayó del mundo, Bob Harshaw el droguero de Globe se había comprado un tonto para pegarle patadas cuando las cosas le salían mal, le decía a su mujer Valerie que le trajese al tonto y lo tundía a coces, Martinita Bavispe se sabía entero el corrido del tren tumbado, decía José Mosqueda con su pistola en la mano, tumbamos el ferrocarril en terreno americano, en el rancho de La Lata donde se vio lo bonito es donde hicieron correr al señor Santiago Brito, aunque no sabía solfeo Chuchita Continental tocaba la guitarra y el acordeón, también le hubiera gustado tocar el saxo pero el marido no le dio permiso, no Chuchita eso es demasiado, ese instrumento no es propio de una señora de tu condición debes comprenderlo, además no me da la gana de que andes chupando boquillas delante de la gente, te van a llamar mamona por lo menos van a pensarlo y a mí se me va a subir la sangre a la cabeza, no Chuchita eso no es propio, el arcángel san Recamiel dice que el zopilote es negro con el cuello pelado y pardorrojizo, Abigail Chuapo era prima de los dos arcángeles san Recamiel y san Fitufel, Abigail Chuapo tenía un zopilote amaestrado que contaba hasta diez y era muy obediente, si le pedía pan le traía pan, si le pedía agua le traía agua, si le pedía fuego le traía fuego, si le pedía amor le traía amor y así hasta el final, el zopilote se lo mató el jefe Shavano ahogándolo en humo, seguramente fue sin querer, la jediondilla arde en humareda, a lo mejor le llaman yerba gobernadora por lo orgulloso y pegajoso de su tizne, el zopilote no es ni el más recio ni el más jaque de los pájaros de la muerte, tampoco el más sobrecogedor ni el más espantoso, en algunos lados en los que no se reza a los arcángeles al aura le llaman zamuro, miss Evie la maestrita puta habla con las auras y les da de comer mierda de hereje en la bacinilla, es un alimento que cría resignación, el zopilote es menos vanidoso y soberbio, menos asqueroso, cuando el plumaje del pájaro de la muerte es blanco y negro se le llama quelele, el indio Balbino curó a la gorda Patty Redrock sin más que tocar el mechón de pelo que le llevó su hijo Lester, el pus que echó por la boca mandó quemarlo en un caldero de petróleo, el indio Balbino también sanó a Bert Wyoming Corneta el novio de Margaret Emily que se cayó del caballo y se dobló en dos, se cuenta y no se acaba de las caridades y aciertos del indio Balbino, el quelele Christopher que era el jefe de la bandada y el único que entendía su lengua se le posaba en el hombro y a muy suaves picotazos le desatoraba el cerumen del oído, por eso oía tan bien y era capaz de silbar todas las canciones, a miss Evie la habían echado de The Establishment porque robó un pasador de brillantes a un cliente, la noticia se publicó en el periódico para que nadie dudase de la honorabilidad de madame Le Deau, Fred Sapito Fernández envenenó las damajuanas de agua de beber que el Queno Molina tenía enterradas en el desierto y claro es acabó comido por los queleles, la transformación es rápida y los queleles siguen como si tal, de Fred Sapito no quedó más que la huesamenta y algún recuerdo borroso, uno piensa que aquí no está nadie contra nadie pero no es verdad, aquí estamos todos contra todos porque cabemos mal casi no cabemos, veritatis simplex oratio est pero al final se confunde todo el mundo, los hispanos, los judíos, los indios, los negros, los chinos estamos todos contra todos, sólo nos unimos frente a lo que se quiere bendecir porque entonces llega el K.K.K. y barre, llegan marcando el paso los rubicundos mandones bien nutridos que cuentan el dinero sin sonreír, a nadie le importa si están borrachos o no, los juancitos saltan en el camino, juegan con inocencia y alegría, es gracioso verlos morir de un brinco si se les acierta, los juancitos no valen más que para morir si se les acierta, no son animales duros y mueren con naturalidad, el poeta Gordon Mahaffey del grupo Sequoia mataba los juancitos con cerbatana cada vez que soplaba fuerte mataba un juancito, al cadáver de Zuro Millor el cholo de la mierda lo amortajó Ana Abanda, Lucianito Rutter le dijo que lo lavase con lejía para evitar el contagio de las enfermedades, ¿tú no crees que mermó?, pues la verdad es que no sé, no fue nunca demasiado corpulento, don Pedro del Real sí era fuerte y corpulento, levantaba una máquina de coser con los dientes, le ataba un cinturón y la balanceaba de un lado para otro hasta que se le iba la gana, a veces le colgaba un niño para que la gente se pasmara aún más, lo peor de la China son las chinas porque siguen pariendo chinos y esto es el cuento de nunca acabar, dentro de pocos años los chinos ya no cabrán en China y entonces se extenderán por todo el mundo y se pondrán a cultivar la tierra de los otros, la gente habla más de lo debido y sin conocer las razones, la gente es murmuradora e irresponsable y critica con mucha ligereza, el coronel McDeming, el coronel Maverick y el coronel Rivera se entretienen en perseguir indios, negros y chinos, tengo un adams inglés nuevo, ¿quieres comprobar su precisión?, bueno, ¿ves aquel chino?, llámalo, cuando levante la cabeza le doy justo donde quieras, en el entrecejo, en la boca, en la nuca, donde quieras, en las ruinas de San José de Tumacácori que quedan a pedrada de indio zurdo de la carretera de Nogales habitan los viciosos fantasmas de los trece jinetes asesinos de la banda de Ubences Culebrón el Manco de Ojo Caliente el bandido que mandó en la frontera durante muchos años hasta que se encabronó el sargento Felisindo Magdalena y lo cazó con malas artes, Fred Sapito le envenenó el manadero de Oro Blanco a cambio de que el sargento olvidara algunos detalles, Ubences Culebrón y sus hombres tuvieron atemorizada la frontera durante más de quince años, ni tenían ni daban cuartel y las espaldas se las guardaba el desierto, la partida se gobernaba por la confusa ley del Hijo Amarrado, luego que los divisé traían a mi hijo amarrado al punto les disparé de donde estaba parado, a los traidores y a los ricos que iban ahorcando ni los enterraban ni los dejaban enterrar para que el escarmiento fuese más duradero, durante la fiebre de la plata hubo en Tomistón una nube de chinos, los gobernaba la china Mary la mujer de Ah Lum el socio de Quong Kee en el restaurante Can-Can, la china Mary era una mujer gorda y saludable vestida siempre de seda y cargada de joyas, era la dueña de vidas, cuerpos, almas, conciencias y voluntades de todos los chinos y su palabra valía tanto como la ley y aún más, Restituta Veracruz González la señora del licenciado Orozco era tan gorda como la china Mary pero no en lozano sino en maldito, cuando el licenciado la cambió por Betty Pink todo el mundo dijo que había acertado, para mí que lo iluminó Dios Nuestro Señor, Betty Pink es mucho más lucida y bien educada, ¡dónde va a parar!, mucho más bella y primorosa, Ken Courtland era un piernas y un desgraciado que nunca supo defender su abarrote, de muchas de las cosas que pasan no se puede culpar a nadie ni siquiera al destino ni a la providencia ni a la desgracia, la verdad es que no se perdió nada con la muerte de los tres presos de la cárcel de Safford, por todas partes sobran cuatreros y vagabundos, por todas partes sobran forasteros que se comen el pan de la gente honrada, no te metas en pleitos con nadie y menos con Dios porque acabarás perdiendo, Cristo es Dios bien claro lo dice el catecismo y nosotros no vamos a saber más que el catecismo, Cristo va hacia Arizona y hacia donde quiera, Nueva York, San Francisco, Europa, África, porque para eso es el hijo de Dios la segunda persona de la Santísima Trinidad, también lo dice el catecismo, Padre, Hijo y Espíritu Santo, si no se entiende mucho a nadie importa, el demonio también va incesantemente eternamente de un lado para otro y por eso hay que salir con decisión a su encuentro y cortarle el paso con la señal de la cruz y la letanía de Nuestra Señora, los garbanzos sirven para devolver la virilidad de quien padece de olvido de las partes, la carne de casi todos los animales vale para fortalecer la pinga débil y puede convertir en herramienta eficaz lo que no era sino caduco pellejo de fallido buen propósito, el P. Lino Aguirre habló siempre con mucha propiedad, eso de caduco pellejo de fallido buen propósito está francamente bien nadie puede negarlo, los jesuitas son más listos que los demás curas y frailes, los eligen de buena familia y mejor alimentados y eso se nota, en las casas que llevan varias generaciones comiendo caliente los hijos salen más avispados y decididos, más inteligentes y eficaces, las hijas en cambio o son bellas y elegantes y tiran a locas o son deformes y bigotudas también cursis y pálidas y se distraen gobernando pobres y ayudando a salvar el alma a los hambrientos y a los que están sin trabajo, la letanía de Nuestra Señora es la coraza que nos preserva del pecado, yo digo regina sine labe originali concepta regina sacratissimi rosarii y tú dices ora pro nobis dos veces, el que quiera orinar con fluidez que tome caldo de garbanzos preparado con raíz de perejil, los chinos son cocineros y camareros y lavanderos y las chinas son doncellas o niñeras o prostitutas, la china Mary respondía de la honradez y laboriosidad de los chinos de Tomistón y velaba por su buena conducta, si el coronel Horacio Rivera C. desmonta del caballo para montar a su coima Dolores, ahora no se llama Dolores sino Adelaida, Dolores se llamaba cuando era pobre, si el coronel desmonta es no más que por razón de macho galante, las nueces quemadas, machacadas y revueltas con vino y aceite hacen crecer el pelo y dan lustre a la mirada, el húngaro Lorenzo tuvo que vender sus siete muelas de oro una detrás de otra para poder seguir comiendo, o tienes muelas para masticar la saliva o tienes alimento que se traga sin masticar porque no se tiene con qué, las dos situaciones no siempre coinciden, cuando las cosas se tuercen la vida rueda por la cuesta abajo hasta que se da con la muerte, la china Mary castigaba la deslealtad y la mentira, el cadáver de un chino era siempre el de un ladrón o un traidor, la infidelidad también se pagaba con la vida, Ken Vernon hubiera querido que la india Mimí Chapita le pegase con un cordón de hábito de fraile, el cordón lo tenía pero le faltó valor para pedírselo, Bill Hiena es de los que matan y con él no debe descuidarse nadie porque pega duro, dicen que don Pedro preñó a la madre Concepción ya de profesa y aun de superiora y que el fruto de estos amores o sea la niña que parió la monja es hoy una señorita muy bella y de posibles que vive rodeada de silencio, don Pedro advirtió a su cuñada Regina que era mejor estar callada y seguir viviendo, la china Mary manejaba también las otras siete teclas del concierto de Tomistón, el opio y la cocaína, las mujeres más reverenciosas y sumisas, las confituras y sus deleites, los objetos de arte y las joyas, los juegos de azar, las apuestas y la lotería, la quiromancia y otras ciencias y las Seis Compañías de San Francisco, pese al misterio que la envolvió siempre la gente quería a la china Mary la mujer gorda y reluciente que cuando no estaba ganando dinero socorría a los menesterosos, consolaba a los afligidos y atendía a los enfermos, los locos y los derrotados, murió vieja y adornada de respeto y sus restos mortales descansan en el cementerio de la Colina de la Bota rodeados de casi toda la historia de Tomistón, el tabernero Erskine Carlow está casi siempre borracho y los clientes suelen irse sin pagar, tampoco importa demasiado porque el negocio es un poco de todos y la caja resiste, el joven Jimmy Santa Clara leyó tanto que las lecturas acabaron vaciándole el sentimiento y confundiéndole las celdillas de la cabeza, yo creo que más de la mitad las tenía atoradas, en el año 1911 cuando el río de San Simón se salió de madre porque no pudo aguantar el torrente de las lágrimas de los malvados el ángel Valerio se le acercó en forma de blanca paloma al joven Jimmy y con su voz más ronca le dijo que tenía que matar a su padre porque estaba poseído del demonio, Toby Townsend amontonó tanta riqueza que le puso todos los dientes de oro a su mujer, las sortijas y los brazaletes son para la querida, a la esposa se le pone la dentadura nueva de oro, es lástima que no se le puedan poner también las tetas de oro y un brillante o una esmeralda en la frente, hagamos examen de conciencia y confesemos nuestros pecados a una piedra del desierto, hay muchas y cada una está guardada por un alma en pena, una víbora de cuernitos, una lechuza, un alacrán y el espíritu de un desiertero que se murió de sed, los coyotes son malos guardianes porque no se esconden, huyen pero no se esconden, hay que tener valor y también decoro para confesar las traiciones y las deslealtades que vamos cometiendo desde que nacemos hasta que morimos, ante la piedra en forma de corazón que hay según se baja de la alquería de Doble Adobe yo declaro lo siguiente, uno ni sé lo necesario para salvar mi alma ni tampoco lo quiero aprender porque no creo en la condenación eterna sino en la infinita misericordia de Dios, mi madre jamás lloró de hambre aunque pasó hambre y nada le importó perder la compostura entre carcajadas, un hambriento descarado guarda más dignidad en el corazón que un harto halagador del poderoso, dos he dejado de cumplir todas mis promesas porque me da repugnancia la dignidad, los hijos de la chola Azotea llevaban la soledad y el estupor pintado en la frente con un color muy pálido y desvaído, tres he trabajado los domingos y días de precepto varias horas en menesteres serviles, la serpiente de aro rueda como una rueda veloz y va sembrando la muerte por el secarral de las Ánimas que guarda los esqueletos más pelados de todo el mundo, cuatro no me conformo con mi suerte y envidio todo lo que me rodea, de los hermanos de mi madre no vive más que Ted cuidando a su maricón viejo y rico los otros dos murieron ya hace algún tiempo, cinco he desafiado agraviado calumniado ofendido murmurado insultado herido y matado, Cam Coyote fue uno de los serpienteros más listos de todo el territorio pero de nada le valió, seis he hablado con regodeo de situaciones y trances deshonestos e incluso peligrosos, Búfalo Chamberino metió en la cama a mi madre el día de su primera comunión y le dijo a tu papá lo ahorcaron por vagabundo tú abre un poco las piernas y respira hondo, siete he robado, el ojo de Taco Lopes lo guarda el cantinero Erskine en una botella de ginebra con el corcho sujeto con lacre para que nadie lo toque, ocho he mentido todo el mundo miente pero no para salvar la vida sino para presumir, la negra Vicky Farley también se fue a confesar me acuso padre de que perdí la honra con el esposo de la tía que más quería, nueve lo único que no he tenido nunca han sido malos pensamientos, el niño Juanito Preguntón apareció en Durango, Colorado, está muy alto de estatura y va camino de convertirse en un mozo con pinta de pardillo ecuánime de gilipollas circunspecto, diez he tramado huelgas y otros desmanes antisociales, el P. Roscommon leía versos de Whitman y tocaba el expresivo con delicadeza, por mucho menos de lo que dejé dicho a más de uno le llamaron hijo de puta, Mrs. O'Tralee olvidó muy deprisa sus años de Tomistón, en el condado de Cochise es frecuente que las solteras entierren sus nombres con mayor alegría que remordimiento, Mrs. O'Tralee sabe que el secreto de la felicidad es llevarla en secreto, la felicidad es un delicado suspiro que no resiste el pregón y huye ante la palabra, es como un pajarito silvestre que canta por cantar y sólo cuando sabe que nadie lo escucha, Irish Mag aprendió pronto a cerrar la boca para no ver huir la felicidad, los pecados nos serán perdonados si mostramos suficiente atrición también es verdad que un hombre que renuncia a seguir pecando ya puede darse por muerto, a lo mejor todos deberíamos morirnos para que el mundo tuviese arreglo y las mujeres pudieran salir de sus casas cantando y riendo y subiéndose las faldas con alegría, la güerita Marinne tiene tres secretos, todo el mundo tiene al menos tres secretos, la polca que bailó con Pierre Duval, ella no sabía lo del robo de las joyas, Pierre Duval bailaba muy bien enlazando el talle de la pareja con sabiduría y sin dejar de mirarle a los ojos, las conversaciones con su prima Libby Schuchk, acababan las dos con calentura y con la papaya mojada y la boca seca y el encuentro en la fonda de Sophie con Margarito Benavides, nadie puede jurar que fuera él y no otro, el comisionado Lowell Leetsdale va todos los domingos a oír la banda con su traje de terciopelo azul su sortija de solitario (3.5 quilates) y su escarapela, la música de viento es buena para limpiar la sangre y mantener la voluntad bien orientada, también permite los desahogos del organismo y el cambio de postura, la música de viento es siempre buena, corneta, trompeta, bombardino, trombón, saxofón, oboe, corno inglés, fagot, no suelen tenerse tantos instrumentos, la música de viento es siempre buena el comisionado lo repite a cada momento, es igual la militar que la de salón, al comisionado Lowell Leetsdale suele acompañarle la señorita Debbie Curly Williams la dueña de la peluquería The Golden Curl con su traje de raso verde su sortija de rubí (1 quilate) y su escarapela, Curly es quizá un poco mayor pero se conserva aún de buena figura y con las carnes sujetas y en su sitio, el comisionado va siempre con el revólver a la vista, ante Dios Nuestro Señor uno tiene que presentarse a pie y sin armas y con el sombrero en la mano con mucha humildad, ante Dios Nuestro Señor no vale querer andar a lo macho y rompiendo y mandando porque sólo con la mirada puede fundirnos, Cristo es Dios y no se le puede entrar más que por la misericordia, Monty Maicena ponía sus trampas de cazar alimañas al norte de la meseta del Mogollón, el oficio es duro pero algunos años ganó dinero, la letanía de Nuestra Señora es la coraza que nos preserva del pecado, yo digo regina pacis y tú dices ora pro nobis, ya se acabaron las letanías a las que se responde ora pro nobis, todo se acaba, hasta quien ruegue por nosotros, ¿qué nos pasará si nadie ruega por nosotros?, ahora vienen las tres que invocan al Cordero de Dios, en Pápago Well el huracán hizo volar las piedras por el aire, los caballos tuvieron que acostarse con la cabeza pegada al suelo porque aquello era el fin del mundo, el caporal Clotildo Nutrioso cuida a su hijo Daniel le da de comer y de beber a la boca, le tapa la cara para que el viento no le llene los ojos de arena y cada dos o tres días lo lava y le peina el pelo con un peine de metal que compró sólo para él, Daniel tiene tres años, su madre no lo quiso y vive con su padre, al entierro de Dutch Annie fue todo Tomistón unos a pie y otros en más de mil carros, el faraón es parecido al monte y se juega con dos barajas, estuvo de moda pero se fue olvidando poco a poco, en el salón Danner and Owens la elegante Faro Nell estuvo repartiendo el naipe hasta que se cansó, en la cama se gana más dinero todo es cuestión de saber elegir los cabritos y tener salud y algo de suerte, al indio Abel se lo comieron el sol y las alimañas de la tierra y el aire en la fuente García al pie del arroyo de San Cristóbal que suele ir seco, su verdadero nombre era Abel Wupatki aunque le llamasen Abel Tumacácori, lo mataron en la reyerta de Dos Cabezas, murió empuñando el revólver que le había vendido Tachito Smith por una onza de oro del rey de España, la rubia Irma cuando se quedó viuda empezó a ponerse el collar de azabache regalo del gallego Santiago Portosín, la flaca Emma Blair no está de plantilla en ninguna casa sino que se desnuda tan sólo cuando faltan mujeres y se precisan refuerzos, Emma Blair tiene una fonda limpia y bien atendida y suele darse a los huéspedes que la requieren unas veces cobrando y otras de balde porque en su cuerpo manda ella, a Jessie la empujó la necesidad, su marido es un desgraciado y un vicioso y ella se metió puta para no morirse de hambre, los cuatro evangelistas llevaron siempre las partes sudadas, esto lo saben bien Ana Abanda y otros muchos fieles creyentes, de lo que se duda es del tabaco que mascaba cada cual, Zach Dusteen dice muerto de risa que son todos unos ignorantes porque en aquel tiempo ni se fumaba ni se mascaba tabaco y menos en Tierra Santa la gente no sabe las costumbres de Tierra Santa y tampoco entiende por qué allí no se iba a mascar tabaco, Sam W. Lindo dice que el uso del tabaco ni va contra la ley ni es pecado y que por tanto los cuatro evangelistas no se apartaban de la obediencia aunque lo usaran, la tradición dice que san Mateo anduvo buscando oro por el monte del Dragón y mascaba tabaco Black Maria, que san Marcos vivió de asaltar diligencias en los caminos que rodean al monte del Burro y mascaba tabaco Bulky Bull, que san Lucas se paseó arreando ganado por el monte de la Mula y mascaba tabaco Dusky Mule y que a san Juan se le veía casi siempre al merodeo por los altos de Huachuca y mascando tabaco Mad Owl, el ángel Valerio le dictó el mandato al joven Jimmy Santa Clara, tú matarás a tu padre para evitar que el mundo caiga en manos del demonio, el obediente joven le sacó punta a una estaca de palofierro, la embadurnó con ajos bien machacados en el almirez y mucha sal gorda y se la clavó de siete golpes en el corazón mientras dormía, el cadáver lo quemó en una pira que estuvo ardiendo una semana entera lo redujo a cenizas y lo aventó, la única forma de que la substancia del mal se diluya en el éter y no reencarne en cuerpo alguno es separando bien las moléculas del muerto en el que habitaba el demonio, en el camino de Kaibito a Tuba City se encontró oro y todos los hombres enloquecidos huyeron a refugiarse en la ciudad, donde mejor se guarecen los hombres asustados es en los prostíbulos, las prostitutas les dejan mentir y los hombres se van serenando y centrando hasta que vuelven otra vez a la guerra, ya se dijo que todos los hombres mienten pero no para salvar la vida sino para ser otro para parecer otro, en el camino de Tuba City a Moenkepi apareció el cadáver de Joseph Adamana con un clavo en la nuca lo mataron con mucho tino y precisión y sin hacerle verter ni una gota de sangre, se supone que lo mató una mujer porque aun de muerto seguía sonriendo con espanto, hay que hacer muy denodados esfuerzos y equilibrios para no convertirse en un malvado, lo que más les gusta a los jefes de la comunidad y a sus familias es prestar a usura y asistir a las ejecuciones, la música de viento y los desfiles militares también tienen numerosos partidarios, todo sirve para acallar el dolor del mundo que ni come ni comerá nunca porque ya está acostumbrado a no comer, las piedras aisladas son las mejores para vaciar sobre ellas nuestros pecados, la piedra en forma de corazón que queda según se sale de la alquería de Doble Adobe es una de las mejores de Arizona y está toda salpicada de pecados cubierta de pecados, la música de cuerda tiene menos emoción que la de viento también menos higiene y simpatía, los ricos descansan muy a gusto en las casas de putas, son como balnearios con los agüistas y las criadas en paños menores, cuando Edward Old Red Henderson el editor de periódicos de Denver se sentía cansado se llegaba hasta Tomistón y se instalaba en The

Establishment donde nadie podía entrar ni salir mientras él estuviese dentro, el que paga manda y las putas siguen la misma regla que la demás mercancía, al cabo de una semana madame Le Deau lo metía en un coche y lo dejaba en el tren de Fairbank el pueblo de la bruja Charlotte Calaveras ocho o diez millas al oeste, Old Red solía cerrar The Establishment una vez al año, Mike Mendocino acometió a balazos al esposo de la mujer que amaba, ante el juez Schreckinger fue acusado de infracción de la ley Sullivan, el procesado fue puesto en libertad al depositar fianza, se alega que Mendocino 33 años hizo dos disparos a Todd Spaulding 25 años, separado de su esposa Kay 34 años hace tres semanas Mendocino admitió en la corte que estaba locamente enamorado de la esposa de Spaulding quien responde al nombre de Nancy 20 años, cuando el día de autos los esposos Spaulding llegaron a su domicilio 1.50 a.m. observaron que alguien había entrado y saqueado el mismo, Spaulding notificó el hecho a la policía y el agente Jasper fue enviado a realizar una investigación, Jasper interrogaba a la señora Spaulding en la sala y en presencia de su esposo cuando Mendocino abrió la puerta de súbito y le hizo dos disparos a su rival en amores con una pistola calibre 6.35 modelo Beretta, el agente Jasper creyó que Mendocino era alguien de la familia pero al observar su actitud y escuchar los disparos lo encañonó y lo arrestó, Elliot Gardiner el farmacéutico de Chandler le dijo a Ramonita Merced la confitera de Tortilla Flat por encima de los montes Superstición, todo eso es muy vulgar, y Ramonita le contestó, sí, la vida y la muerte son siempre muy vulgares, no debe culparse a nadie de que los corazones también sean vulgares, Marion Hibbard la viuda del juez Floyd Hibbard vivía envuelta en sus pensamientos, arropada por sus propios ruines pensamientos, las noches que pasó revolcándose con el sepulturero Dodson no fueron bastantes para vaciarle el alma de hiel y de aburrimiento, Lancelot Radish Dodson era medio chino medio portugués y casi no se lavaba, Mrs. Hibbard tuvo que admitirlo como era para no quedarse sola,

Marion y Lance se acostaron juntos durante una luna-
ción entera, después Lance se hartó y salió huyendo y
hablando mal de ella, es una zorra que casi no me daba
de comer, me dijo que me iba a pagar un tatuaje pero
después se volvió atrás, Marion es una gorda exigente
que no corresponde nunca, la consejera Marjorie le dijo
a Marion que fuese más prudente y no tuviera amores
con criados, son muy irrespetuosos y no saben hacer
bien el amor ni con delicadeza ni a lo mero garañón bravito y si te rompo saluda y saca la botella, la consejera
Marjorie usa los medios más adecuados bola de cristal
la baraja la estampa milagrosa la mano y la mente el
aceite bendito, los criados no saben dar gusto a las señoras porque no tienen amaestrada la radiactividad magnética, las verdaderas señoras deben ser prudentes, el
reverendo Tamargo administra los históricos sacramentos e imparte el cristianismo esotérico a la luz del pensamiento moderno, yo me explico que una señora envíe
un billetito al reverendo diciéndole, te espero desnuda
amor mío no tardes, como la carne es flaca el reverendo
se complace en la concupiscencia pero después manda
por correo a la señora su circular n.º 3, Dios Todopoderoso me obliga a avisarles que les va a castigar por sus
modales propios de la ciudad de Babilonia con terremotos, inundaciones, enfermedades y plagas por andar des-
nudos y fornicando, etc., el lazo es el símbolo del cauti-
verio y la mariposa es la insignia de la vida eterna, Augustus Jonatás dio un mordisco en el nacimiento de las
tetas a su mujer Violet y le dejó una cicatriz con la forma
de la rueda de las cuatro edades, la infancia que mama
la juventud que pelea la madurez que trabaja y la vejez
que cuenta cuentos aburridos monótonos e interminables,
el licenciado Concho Buenaventura curaba casi todo con
el ungüento de sangre de dragón el mal de amores se le
resistía a veces y entonces tenía que reforzarlo con sangre de murciélago, la profesora Licencia Margarita sujetó a su amante Luke Short con el elixir que le preparó
el licenciado Concho, te cobro un beso y si te resulta
me das un beso con lengua, ¿hace?, sí hace, el fin del

mundo se anunciará con grandes sequías y un velo de color naranja envolviendo el sol y la luna, la gente envejecerá muy deprisa y a todos los hombres les nacerán cuernos y rabo, los machos cabríos también tienen su amor propio, mi nombre es Wendell Liverpool Espana o Span o Aspen esto nunca lo supe bien porque tampoco nunca lo vi escrito y las páginas que quedan atrás son mías las escribí yo de mi puño y letra poco a poco guardando todas las reglas gramaticales y sin dejarme llevar por la conveniencia ni el regalo, ahora se me está acabando la letanía y debo poner punto a mi crónica, yo pido que no se publiquen estos papeles hasta que no hayan muerto todos y todas, Gary, Donovan, Ed, Carnero Veloz, Lanny, Mat, Felipe, Sam, Ritchie, Bill, Percy, Wyatt o bien Sandy, Matilda, Corazón de María del Amor, Connie, Paquita, Becky, Pamela, Nora, Jessie, Deborah, Gacela del Viento, Freda, la letra escrita puede hacer mucho daño a las personas, ahora se me está acabando la letanía y noto como si me doliera la cabeza como si tuviera seco el paladar y los oídos taponados la letanía de Nuestra Señora es la coraza que nos preserva del pecado ya se me acabaron las letanías del ora pro nobis y ahora vienen las tres que invocan al cordero de Dios que es el animal símbolo de la mansedumbre yo digo Agnus Dei qui tollis peccata mundi y tú dices parce nobis domine yo repito Agnus Dei qui tollis peccata mundi y tú dices exaudi nos domine yo repito otra vez Agnus Dei qui tollis peccata mundi y tú dices miserere nobis, sólo me queda pedir a Dios que los muertos me perdonen.

*En Palma de Mallorca, Arizona y Finisterre,*
*agosto de 1986 a setiembre de 1987.*

238

Impreso en el mes de diciembre de 1989
en Talleres Gráficos HUROPE, S. A.
Recaredo, 2
08005 Barcelona